HEYNE <

W0362023

Das Buch

In der Privatdetektei Llimona 5 arbeiten fünf ganz unterschiedliche Frauen. Arbeitsgebiete: Diskrete Recherchen, unauffällige Observierungen und Nachforschungen, modernste Kriminalistik, juristische Beratung oder eine Leibwächterin, die nicht aussieht wie Godzilla.

Nun findet in Barcelona ein internationaler Kongress statt, in dessen Mittelpunkt das Thema »Anti-Aging« steht. Mediziner, Chemiker und Pharmakologen aus aller Welt sind versammelt. Dr. Lídia Pastor soll den entscheidenden Vortrag halten, in dem sie ein neues Wundermittel vorstellen wird, das die Alterung der Haut aufhalten soll. Doch während alle Kongressteilnehmer auf die Eröffnung des Buffets warten, wird Lídia auf ihrem Zimmer ermordet. Die dreizehnjährige Júlia, die von zu Hause ausgerissen ist und auf der Straße lebt, hat den Täter gesehen und gerät dadurch in höchste Gefahr. Genau der richtige Fall für Llimona 5.

Die Autorin

Irene Rodrian gewann mit ihrem ersten Krimi »Tod in St. Pauli« den Edgar-Wallace-Krimipreis. Danach veröffentlichte sie zahlreiche Kriminalromane in der Thriller-Reihe bei Rowohlt, später bei Heyne. Sie wechselte dann das Genre und schrieb einige Jahre hauptsächlich Kinderbücher und viele Drehbücher. Erst mit ihren Barcelona-Krimis um die Detektivinnen von Llimona 5 fand sie wieder zum Kriminalroman zurück.

Irene Rodrian im Internet: www.irenerodrian.com

Irene Rodrian

Eisiges Schweigen

Ein Fall für Llimona 5

Roman

WILHELM HEYNE VERLAG
MÜNCHEN

FSC
Mix
Produktgruppe aus vorbildlich bewirtschafteten Wäldern und anderen kontrollierten Herkünften

Zert.-Nr. SGS-COC-1940
www.fsc.org
© 1996 Forest Stewardship Council

Der Inhalt dieses Buches wurde auf einem nach den Richtlinien des Forest Stewardship Council zertifizierten Papier der Papierfabrik Munkedal gedruckt.

Verlagsgruppe Random House FSC-DEU-0100
Das für dieses Buch verwendete FSC-zertifizierte Papier München Super liefert Mochenwangen.

Originalausgabe 05/2006
Copyright © 2006 by
Wilhelm Heyne Verlag, München,
in der Verlagsgruppe Random House GmbH
Printed in Germany 2006
Umschlagillustration: Araldo de Luca/CORBIS
Umschlaggestaltung: Eisele Grafik-Design, München
Satz: Greiner & Reichel, Köln
Druck und Bindung: GGP Media GmbH, Pößneck
Printed in Germany 2006
ISBN-10: 3-453-43168-5
ISBN-13:978-3-453-43168-3

http://www.heyne.de

FÜR
MANUEL VÁZQUEZ MONTALBÁN

I

HINTER VERSCHLOSSENEN TÜREN

1.

Es wurde früh dunkel im November.

Vom Hafen her fegte ein eisiger Wind die welken Blätter der Platanen durch die Ramblas. Die ersten Stände wurden zusammengepackt. Bunte Vögel kreischten in ihren Käfigen aus Angst vor den freien Stadttauben, die sie immer aggressiver attackierten. Menschentrauben stauten sich an den Zebrastreifen. Laute Rufe, Lachen. Ein Kind schrie, ein Hund jaulte auf. Aus einer Bar dröhnte ohrenbetäubender Rock, aus einer anderen heulte ein Tango. Die Autos schoben sich Stoßstange an Stoßstange vorbei. Wütendes Hupen. Eine grelle Polizeisirene verschaffte sich Platz.

Das Mädchen hörte nichts.

Júlia war dreizehn, fast vierzehn.

Sie sah jünger aus. Klein und dünn. Mit grünen Augen in einem herzförmigen Gesicht. Das dichtbraune Haar hatte sie unter eine weiße Wollmütze gequetscht. Sie trug hohe Stiefel aus weichem Leder, einen kurzen Lederrock, eine knappe Lammfelljacke über einem T-Shirt mit dem Gesicht vom Zunge zeigenden Einstein und einen kleinen Rucksack.

Sie konnte nicht hören.

Sie sah die Menschen, die Autos, die Lichter. Sie sah

eine Lücke zwischen den Autos und rannte dazwischen, um die Fahrbahn zu überqueren.

Im letzten Moment nahm sie das blaue Lichtsignal auf dem Dach des vorpreschenden Polizeiautos wahr und sprang mit einem langen Satz nach vorn. Sie spürte noch die Wärme des nahen Motors in den Kniekehlen, roch heißen Diesel und sah im Sekundenbruchteil wie festgebrannt das Gesicht des Polizisten am Steuer. Vor Schreck geweitete Augen unter der dunkelblauen Mütze und ein halb offener Mund. Júlia lachte und war schon im Gewühl auf der anderen Straßenseite verschwunden.

Sie fror. Diesen dämlichen Rock hatte sie nur geklaut, weil er schon so vergessen in der Kabine herumhing und weil er auch noch passte. Sie lief schneller, bog in die Ferran ein und dann in die Avinyó. Sie blieb stehen. Gleich hinter der Plaça Verónica blinkte grün, rot und weiß das Neonkreuz einer Apotheke. Hinter den Schaufensterscheiben goldgelbes Licht über einer Wand aus schimmernd altem Holz. Schmale Schubladen mit Goldknöpfen wie in einem altmodischen Spielzeugladen. Júlia drückte die Tür auf und war in windgeschützter Wärme.

Die Apothekerin im weißen Mäntelchen war allein, müde und gelangweilt. Perfekt. Außer Julia war nur noch ein Kunde da, ein Mann. Júlia blieb gleich neben der Tür stehen und musterte das reiche Angebot an Zahnbürsten. Beobachtete die Apothekerin und den Mann im Spiegelbild der Schaufensterscheibe.

Er war groß, ging aber irgendwie gebückt, er hatte einen Wettermantel mit hochgestelltem Kragen an und einen Hut auf. Na schön, es war kalt, aber sie waren doch immer noch in Barcelona am Mittelmeer und nicht in Sibirien.

Der Mann wusste, was er wollte. Eine graue Pappschachtel mit kleinen Glaspipetten und vier in Plastik eingeschweißte rote Gummihütchen. Die Apothekerin war ihm zu langsam. Sie wiederholte alles, was er sagte. Ungeduldig ballte er die linke Hand zur Faust, in der rechten hielt er eine braune Zigarette. Ihm war wohl wirklich kalt, er behielt sogar hier drin die Handschuhe an. Dann war er fertig und trommelte ungeduldig mit dem Absatz auf den abgetretenen Steinboden, weil die Apothekerin die Preise für die Glasdinger erst im Katalog nachschlagen musste. Júlia wartete noch, bis er zur Tür raus war und ging dann hinüber zur Theke.

Sie lächelte und legte ihr Rezept auf das polierte Mahagoni. Der Arzt, bei dem sie den Block geklaut hatte, war Orthopäde und hatte seine Praxis in einer ganz anderen Ecke von Barcelona, in L'Hospitalet, da war kaum eine Verbindung möglich. Die Apothekerin hatte einen dicken gelben Eiterpickel auf der Nase. Sie schrieb in irgendeiner Liste herum, schaute Júlias Rezept gar nicht richtig an, wandte sich nur kurz ab und zog eine der vielen schmalen Schubladen auf.

Und legte eine neue Packung Yaba vor Júlia hin.

Die Nacht war gerettet. Und die ganze Woche auch. Júlia zahlte und ging hinaus. Gleich an der nächsten Ecke hinter der Escudellers blinkte schon wieder ein grünes Kreuz über einer Apotheke. Sie lag eingeklemmt zwischen zwei Bürgerhäusern und war wohl in letzter Zeit renoviert worden. Im vorderen Raum gab es nur offene Regale mit allen möglichen Flaschen, Tuben und bunten Werbeständern. Dahinter war ein offener Gang mit deckenhohen Schieberegalen in hygienisch einwandfreiem Plastikweiß.

Die Apothekerin war jung und dürr, hatte strähniges Haar und trug eine Brille mit Flaschenbodengläsern. Sie sprach mit jemandem, den Júlia von der Straße aus nicht sehen konnte. Júlia stieß die Glastür auf und sah, dass es der Mann von vorhin war.

Er hielt eine Schachtel mit Latexhandschuhen hoch und wollte wohl wissen, ob es die in seiner Größe auch gab, oder auch in einer kleineren Packung. Júlia wandte sich hastig ab und versuchte sich hinter einem Werbeposter bei Puder, Windeln und Babynahrung unsichtbar zu machen.

Rein theoretisch war die Sache mit den Rezepten narrensicher. Júlia ging nie zweimal zum selben Arzt, sie gab immer einen falschen Namen an, sie legte die Rezepte nie im gleichen *barrio* vor, und sie benutzte nie mehr als zwei oder drei, höchstens mal vier. Den Rest gab sie weiter.

Trotzdem. Es gab immer ein Risiko. Und es war völlig überflüssig, dass dieser komische Hutling sich an sie erinnerte, nur weil er sie kurz hintereinander in zwei Apotheken traf. Was machte er hier überhaupt? Hatte er nur etwas vergessen? Er wirkte nicht wie ein normaler Apothekenkunde. Ein Bulle? Er zahlte und ging, und Júlia wagte es nicht, aufzusehen, bevor er draußen war. Erst dann kam sie hinter dem rosa Babyposter hervor und legte ihr Rezept für die Thaipillen vor.

Die Apothekerin schien in Gedanken immer noch bei dem Mann zu sein, schaute zur Tür und sagte irgend etwas Verächtliches in *catalán*. Sie hatte kratertiefe Pockennarben am Kinn und einen rasierklingenschmalen Mund. Sie nahm das Rezept hoch und verschwand in dem Regalgang. Zog eine Schiebewand nach der anderen auf und fand das Yaba nicht. Júlia erkannte am Vibrieren ihrer Schultern, dass sie etwas sagte, aber sie konnte ihr Gesicht nicht sehen. Júlia zwang sich dazu, ruhig zu bleiben. Endlich. Die Apothekerin hob das Päckchen triumphierend hoch.

Júlia war froh, endlich wieder draußen zu sein. Der kalte Wind vom Meer roch nach Salz und weiter Welt. Sie hatte genug Yaba für den ganzen Monat, und es gab keinen Grund, jetzt noch mehr zu besorgen. Sie lief zum Hafen hinunter, aber am Übergang zur Simó Oller war schon wieder eine Apotheke. Grün-weißrotes Blinken.

Júlia blieb stehen. Sie zögerte. Ein wuchtiges Eckhaus. Die Apotheke war viel größer und aufwändiger als die beiden vorher. Ein großer Raum, dahinter weitere Räume. Schimmerndes Mahagoni bis hoch unter die stuckverzierte Decke. Golden blitzende Knöpfe und Griffe. Ein Apotheker diesmal. Ein alter Mann mit einem letzten weißen Haarkranz über einem runden Schädel und randloser Brille.

Júlia sah sich um. Sie war allein, niemand, der sie beobachtete. Sie gab sich einen Ruck. Noch ein letztes Rezept, und dann Schluss für heute und runter zum Hafen.

Sie öffnete die breite Glastür, ein goldenes Glöckchen bewegte sich über ihrem Kopf, sie ging hinein und merkte erst viel zu spät, dass hier außer dem Apotheker auch noch zwei Frauen arbeiteten. Dass schon eine andere Kundin in der Apotheke war, hochschwanger offenbar. Sie stand hinter einem breiten Drehständer mit homöopathischen Mitteln in Gläschen und blätterte in dem aushängenden Heft.

Und wieder der Mann mit dem Hut. Im Moment noch in ein Gespräch mit einer der Apothekerinnen vertieft.

»Kann ich Ihnen helfen?« fragte die andere und lächelte.

Júlia lächelte auch und wollte sich zurückziehen. So schnell wie nur möglich. Nur raus hier. Plötzlich stand die schwangere Frau hinter ihr, Júlia versuchte, ihr auszuweichen und stieß gegen die homöopathischen Gläschen. Die erste Reihe purzelte zu Boden Das schien einen Höllenlärm zu machen, denn alle schauten her.

Auch der Mann mit dem Hut.

2.

Das pompöse Hauptportal des Gran Hotel Big Sur mit seinen polierten Topfpalmen, den vergoldeten Türen, dem rotem Teppich und dem schwarz-gold livrierten Portier ging auf den Passeig de Gràcia hinaus, aber in der düsteren Seitenstraße gab es einen Nebeneingang.

Der Mann wartete hinter der Einfahrt zu einer Tiefgarage, bis das Taxi auf der anderen Seite seine Fahrgäste ausgeladen hatte und weiterfuhr.

Hier gab es keinen Pförtner. Der Mann kam unbeachtet in die Lobby, drückte seine Zigarette in einem der großen Aschenbecher aus und wartete hinter einer der gewaltigen Marmorsäulen. Riesige Designerteppiche in leuchtenden Farben bis nach vorne zur Rezeption. Gewaltige Töpfe mit blühenden Orchideen. Vielstöckige Lüster mit hunderten funkelnder Kristalle, die nur bei genauem Hinsehen als geschliffene Glasscherben zu erkennen waren. Sideboards, Wandschränke und Vitrinen in ungewöhnlichen Formen, mehrarmige Stehlampen aus verschiedenen Materialien bei den ausladenden Sitzgruppen aus bunt gefärbtem Büffelleder. Die halbrunde Bar nahm die Jugendstilornamente der Außenfassade wieder auf. Der junge Bartender und zwei Gäste, erstarrt wie auf einem Bild von Edward Hopper, der Barpianist sah aus wie Count Basie und spielte auch so. Die letzten Tagungsgäste trafen ein.

Er hatte den Mord nicht geplant. Sonst hätte er sich sorgfältiger vorbereiten können. Möglicherweise sogar einen Tag früher eingecheckt, um das Hotel in allen Einzelheiten zu studieren. Andererseits war es ganz gut, dass er nicht mehr Zeit zum Nachdenken und Planen hatte. Es erhöhte das Risiko, den Reiz, die Spannung.

Die beiden goldglänzenden Fahrstuhltüren lagen auf der einen Seite der breiten Freitreppe, die Personal- und Feuertreppe auf der anderen. Ein Kellner mit langer weißer Schürze rollte den Teewagen zu einer der Sitzgruppen.

Sie waren zu viert. Drei Männer und sie. Lídia. Frau Doktor Lídia Pastor. Sie lachte über eine Bemerkung und nahm sich zwei Baisers vom Gebäckturm. Lídia liebte Baisers, vor allem die etwas gröberen *roccas* mit ganzen Haselnüssen drin.

Keiner sah zu ihm her, keiner bemerkte ihn. Er schob sich zur schmalen Personaltreppe hin und lief in den vierten Stock hoch. Halb sieben, später Nachmittag, eine ideale Zeit. Da hatte das Personal normalerweise nichts mehr hier oben zu suchen. Und auch die meisten Gäste waren unterwegs. Und falls ihn doch jemand sehen sollte, dann war er der Mann mit dem Hut, kein Gast jedenfalls.

Der königsblaue Flauschboden verschluckte das Geräusch seiner Schritte, aber es war niemand da, der ihn hätte hören können. Vor dem Zimmer 412 sah er sich noch einmal um. Lauschte auf Schritte. Erst dann drückte er die Passpartoutkarte in den Schlitz und schob sich in das Zimmer.

Vom Schnitt her glich es seinem eigenen, nur seitenverkehrt. Auch keine anderen Farben, keine kühnen oder verrückten Designereinfälle, einfach nur ein ganz normales Hotelzimmer der oberen Klasse. Hinter der Tür der Vorraum, links der geräumige Wandschrank, rechts die Tür zum Bad. Dann kam das eigentliche Zimmer, mit dem Alkoven für das Doppelbett rechts, der bequemen Sitzecke mit Tisch, Sesseln und Leselampe davor, einem Sideboard mit Barschrank, Blumenvasen und Obstkorb. Und an der Wand neben den Terrassentüren der Schreibtisch.

Ihr Koffer lag offen auf dem Bänkchen vor dem

Schrank, eine Reisetasche stand daneben. An einem Bügel hing ein blauer Hosenanzug. Auf dem Bett lagen zwei Tops und ein kleiner unordentlicher Haufen Unterwäsche. Winzige Strings und BHs mit Spitzenrand, in Rot und in Weiß.

Auf dem Schreibtisch stand ihr Laptop, ein silberner Vaio, die rote BenQ Minimaus obendrauf. Daneben lagen die blaue Tagungsmappe und ihre eigenen Unterlagen in einem kleinen, ordentlichen Stapel, daneben ein etwas schiefer Turm CDs. Automatisch wollte er sie geradeschieben, hatte aber zu wenig Gefühl mit den Handschuhen und schubste den Turm ganz um. Baute ihn vorsichtig wieder auf, genauso wie er vorher gewesen war.

Die Terrassentüren waren geschlossen, die Klimaanlage abgeschaltet. Der Mann öffnete vorsichtig eine Tür, ohne hinauszugehen. Üppige Gladiolen in Terracottaschalen, ein zusammengeklappter Sonnenschirm und Rattanmöbel mit weißen Leinenpolstern spielten eine wärmere Jahreszeit vor. Unten, auf dem breiten Boulevard, bewegten sich die Platanen, aber hier oben war der Wind kaum zu spüren.

Der Mann setzte sich an den Schreibtisch und leerte vorsichtig die Tüten aus den verschiedenen Apotheken. Er hatte etwas Mühe, die Packung mit den Latexhandschuhen zu öffnen, dann erst zog er seine Lederhandschuhe aus und streifte sich die dünnen Plastikfinger über.

Sorgfältig legte er alles, was er brauchte, vor sich hin. Atmete langsam aus und ein, bis er sich völlig entspannt und ruhig fühlte. Das tödliche Gas herzustellen, war einfach. Das Problem war die Zeit. Wenn es ihm nicht gelang, die Zutaten in wenigen Sekundenbruchteilen zu vermischen und sicher zu verschließen, war er tot. Sofort. Da konnte ihn auch die offene Tür nicht mehr retten.

Er hatte die Möglichkeiten schon oft durchgespielt. Er könnte sich eine Atemmaske aus Aktivkohle bauen, er könnte die Zutaten in getrennten Pipetten vorbereiten, um sie dann erst durch ein Klebeband zu verbinden. Aber die Handschuhe beeinträchtigten seine Fingerfertigkeit, und zudem bot ihm keine dieser Lösungen wirkliche Sicherheit.

Er hatte die Handgriffe exakt geprobt. Er beherrschte sie blind. Und zur Not konnte er die Luft anhalten, gut drei Minuten, wenn's wirklich drauf ankam.

Der Mann nahm eine Visitenkarte des Hotels aus der Mappe und faltete sie in der Mitte. Er öffnete die Fläschchen mit den Chemikalien und stellte sie bereit. Dann befestigte er die winzigen Saughütchen aus Gummi an zwei der kleinen Glaspipetten. Sorgsam bröselte er die Zitronensäure in die geknickte Karte.

Er nahm das schwarze Feuerzeug mit dem goldenen Logo des Hotels in die rechte Hand und die dritte Glaspipette in die linke. Zögerte kurz. Er hätte eine Kerze nehmen sollen. Was, wenn das Feuerzeug nicht funktionierte? Er schnippte die Flamme an, sie kam sofort. Er hielt das spitze Ende des Röhrchens darüber. Das Glas schmolz wie Wachs, die Pipette war an einem Ende verschlossen.

Er nahm die zweite, saugte vorsichtig drei Tropfen aus dem blauen Fläschchen und gab sie in die erste

Pipette, dann nahm er die dritte und fügte etwas Isopropanol dazu.

Jetzt hielt er die Luft an. Schüttelte die Zitronensäure als Reaktionsbeschleuniger dazu und schnippte das Feuerzeug wieder an, direkt unter der ersten Pipette. Verschmolz blitzartig das hintere Ende.

Er holte Luft. Lächelte. Seit vielen Jahren hatte er sich nicht mehr so lebendig gefühlt. In der Hand hielt er ein winziges, zerbrechliches Glasröhrchen, keine zwei Millimeter breit, keine zwei Zentimeter lang. Gefüllt mit seiner ganz privaten Art von Sarin, einem der schnellsten Gifte der Welt.

Der Mann räumte alle Zutaten wieder in die Apothekertüten zurück, schob sie in die Manteltasche und schloss die Terrassentür. Er setzte sich an den Schreibtisch und öffnete den Laptop. Er schob seinen Daumennagel unter die Kappe der großen Enter-Taste und hebelte sie hoch. Der kleine Hohlraum darunter bot genug Platz für das winzige und extrem fragile Glasröhrchen. Äußerst vorsichtig schob er die Kappe wieder an ihren Platz. Blieb einen Moment sitzen. Bewegte spielerisch die Finger über der Tastatur. Ließ den Zeigefinger kurz über der Enter-Taste schweben. Die Taste, die man am häufigsten benutzte.

Für Lídia würde es nur noch ein einziges Mal geben. Eine Berührung mit minimalem Druck reichte aus, um das tödliche Gas freizusetzen. Er legte die Hände auf den Deckel und schloss den Laptop wieder.

Als er das Zimmer verließ, sah er sich noch einmal sorgfältig um. Nichts war verändert. Er hatte keine Spur zurück gelassen.

3.

»412 bitte«, Lídia lächelte, aber Javi war enttäuscht. Er kannte ihre Zimmernummer doch. Er bewunderte sie, er flirtete mit ihr, er liebte ihr rotes Haar. Javi sah gut aus in seiner maßgeschneiderten Uniform. Das wusste er. Das bekam er täglich zu spüren. Er war nicht mehr irgendeiner der kleinen Bellboys. Lídia hatte sich sogar seinen Namen gemerkt. Sie nahm ihre Post. Lächeln. Eine nichtssagende Geste, und sie wandte sich ab. Javi sah ihr nach. Na schön, sie war eine Ecke älter als er, aber das turnte ihn eher an. Sie war nicht wie die anderen. Und sie hatte eine Bombenfigur, schlank aber üppig an den richtigen Stellen.

Und sie war allein.

Lídia wartete auf den Fahrstuhl und hatte Javi schon vergessen. Von der Bar her kam mitreißend Count Basies Version von ›Baby Lawrence‹. Sie dachte an das Gespräch mit den Kollegen eben und an ihren Vortrag heute Abend. Da war noch ein Punkt, den sie ändern musste. Sie war müde. Sie hätte nicht so viele von diesen verdammt leckeren *roccas* essen sollen. Vielleicht hatte sie noch Zeit für eine kleine *siesta.*

Der Lift kam, und sie stieg ein. Der Wandspiegel war leicht bernsteinfarben getönt und schmeichelte normalerweise. Aber auch er konnte die Ringe unter ihren Augen nicht wegretuschieren. Sie hatte in den letzten Wochen definitiv zu viel gearbeitet und zu wenig geschlafen. Im vierten Stock glitten die Türen auf, und

Lídia ging hinaus auf den weichen Läufer. Jetzt war es fast geschafft. Morgen würde sie zum allerersten Mal in der Öffentlichkeit über Tretino-A sprechen. Vor den Kollegen aus aller Welt. Vor der Fachpresse. Vor den Großen der Pharmaindustrie. Vor Rubén Morales, ihrem früheren Professor. Und vor Marcel.

412. Sie schob die Karte in den Schlitz, öffnete die Tür und ging hinein. Ein fremder Duft. Leicht, aromatisch. Tabak? Das Zimmer war so, wie sie es vor einer Stunde verlassen hatte. Ihr halb ausgepackter Koffer, die Klamotten auf dem Bett, ihr Laptop. Vermutlich rauchte das Zimmermädchen. Lídia setzte sich an den Tisch, klappte den Laptop auf und fuhr ihn hoch.

Ihre Müdigkeit war wie weggeblasen. Sie wusste jetzt, was sie tun musste. Im zweiten Teil ihres Vortrags ging sie ja viel zu stark auf die Einzelheiten ein. Nicht alle bei dem Kongress waren Chemiker. Viele Ärzte und vor allem die Journalisten waren schnell gelangweilt. Sie kramte in dem kleinen Stapel mit den CDs. Komisch, die blau markierte CD hatte sie doch als Letzte aus dem Computer genommen. Und direkt links daneben gelegt. Und jetzt war sie irgendwie nach unten gerutscht. Sie öffnete das Fach und legte die CD ein. Sie hasste es, wenn das Hotelpersonal etwas an ihrem Arbeitsplatz veränderte.

Lídia stand auf und ging ins Bad. Auf der Klopapierrolle waren nur noch wenige Blatt, und eine neue Rolle gab es nicht. Auch sonst hatte das rauchende Zimmermädchen offenbar nicht wirklich sauber gemacht. Lídia wusch sich die Hände.

In dem gnadenlosen Badezimmerlicht sah man

nicht nur die dunklen Ringe unter ihren Augen, auch die feinen Falten neben dem Mund und am Hals. Und den leichten Farbunterschied am Haaransatz. Na ja, nichts, was ein bisschen Schlaf und ein gutes Make-up nicht ausgleichen konnten. Sie schnitt ihrem Spiegelbild eine Grimasse.

Auf dem Weg zurück zum Tisch streifte sie die Schuhe ab und holte sich ein Mineralwasser aus der Minibar. Leichtes Klopfen an der Tür. Lídia wollte jetzt nicht gestört werden, nicht von lieben Kollegen und nicht einmal von Marcel.

Sie riss die Tür ziemlich ungehalten auf. Ein Blitzlicht blendete sie für einen Augenblick. »Nur eine Frage, *señora.* Haben Sie schon einen Namen für Ihre neue Erfindung? Was ist es? Eine Lotion? Eine Creme? Stimmt es, dass es die Haut um Jahrzehnte verjüngen kann?« Eine sehr junge Frau mit makellosem Teint hielt ihr ein kleines Diktiergerät vor die Nase. Hinter ihr stand ein ebenso junger Mann mit einem altmodisch großen Fotoapparat.

Es kam Lídia wie eine Ewigkeit vor, bis sie endlich kapierte, dass das Journalisten waren. Noch ein Blitz. Sie knallte die Tür zu, bevor die junge Frau ihren Fuß dazwischenschieben konnte und verriegelte sie von innen. Nicht zu fassen. Woher wussten die das? Die kamen nicht von einer Fachzeitschrift, das war eher das Niveau der Regenbogenpresse. Was kam da nur auf sie zu?

Lídia nahm ein Glas von dem kleinen Tablett und goss sich Mineralwasser ein. Nahm einen Schluck. Noch einen. Irgendwie war das alles ganz prickelnd.

Diese Aufmerksamkeit. Dieses große Interesse. Und Tretino-A war ein Durchbruch, keine Frage. Eine absolute Neuheit.

Garry DeVille hatte zuerst ja nur eine Andeutung gemacht. Und Lídia glaubte, sich verhört zu haben. Aber er hatte wirklich von diesen Dimensionen gesprochen. Millionen. Unvorstellbare Summen.

Sie würde sich heute Abend noch einmal die Haare waschen. Dazu der mitternachtsblaue Anzug aus weich fallender Viskose, der ihr so gut stand. Ja, und diese völlig irren neuen Schuhe dazu. Sie musste ja nicht mehr weit laufen, heute Abend blieben sie im Hotel.

Sie setzte sich wieder an den Laptop und klickte sich mit der Maus auf die Seite drei ihres Vortrags. Hier. Die Behandlung mit Alpha-hydroxy-Säuren ... dieser ganze Absatz musste raus, darum ging es ja überhaupt nicht. Stattdessen eine leicht verständliche Zusammenfassung der schwachen beziehungsweise schädlichen Wirkung von Fruchtsäuren, Trichloressigsäure und ähnlichen Stoffen. Sie musste sich völlig auf die Vitamin-A-Säure konzentrieren.

Sie markierte eine halbe Seite und ging auf Ausschneiden. Lídia lehnte sich zurück und überlegte. Vor den Fenstern hatte der Wind zugenommen. Der zusammengebundene Sonnenschirm versuchte sich zu befreien, und die Oleanderbüsche rieben sich an der Balkonbrüstung. Ihr fiel ein, wie sie vor über zwei Jahren mit der Forschungsarbeit begonnen hatte. Das war noch bevor sie auf die Idee gekommen war, Tretinoin so intensiv für ein Anti-Aging-Mittel einzusetzen. Damals hatte sie noch ganz harmlos an einer neuen Gesichtscreme gearbeitet. Dann hatte es in Deutschland einen ziemlich heftigen Skandal gegeben. Eine bekannte Schauspielerin hatte eine Schönheitscreme auf den Markt gebracht und sich zum Gespött der Medien gemacht, weil die Creme statt Jugend und Schönheit nur Hautreizungen und Entzündungen hervorrief. Was hatten sie gelacht. Lídia und ihre Chemiestudenten. Paco mit seiner blühenden Akne und der dunkelhäutige Ali mit seinen Pockennarben.

Sie hatten sich Lídias neue Paste sofort selbst ins Gesicht geschmiert. Obwohl die damals aus nicht viel mehr als Schweinefett und Vitamin A-Säure bestand. Aus Spaß. Aber das Ergebnis hatte sie alle verblüfft. Die Akne beruhigte sich, die Pockennarben schienen sich zu glätten. Nur Lídias Falten blieben, wie sie waren. Die ersten Tage, Wochen. Dann, sehr langsam, verschwanden auch sie.

Das wäre doch eine lustige Story als Einstieg in den etwas trockenen Chemieteil. Lídia hatte lange nichts mehr von den beiden gehört. Soweit sie wusste, hatte Paco die Apotheke seiner Eltern in Toledo übernommen, und Ali war in ein pharmazeutisches Forschungsprogramm an der Uni Madrid aufgenommen worden.

Vor gut zwei Jahren arbeitete ich … nein, viel zu trocken. Der Wind ließ die Rattanliegen über den Terrassenboden schubbern. *Eigentlich ist der Skandal um einen deutschen Filmstar schuld an meiner Entdeckung* … genau, so konnte das gehen. YES!

Absatz, neue Zeile.

Lídia drückte die Enter-Taste.

4.

Es wurde schnell dunkel. Das wolkenzerfetzte Grau des Himmels war nur noch eine Schattierung heller als die flachen Dächer mit ihren schieferfarbenen Aufbauten. Die meisten Pflanzen in den roten Tonschalen hatte Pia schon heruntergeschnitten, nur ein paar letzte Oleanderblüten hatten sich bisher erfolgreich gegen die Herbststürme behauptet.

Der Kater sprang auf die Steinbrüstung und rollte sich zu einer gelben Pelzkugel zusammen. Der Wind plusterte sein dichtes Winterfell auf und ließ ihn fast doppelt so groß aussehen. Er saß mit dem Rücken zum Wind, damit er die Tür zur Küche im Auge behalten konnte.

Pia schloss den Bericht ihres letzten Falles ab. Eine alte, reiche Frau, die glaubte, ihr Mann wolle sie ermorden. Alle hielten sie für verrückt. Das war das Ziel des Mannes, der trickreich alles Mögliche unternahm, um sie in den Suizid zu treiben. Pia und die anderen Detektivinnen von Llimona 5 hatten den wahren Sachverhalt aufgeklärt. Der Mann wurde mit einer Bannmeile belegt. Und die Frau saß jetzt einsam und allein in ihrer Villa und weinte sich die Augen nach ihm aus.

Das war einer von diesen Fällen, die zwar gutes Geld in die Firma brachten, aber einen extrem schalen Geschmack hinterließen. Das waren Momente, in denen Pia sich nach der guten alten und ehrlichen Polizeiarbeit zurücksehnte.

Bevor sie ihre Vergangenheit in der Laietana noch weiter idealisieren konnte, speicherte sie den Bericht auf CD und schloss den Laptop. Es war still in der großen Wohnung. Pia ging vom Büroteil hinüber in den vorderen Wohnteil. Zwischen den Schlafzimmern hatte sie ein paar Fotorahmen aufgehängt. Der schäbige und verrottete Dachboden, den sie vor ein paar Jahren gekauft hatte. Sie konnte es manchmal noch heute nicht glauben, wenn sie durch den hellen Flur lief, entweder in die Büroräume hinten, oder nach vorn in ihre Wohnung.

Nur mit der Stille kam sie nicht so zurecht. Diese Wohnung war zu groß für Ruhe. Pia liebte es, wenn Stimmen durcheinander brüllten und aus jedem Zimmer Musik dröhnte. Aber heute waren sie alle unterwegs. Dagmar traf sich mit Fusté, dem großen Anwalt und ihrem Seniorpartner, um über die rechtlichen Möglichkeiten zu sprechen, ihre Wohnung zu behalten. Die Vermieterin hatte ihr im Testament ein Wohnrecht vermacht. Der Neffe focht dann das Testament an. Er lebte nicht mehr, aber weder die Suche nach weiteren Erben noch das Verfahren waren abgeschlossen.

Janet recherchierte für Dagmar. Dagmars geschiedener Mann hielt die gemeinsamen Kinder immer noch auf Mallorca versteckt. Aber Janet war dabei, einen trickreichen Plan zu entwickeln, wie sie die Kinder unter Umgehung aller juristischen Unmöglichkeiten doch noch zurückbekommen könnten.

Barbara traf sich mit Felip, ihrem Musikerfreund. Angeblich zu einem klärenden Gespräch. Sie liebten sich, aber sie konnte mit seiner ewigen Eifersucht und

Kontrollsucht nicht länger leben. So wie Pia die beiden kannte, würden sie nicht viel Zeit mit Reden verschwenden.

Pia grinste, als sie Fritz *the cat* auf der Betonbrüstung sitzen sah. Dick aufgeplustert tat er so, als würde er nicht bemerken, dass Pia die Tür aufmachte.

»Na, komm schon rein. Sonst wird's hier auch kalt.«

Fritz bewegte sich nicht. Seine grünen Augen waren schmale Schlitze. Pia ging hinter die Küchentheke und zog die Kühlschranktür auf. Das Geräusch genügte, seine Katerwürde bröckeln zu lassen. Er mühte sich nicht mal mit einer kleinen Putzshow ab, er flitzte direkt herein.

Pia kraulte ihn und gab ihm die Reste von gebratenen Hühnerflügelchen auf einer Zeitung. Fritz konnte gleichzeitig schnurren und essen.

Anna. Anna hatte versprochen, anzurufen, wenn sie etwas erfuhr. Sie zog um die Häuser. Wartete. Sie hatte eine Speichelprobe im Labor abgegeben. Für den Gentest, den ihr Vater in seinem Testament eingefordert hatte. Weil er seine Vaterschaft bei ihr anzweifelte. Annas Brüdern ging es um das Geld. Aber ihr ging es nur um den Vater, den sie nie gehabt hatte.

Pia wäre gern bei ihr gewesen, aber Anna hatte sogar Dagmars Hilfe abgelehnt. Sie war achtzehn, sie war erwachsen. Und sie wollte das allein durchstehen.

Pia überlegte, was sie essen konnte, und suchte eine CD von John Lee Hooker heraus, als das Telefon läutete. Ihre Mutter.

»Pia, mein Kind, wie geht es dir?«

»Gut. Warum?«

»Bist du wieder an einem deiner schrecklichen blutigen Fälle dran?«

»Nein, nicht im Moment.«

»Kennst du das Gran Hotel Big Sur?« Dieser plötzliche Themawechsel irritierte Pia. Sehr vorsichtig antwortete sie.

»Ja. Warum?«

»Da findet doch dieser Kongress statt.«

»Da findet ganz sicher kein Kongress statt. Das ist ein Hotel.«

»Dieser Lin … ich kann mir den Namen nicht merken. Es geht um Anti-Aging.«

»Kann schon sein, ich glaube, im Moment findet unter anderem der Linus-Pauling-Kongress statt, oben auf dem Montjuich, auf der Fira de Barcelona.«

»Aber die Teilnehmer wohnen im Big Sur! Die wichtigsten jedenfalls. Das haben sie im Fernsehen gebracht. Und da ist eine Frau dabei, die hat eine neue Formel gefunden. Mit der man sich um Jahrzehnte verjüngen kann!«

»*Madre mia*, du glaubst doch nicht etwa an diesen Schwachsinn!« Pia hatte Mühe, höflich zu bleiben. Ihre Mutter schien unbeeindruckt.

»Pilar, das sind wissenschaftlich erwiesene Wirkungen. Es geht um eine gewaltige Erfindung! Die Zeitungen schreiben darüber, das Fernsehen berichtet. Lídia Pastor heißt die Frau. Sie hat einen Doktor. Als Chemikerin.«

»Ich bin beeindruckt. Und soll ich jetzt da hingehen, und mir ein Probetübchen besorgen?«

»Könntest du das denn tun?« Das kam ohne jede

Ironie. Voller Erwartung. Eigentlich hätte Pia sich geschmeichelt fühlen können, dass ihre Mutter, vermutlich zum ersten Mal in ihrem Leben, ihr etwas zutraute. Sie um etwas bat. Pia holte tief Luft.

»Na gut, ich versuche es, okay?«, log sie und beendete das Gespräch mit dem bekannten Druck in der Magengegend. Wie nach jedem Gespräch mit ihrer Mutter. Wieso konnte sie ihr nicht wenigstens einmal ehrlich die Meinung sagen. Pia nahm sich eine Flasche 99er *gran reserva* und setzte den Korkenzieher an, als es an der vorderen Wohnungstür läutete.

Anna, dachte sie. Aber es war Luis. Luis Llobet, der gute alte Freund. Kaum wiederzuerkennen. Der bekannte Kopf mit dem extrem gelichteten Haupthaar, das friedlich runde Gesicht mit den intelligenten, wachen Augen und dem sinnenfreudigen Mund. Aber der rundliche Körper steckte nicht wie sonst in einer sand- oder cremefarbenen Freizeitkombination mit hohem Plastikanteil, sondern in einen schwarzen Abendanzug. Schneeweißes Hemd. Rot-golden gepunktete Fliege.

»Pia, mein Schatz«, sagte er. »Zieh dein kleines Schwarzes an und folge mir!«

»Soll das ein Scherz sein?!« Pia hielt mit einem Fuß Fritz zurück und zog mit einer Hand Luis herein. »Aber erklär mir bitte auch die Pointe!«

Luis ging in die Küche, nahm sich den Rotwein und setzte den Korkenzieher an. Pia stellte automatisch zwei Gläser auf die Theke. Das war kaum zu glauben. Sie kannte Luis seit vielen Jahren, aber sie hatte ihn noch nie im dunklen Anzug gesehen. »Hast du den aus dem Kostümverleih?«

»Das ist mein Hochzeitsanzug.«

»Luis! Du bist verheiratet?!« Abgründe taten sich auf. Pia kannte Luis nur als regelmäßigen Besucher des Raval und der dortigen Damen. Er grinste und schnupperte am Korken.

»Nein. Aber man kann doch nie wissen. Willst du mich heiraten? Bitte! Den schwarzen Anzug habe ich schon.«

»Ja, sofort, ich liebe dich.« Pia lachte und stieß mit Luis an. »Und um was geht es jetzt? Eine Beerdigung?«

»Kongress. International. Linus Pauling. Ärzte und Chemiker aus aller Welt.« Er probierte den Wein und schmatzte. Pia stellte Kräcker auf die Theke.

»Meinst du das ernst? Du bist bei diesem Anti-Aging-Kongress dabei?«

»Pia, meine Süße. Einige der wichtigsten Teilnehmer wohnen im Big Sur. Und dort kocht mein alter Schulfreund Basili Álvarez, und er macht die besten Tapas und Buffets der westlichen Hemisphäre. Also habe ich mich zu dieser Tagung eingeladen. Entschuldige, ich bin schließlich Pathologe. Und hier geht es unter anderem um Botulinustoxin, allgemein bekannt als Botox. Das Zeug, das sich im Moment alle diese reichen Damen ins Gesicht und sonst wohin spritzen lassen. Damit es ihnen die Mimik, die Falten und die Schweißdrüsen weglähmt. Und was ist dieses Botox?«

Pia sah ihn erwartungsvoll an. »Du wirst es mir gleich sagen.«

Luis strahlte. »Leichengift. Nichts anderes als eine Form von ganz normalem Leichengift. Und dafür bin ich ja nun der absolute Fachmann. Richtig?«

Pia starrte ihn an und wusste nicht, was sie sagen sollte. Dachte an ihre Mutter und an das Probetübchen. Musste lachen. »Okay, okay, ich zieh mich nur schnell um.«

Luis goss sich Wein nach.

Pia hatte nicht viel Auswahl an Kleidung für festliche Gelegenheiten in ihrem Schrank. Sie nahm automatisch den Nadelstreifenanzug und das weiße Top. Das war ja absurd. Sie auf einem Anti-Aging-Kongress. Schönheit und ewige Jugend. Mit Luis. Zur festlichen Eröffnung. Wenn ihre Mutter sie jetzt sehen könnte, wäre sie möglicherweise zufrieden. Nein, sie würde einen Hosenanzug zu so einem Anlass nie gutheißen.

Pia füllte den Napf für Fritz auf und schrieb eine Nachricht für Anna und die anderen. Als sie den geschützten Innenhof verließen, packte sie der feuchtkalte Wind, der die enge Straße hochpfiff. Sie liefen zur Plaça del Regomir vor und nahmen das erste Taxi, das vorbeikam.

Pia kannte das Hotel vom Vorbeifahren, war aber noch nie drin gewesen. Als das Taxi hielt, kam der Portier in seiner schwarzgoldenen Prunkuniform und riss ihr die Tür auf. Er hatte die dunkle Haut eines Afrikaners und sah aus wie einer dieser Kinopotentaten. »Danke«, sagte Pia und grinste. Er verzog keine Miene, neigte nur kurz den Kopf.

»Hombre!« Pia wartete auf Luis, der das Taxi zahlte. »Sag mal, Luis, bin ich in ein Zeitloch gefallen?«

»*Hola*, Kofi«, begrüßte Luis den Portier, der verneigte sich leicht.

»Don *medico* Luis.«

Sie gingen durch das gläserne Portal, und für einen Moment glaubte Pia, der Portier habe ein Auge zugekniffen.

»Wo, zum Teufel sind wir hier?« fragte sie. Kronleuchter, weiche Teppiche, Marmorsäulen und bequeme Sitzecken, Luxus pur. Luis hatte es eilig. Er rannte fast durch die riesige Halle und blieb nur kurz an der Rezeption stehen.

»Javi, wie geht's. Sind sie schon alle da?«

»*Hola*, Luis. Ja, drüben im Festsaal.« Der hübsche Junge in schwarzgoldener Uniform beugte sich über seinen Rezeptionstresen. »Soviel ich gehört habe, fangen sie gleich an. Jede Menge Journalisten, das Fernsehen ist da und sogar ein Minister! Sie warten nur noch auf die heutige Hauptperson, die schöne Lídia Pastor.«

Luis eilte weiter, an den Fahrstühlen und einer Treppe vorbei in einen langen Gang, direkt zur Küche. Auf dem Weg gab er Pia eine Kurzinfo. »Der Chef vom Big Sur ist der stinkreiche Erbe der Hotelkette *Hostal del Sur*. Márius Meléndez. Er singt. Er wollte zur Oper. Aber er musste das Gran Hotel übernehmen. Jetzt macht er eben aus dem ganzen Hotel eine Opernbühne. Kofi vorhin heißt wirklich Kofi, kommt aus Ghana, studiert Philosophie und überlegt, ob er nicht lieber gleich zum Kabarett gehen sollte. Hier sind wir schon.« Luis schob eine schwere Eisentür auf, noch ein Vorraum, und dann waren sie in einer gewaltigen Küche.

Dampfschwaden, Stimmengewirr, jede Menge weiß gekleidete Leute, die wild durcheinander rannten. Und eine aufregende Mischung köstlichster Gerüche. Einer der Köche war in Schwarz. Das klassische Kochoutfit mit Tuch am Gürtel und einer doppelten Knopfreihe. Nur eben in Schwarz. Die Knöpfe waren golden, das Tuch currygelb. Er war groß und dick, sein Haar dicht und dunkel und zu einem militärisch kurzen Meckischnitt gestutzt. Er hatte eine kleine Kasserolle in einer Hand, einen Löffel in der andern. »Luis, alter Gauner. Hier, probier mal.«

Luis nahm den Löffel, schmeckte, nickte. »Estragon-Senf. Genau richtig, keine Zutat dominiert die andere. Genial.«

»Schön, dich zu sehen«, er nahm einen frischen Löffel und hielt ihn Pia hin. »Was meinen Sie?«

Pia probierte. Spürte einen feinen Estragongeschmack. »Was ist da noch dabei? Eine Spur Zimt?«

Der dicke Koch strahlte sie aus kobaltblauen Augen an. »Ich habe es noch nie erlebt, dass Luis eine Frau in meine Küche mitgebracht hat. Er muss Sie wirklich lieben. Ich bin Basíli Álvarez.«

»Das ist Pia Cortes-Casares. Und ich liebe sie tatsächlich. Aber sie will mich nicht heiraten. Obwohl ich den schwarzen Anzug schon anhabe.«

Basíli lachte, dann fiel ihm etwas ein. »Das ist doch nicht die Pia von der *policía.* Die Detektivin. Und du bist doch hoffentlich nicht als Gerichtsmediziner hier. *Hombre*, Luis, du hast doch nicht etwa vor, mir heute mein wunderbares Buffet zu verderben!«

»Ganz im Gegenteil. Ich will es genießen! Erzähl schon, was gibt es?«

»Vom Feinsten. Du wirst begeistert sein! Da oben steht schon ein kaltes Buffet der allerobersten Klasse, aber wir werden auch noch frische und warme Speisen servieren. Es ist ja noch früh am Abend, aber ich denke, das dauert sicher …«, Basili brach ab, als er einen der Jungköche durch die Schwingtür hereinkommen sah. Er winkte ihn zu sich. »Und? Wie sieht's aus? Haben die schon mit den Reden begonnen? Uns verdirbt doch alles da oben! Das Eis schmilzt, die Soßen dicken ein …« Der junge Mann hob die Schultern.

»Dauert wohl noch. Sie warten auf irgendeine Frau Doktor. Sie scheint sehr wichtig zu sein.«

5.

So nah am Hafen war es viel kälter als oben zwischen den Häusern. Der Wind knallte ungebremst vom Meer herein, feucht und beißend. Júlia fror erbärmlich in dem bescheuert kurzen Rock. An der Ecke bei der U-Bahnstation, an der sie sonst immer einige der Jungs traf, stand nicht mal mehr der blinde Losverkäufer. Die Schrägwand über der Treppe war inzwischen fast völlig bedeckt. Angefangen hatten die Graffitikids mit den üblichen bunten Kritzeleien. Aber dann war Severí aufgetaucht und hatte die schlechten comics gecrosst, das heißt mit richtigen Bildern übermalt, große *pieces* und *burner*. Im Gegensatz zu vielen anderen war seine Signatur nur ein winzigkleines *tag*, ein verschlungenes **sí**. Es war ihr schon in den verschiedensten *barrios* aufgefallen. Er hatte sie beeindruckt, noch bevor sie ihn tatsächlich traf. Seine Bilder waren überbordend, gewaltig, aber doch rund. Er sprayte keine bekannten *character*. Er erfand sie, formte sie, erschuf eine ganz eigene Welt in ganz eigenen Farbkombinationen. Als sie sein auffälliges *tag* zum ersten Mal an der U-Bahnwand bei der Kolumbusstatue entdeckt hatte, begann sie ihm aufzulauern. Er kam in den frühen Morgenstunden, wenn hier wirklich kaum noch jemand unterwegs war. Er war sechzehn, nicht viel größer als sie, aber breitschultrig und muskulös. Er trug immer weite Skaterhosen, ein Kapuzenshirt und eine Weste mit vielen Taschen. Dunkles Kurzhaar und schwarze Augen. Er war unglaublich schnell. Als er sie das erste Mal bemerkte, verschwand er, noch bevor sie etwas sagen konnte. Beim zweiten Mal ging er auf sie los. Júlia blieb einfach stehen. Sie starrten sich ein paar Sekunden lang an. Dann sprayte er weiter und ließ sie zusehen. Er sprach nicht. Seinen Namen erfuhr sie erst, als Roger dazu kam.

Roger war fünfzehn, größer als sie beide und mager wie ein Skelett. Er hatte strähnig blondes Haar und eine schmale Brille mit Hornrand. Seine Farbdosen hatte er in einem Rucksack, und sein *tag* war ein eckiges **rEg**. Júlia hatte es noch nie vorher gesehen, aber Severí begegnete Roger mit Respekt, als der sich neben ihn stellte und seine *burner* zu sprayen begann. Völlig anders, feine Linien, eckige, fast grafische Elemente, die sich zu gigantischen Phantasiemaschinen zusammenfügten. Kaum Farben.

Roger redete unentwegt. Als er einmal zu ihr hinsah, und offensichtlich eine Antwort erwartete, machte sie ihm mit Gesten klar, dass sie ihn nicht hören konnte. Seine einzige Reaktion war ein kleines Schulterzucken. Aber danach wandte er ihr immer das Gesicht zu, wenn er ihr etwas sagen wollte, und pronon̩cierte genau.

So erfuhr sie alles. Severí und er waren nicht nur *writer*, sie waren Künstler. Sie würden berühmt werden. Sie hatten Großes vor. Sie gehörten nicht zu denen, die jede Hauswand anpissen mussten, um sich zu beweisen. Sie suchten sich große kahle Flächen, um die Bilder aus ihrem Kopf rauszubekommen. Und sie ganz real der Welt zu zeigen. Severí hatte eine Digitalkamera, mit der er die fertigen *pieces* aufnahm, um sie später ins Internet zu stellen.

Vorher war Júlia meistens mit Yussef und seiner Clique herumgezogen. Sie kamen aus den Randgebieten der Stadt, viele aus Nordafrika. Ein paar reiche Söhnchen waren auch dabei. Ihr ganzes Leben drehte sich um Motorräder.

Sie ließen sie in Ruhe. Sie hatten außer Bier nur ihre völlig irren Maschinen im Kopf. Sie zogen völlig ausgeflippte Shows ab, zu der die Fans aus den umliegenden *barrios* kamen. Nachts. Irgendwo am Rand der Stadt. Außerhalb der normalen Polizeirunden. Sie redeten nicht viel. Sie interessierten sich nicht für Júlias Handicap. Sie akzeptierten sie, weil sie keine Angst kannte. Júlia war zu schwach, um ein liegendes Motorrad wieder aufzustellen, aber groß genug, um es zu fahren. Zuerst fuhr sie hinten mit. Dann versuchte sie es selbst. Sie lernte schnell. Es machte Spaß, so ein schweres Ungetüm zu beherrschen, ihm seinen Willen aufzuzwingen. Und es war schön, von den großen Jungs akzeptiert zu werden. Keine Anspielungen auf ihr Alter, aber es machte sie auch keiner an. Und geredet wurde sowieso nur das Allernötigste. Sie wurde zu so einer Art Maskottchen.

Júlia fror. Yussef und seine Freunde hatte sie schon lange nicht mehr gesehen. Die ewig gleichen Männlichkeitsriten begannen sie zu langweilen. Als sie Severí und Roger kennenlernte, fing sie auch wieder an zu zeichnen. Sie hatte früher ganze Blöcke voll gemalt, aber als sie die alten Blätter wieder hervorholte, packte sie auch die Vergangenheit wieder und würgte ihr die Luft ab.

Das Haus in München, der große Garten bis hinunter zum Isarufer. Blauer Föhnhimmel und bunte Schmetterlinge in der Luft. Der Vater, der mit dem elektrischen Rasenmäher Kreise zog. Ein feiner hellgrüner Sprühnebel über ihm und der herbe Geruch von frisch gemähtem Gras. Der kleine Marc, der mit seinen Duplosteinen eine Burg auf dem Kies baute. Und schrie, wenn die Mauern immer wieder einstürzten. Weit aufgerissener Mund und in den Augen die blanke Wut. Und Mama. Die das Tablett mit Kaffee auf den Terrassentisch brachte. Erdbeerkuchen mit Sahne.

Júlia wollte alle die alten Zeichnungen verbrennen, aber die Großmutter hatte sie erwischt und ihr alles weggenommen. Sie hatte nicht geschimpft oder mit ihr geredet, sie hatte nur vor sich hingejammert, wie sie es immer tat, und ihr Schicksal beklagt. Das ihr den einzigen Sohn genommen und ihr stattdessen diese schwachsinnige Enkelin geschickt hatte.

Meistens gelang es Júlia gut, das alles abzukapseln und wegzudrücken. Die Fahrt in die Ferien. Nach Italien. Marc hatte geschlafen, sie hatte mit dem Gameboy gespielt. Tetris. Sie war beim letzten *level*, kurz vor dem Feuerwerk. Die Mutter fuhr, der Vater hielt die Karte. Sie sah weder den aus der Spur geratenen Truck noch konnte sie den Krach hören. Eben hatte sie noch die kleinen bunten Computerquader vor Augen, dann die helle Neonröhre im Krankenhaus. Sie hatte keine wirklichen Schmerzen, nur hinter den Augen klopfte es dumpf, ein Arm war in Gips und der eine Knöchel getapet. Die Ärzte und Schwestern kamen, untersuchten sie, lächelten traurig und strichen ihr über das Haar. Erst die Frau vom Jugendamt brachte eine andere Frau mit, die gebärden konnte und ihr alles sagte. Sie glaubte es nicht. Sie konnte sich einfach nicht vorstellen, dass der Vater, die Mama und der kleine Marc plötzlich nicht mehr dawaren. Tot. Für immer. Zur Beerdigung brachte sie die Frau vom Jugendamt, sie brachte sie auch später in das Heim. Sieben Wochen. Bis die Antwort von der Großmutter kam, dass sie nach Barcelona kommen konnte.

Júlia hatte es nicht lange ertragen. Sie war immer wieder abgehauen. Hatte sich in das Straßenleben eingefügt. Die *abuela* ging früh schlafen und kam gar nicht auf die Idee, Júlias Zimmer noch einmal zu kontrollieren. Morgens allerdings weckte sie sie, und Júlia musste so tun, als würde sie in die Schule für *sordomudos* gehen. Sie war nicht taubstumm, verdammt. Sie war gehörlos. Nichts weiter.

Sie strich durch die Stadt. Klaute hier mal ein Teil,

ließ dort ein paar Rezeptformulare mitgehen. Nichts Spektakuläres. Sie versuchte, zu überleben. Im Sommer war es einfach. Aber jetzt wurde es mühsam.

Júlia hatte bei Yussef und seinen Leuten zum ersten Mal von den Thaipillen gehört und sie auch probiert. Damit konnte man die Nächte gut durchstehen. Man hatte keine Angst mehr. Ein gutes Gefühl. Sie versorgte Severí und Roger.

Severí nahm alles, was er bekommen konnte. Er hatte die Taschen immer voller bunter Pillen, er rauchte, sniffte, und er trank süße Liköre, am liebsten Ponche in der silbernen Flasche. Severí lebte wirklich auf der Straße. Er hatte überall Verstecke, er kannte sich aus. Er stahl, und manchmal stieg er zu einem älteren Mann ins Auto. Am nächsten Tag hatte er immer jede Menge neuer Farben dabei. Roger verweigerte Drogen, sogar Bier und Zigaretten. Er lebte mit seinen Eltern und acht oder neun Geschwistern gleich drüben im Raval, in einer der winzigen Wohnhöhlen, hinter dem MAC BA, dem neuen Museum. Die Familie schlug sich wohl irgendwie mit der Sozialhilfe durch, der Vater soff und verprügelte Frau und Kinder regelmäßig. Das Jugendamt schickte immer wieder mal jemanden vorbei, aber an solchen Tagen ließ der Vater sich nicht sehen. Zwei Schwestern waren im Heim, und Rogers ältester Bruder saß im Can Briants, seit er achtzehn war.

Manchmal kam eine seiner kleinen Schwestern angelaufen und holte ihn heim. Mitten in der Nacht. Roger ließ dann sofort alles stehen und liegen und lief mit. Júlia versuchte manchmal, sich sein Leben vorzustellen. Roger inmitten von Schmutz, Chaos und Brutalität. Sie kannte ihn nur freundlich, sanft und fürsorglich. So einen Bruder hätte sie gern gehabt.

Júlia fror. Sie war so allein. Und sie hatte keine Ahnung, wo sie nach den anderen suchen sollte. Aber heim in die Banys Vells zur *abuela* wollte sie auch nicht. Sie starrte auf die Wand mit den großflächigen Farben und Formen und wünschte, irgendjemand würde vorbeikommen. Sie kramte eine der Apothekertüten heraus, zog eine Packung Yaba heraus und riss sie auf. Nahm gleich zwei von den Dingern. Unten rechts an der Mauer war noch eine kleine Fläche frei. Júlia hatte noch nie allein gesprayt. Sie sah sich um, sie war immer noch allein. Sie setzte den Rucksack ab und holte drei Farbdosen heraus. Schwarz, rot und grün.

Sie sah sich noch einmal um und fing an. Zaghaft zuerst, nur ein kleiner Klecks. Dann ein Strich, ein Bogen, ein Kreis. Immer kühner, immer schneller. Ein Mensch mit einem Rabenkopf. Blutroter Schnabel. Sie vergaß die Straße und die Stadt. Zu Hause hatte sie verschiedene *tags* ausprobiert, sich dann für das Auge entschieden. Signierte unten rechts. Ein handgroßes stilisiertes Auge mit grüner Iris.

Sie hörte nicht, dass hinter ihr ein silbergrauer Audi bremste, anhielt. Sie hörte nicht, dass die Scheibe heruntergekurbelt wurde, und ein Mann sie ansprach. »*Hola*, Kleine, ist dir nicht kalt?«

Sie hörte weder die Tür klappen noch seine Schritte hinter ihr. Aber plötzlich roch sie sein süßliches Rasierwasser. Und fuhr herum. Er war groß, alt und fett. Sein kahler Kopf schimmerte bläulich im Licht der Straßenlaternen. Seine nass glänzende Unterlippe wölbte sich vor, als er etwas sagte. Seine Zähne waren zu weiß um echt zu sein.

Er hatte keine Wimpern, das irritierte sie. Nackte Kulleraugen von einem matten Steingrau. Er sagte etwas, »na, komm schon«, oder so ähnlich. Und streckte seine Hand nach ihr aus. Júlia sah die breiten Finger, die kleinen schwarzen Lockenhärchen zwischen den Gelenken und den tief ins Fleisch eingewachsenen Ehering.

Sie war wie gelähmt, reagierte viel zu spät. Er hatte schon ihren Arm in einem eisernen Du-gehörst-mir-Griff und zog sie zu sich her. Als er noch breiter grinste, konnte Júlia das rosa Plastikzahnfleisch über den weißen Plastikzähnen sehen.

Sie versuchte, sich mit einem Ruck zu befreien, aber er packte sie nur noch fester. Schmerz. Zog sie dicht zu sich, hinein in seinen modrigen Geruch von Schweiß, Rasierwasser und kaltem Zigarrenrauch. Sein Mund sprühte ätzende Giftnebel: »Willst du um Hilfe schreien?« Sie kam gar nicht auf die Idee, zu schreien. Sie wusste nicht mal, wie sich das anhörte. Er zog sie zu seinem Auto, sie stemmte die Füße in den Boden. »Soll ich die Polizei für dich rufen? Sollen wir ihnen die Farbdosen da zeigen? Und dein neuestes Kunstwerk?«

Er packte ihr T-Shirt, mitten ins Gesicht von Einstein, und riss es hoch. Die kalte Luft traf ihren nackten Bauch. Er stemmte sein fettes Knie zwischen ihre Beine, rauer Stoff rieb an der weichen Innenseite ihrer Schenkel. Er zerrte an ihrer Jacke. »Na, komm schon!« Er zog die Autotür auf, hielt sie mit der Schulter offen und drehte ihr den Arm auf den Rücken. Sie krümmte sich hilflos. »Du kleines Miststück!«

»Ist gut«, krächzte sie, »ist ja gut!« gab nach und ließ sich schlaff mitziehen. Er schnaufte hinter ihr, drückte ihr den Kopf herunter und bugsierte sie ins Auto. Sie wehrte sich nicht. Bis sein Griff sich etwas lockerte.

Dann warf sie sich plötzlich herum und trat zu. Versuchte, die Schwellung in seiner Hose zu treffen. Er schnappte nach Luft, ließ sie aber nicht los. Sie trat noch einmal. So fest sie konnte. Er riss den Mund auf und krümmte sich zusammen. Júlia drehte sich aus seiner Nähe und rannte los. Über den Platz, ein Stück die Anselm Clavé entlang, bis zu den wuchtigen Militärgebäuden, dann schob sie sich schwer atmend in einen Zwischenraum hinter den Mauerblöcken.

Sie hatte ihren Rucksack mit den Farben verloren, aber das war egal. Der Mann war ihr nicht gefolgt. Sie war in Sicherheit. Aber die Panik ließ sie zittern. Ihr war klar, was da auf den Straßen los war. Severí stieg zu solchen Männern ins Auto. Nur, dass sie eben auf Jungs standen, nicht auf Mädchen. Júlia wusste ganz genau, was Severí dort tat, und womit er das Geld für die Farben, die Pillen und das Koks verdiente. Und natürlich hatte sie das auch schon erlebt, dass alte Männer sie angemacht hatten. Aber noch nie war sie sich so klein und so schutzlos vorgekommen.

Hier, hinter den Mauern war es etwas wärmer, die dichte Hecke aus gestutztem Siempreverde bot zusätzlichen Schutz.

Weiter vorn, auf dem Passeig de Colom raste ein

Polizeiauto vorbei, lautlos für sie, aber das flackernde Blaulicht reflektierte in den obersten Fenstern.

Júlia leerte ihre Taschen, kippte die Yabapäckchen aus den Apothekertüten, schüttelte alles unter die Büsche und trat mit dem Schuh Sand darüber. Warf auch die Tüten weg und lief los. Links in die Codols und weiter durch das *barrio* bis hinauf zur Banys Vells.

Sie spürte die Kälte nicht mehr. Sie spürte die Tränen nicht, sie spürte nichts mehr. Sie lief.

6.

Die ersten Spuren der Vergänglichkeit zeigten sich bereits. Das Eis der gigantischen Schwäne und kunstvollen Turmbauten begann bereits verdächtig zu glänzen, die ersten Blumen wurden schlaff in ihren Steckschwämmen, die schaumigen Soßen bekamen erste Trockenränder.

Pia hatte noch nie in ihrem Leben ein so gewaltiges Buffet gesehen. Ihre Mutter hatte manchmal von den großen Empfängen gesprochen, in den glücklichen Tagen, als sie noch bei ihren vornehmen Eltern in Madrid lebte, bevor sie einen einfachen Polizisten heiratete und nach Barcelona zog.

Eine breite, weiß gedeckte Tafel zog sich fast über die volle Länge des Festsaals. Obst, Salate, Gemüse; Meeresfrüchte, Krustentiere, Fleisch; gebratenes, gesottenes, frittiertes; katalanische Küche und Spezialitäten aus anderen Regionen Spaniens. Türme und Schüsseln mit raffinierten *tapas* aller Arten. Überall dienstbare Helfer in strahlendem Weiß. Ein Drittel der Tafel war für die warme Küche vorbehalten, die Jungköche kümmerten sich um Dutzende dampfender Schüsseln auf den Warmhalteplatten. Gewaltige Blumenarrangements und kühne Skulpturen aus glitzerndem Eis.

Pia aß für ihr Leben gern. Aber diese Fülle lähmte bei ihr jeden Appetit. Nicht so Luis. Er stand schon mal prüfend bei den Krustentieren, um sich für später einen Überblick zu verschaffen.

Auf der Fensterseite und im hinteren Drittel waren kleine Stehtischchen aufgestellt. Vorn war ein weiter Platz freigelassen, auf der Bühne stand ein kleines Pult mit Mikro, dahinter spielte eine dunkel gekleidete Band leisen Softjazz.

Die Veranstalter, der Minister mit seinem Tross, die Fernsehmoderatoren, einige ausgewählte Journalisten und andere Promis standen direkt neben der Bühne.

Die anderen Besucher drängten sich in der vorderen Hälfte des Saales. Viel mehr Männer als Frauen, Pia schätzte sie auf über hundert. Eine Gruppe fiel ihr besonders auf. Vier Männer und eine Frau. Sie standen etwas abseits, wurden von den anderen Teilnehmern immer wieder respektvoll gegrüßt und schienen in ein sehr intensives Gespräch vertieft. Ein junges Mädchen mit einem Tablett kam vorbei. *Cava*, Wasser oder Orangensaft. Pia nahm sich einen Kelch *cava*. Er war eisgekühlt und sehr fein. Sie entspannte sich etwas.

»Ich wünschte, die würden endlich anfangen!« Luis

stand neben ihr, auch er hatte ein Glas *cava* in der Hand. »Basili dreht gleich durch, weil ihm die Soßen antrocknen und die warmen Speisen zerfallen.«

»Auf wen warten sie denn«?

»Keine Ahnung, hab irgendwas von der ›Queen‹ aufgeschnappt, aber die englische Isabel wird ja wohl nicht aufkreuzen.«

»Kennst du jemand hier?«

Luis sah sich um. Er schien zum ersten Mal zu registrieren, dass hier auch Menschen waren, nicht nur Lobster und Lachsröllchen. Pia spürte eine Welle der Zuneigung zu ihrem alten Freund. So schlicht er auch wirkte, rund und genussorientiert, so lupenrein war sein Ruf als brillanter Wissenschaftler. Schon sein Vater war Arzt und Professor gewesen. In der Francozeit hatte er aus seiner politischen Haltung nie ein Geheimnis gemacht und war von der Lehrtätigkeit an der Uni und allen anderen öffentlichen Ämtern ausgeschlossen worden. Er hatte als Polizeiarzt gearbeitet, und das tat Luis auch heute, wann immer seine Lehrtätigkeit und die Arbeit als Gerichtsmediziner ihm die Zeit dazu ließen.

»Da drüben ist Rubén.« Er nahm sie am Arm und führte sie zu der kleinen Gruppe am Bühnenrand. »Rubén, was ist los? Auf wen warten wir noch?« Er wandte sich zu Pia, ohne eine Antwort abzuwarten. »Professor Morales, mein Dozent und Kollege aus frühen Unitagen.« Er wandte sich an die ganze Gruppe: »Und das hier ist Pia Cortes-Casares, die beste Detektivin Barcelonas.« Die anderen stellten sich auch vor, aber die Begrüßung blieb verhalten.

Pia drückte Hände und lächelte. Sie versuchte, sich die Namen zu den Gesichtern zu merken, obwohl sie annahm, dass sie keine der Personen je wiedersehen würde. Rubén war um die sechzig, groß, schlank, hatte ein kantiges sonnengebräuntes Gesicht und volles weißes Haar. Sein Abendanzug schien maßgeschneidert. Er sah aus wie ein Patriarch aus einer dieser Hollywoodserien. Der Mann neben ihm war das genaue Gegenteil. Auch er war schlank, unwesentlich jünger, fast dürr, hatte eine schlechte Haltung, sein dunkles Haar war lang und strähnig. Er hatte eine Brille mit seltsam unkleidsamen runden Gläsern und extrem breiten Hornbügeln, und er trug einen grauen Anzug mit einem nur sehr ungenügend gebügelten Hemd. Dr. Ricard Manrique. Er sprach französisch mit seinem Nachbarn, einem kleinen Mann mit scharfem Gesicht und einer großen Adlernase. Gil Bernabás. Etwa fünfzig. Der Mann neben ihm schien doppelt so groß, ein breitschultriger Riese. Garry DeVille. Sein Haar war grau, sein Gesicht faltenlos. Er redete in Englisch auf seine Nachbarin ein, eine schmale Blondine im hochgeschlossenen Etuikleid, die mit deutlich deutschem Akzent antwortete, dabei aber Pia nicht aus den Augen ließ. Gisela Erken-Henninger. Auch sie war an die fünfzig, das verrieten aber höchstens ihre Hände.

»*Lo siento*, *sorry*, tut mir Leid, ich bin zu spät!« Der Mann, der durch die Menge drängte und zu der Gruppe stieß, war jünger als die anderen. Er sah blendend aus, dunkelblond, braune Augen, markiges Gesicht, sein Anzug war lässig elegant. Er strahlte die Deutsche an, dann Pia. »Ein neues Gesicht. Wie erfreulich. Ich bin Marcel Gutiérrez.« Er sah sich suchend um. »Wo ist Lídia? Bin ich etwa gar nicht der Allerletzte?« Er lachte und nahm sich ein Glas *cava* von einem der vorbeikommenden Mädchen. Sah ihr dabei tief in die Augen, bis sie errötete und weitereilte. Er lächelte und wandte sich wieder Pia zu.

Sie war ganz froh, dass er ihr so einen Vorwand geliefert hatte, ihn doch nicht so sympathisch zu finden. Sie hatte immer nur Probleme mit gut aussehenden Männern gehabt.

»Ja, wo bleibt denn die Queen?« Das war DeVille, der Riese.

»Redet ihr von Lídia Pastor?« Luis tauschte im Handumdrehen sein leeres Cavaglas gegen ein volles um. »War sie nicht deine Studentin, Rubén?«

»Ja. Aber sie hat mich inzwischen längst überholt.« Er lachte, sah auf die Uhr. »Ich kenne sie nur als absolut pünktlich und zuverlässig.«

»Vielleicht ist ihr etwas passiert!« Das war der kleine Franzose, sein Spanisch war makellos.

Luis sah hinüber zu dem Buffet, sah einen völlig verzweifelten Basili, der hektisch zwischen seinen Jungköchen hin und her lief und versuchte, die schlimmsten Schäden zu beheben. »Vielleicht hat sie eine *siesta* genommen und einfach nur verschlafen.« Er wandte sich zum Gehen. »Wecken wir sie also auf.«

Die anderen sahen fast geschockt aus. Keiner bewegte sich. Nur Pia lief hinter Luis her. »Jetzt verstehe ich, wieso sie die Frau Queen nennen. Sie ist hier der Star.«

»Ja, sie ist ziemlich bekannt.« Luis hielt Pia die Glastür zur Lobby auf, eilte weiter über die bunten Teppiche zur Rezeption. Er winkte den hübschen jungen Mann hinter dem Tresen zu sich. »Javi, welche Zimmernummer hat Frau Dr. Lídia Pastor?«

»412. Sie will nicht gestört werden.«

»Ruf sie an.«

»Aber …«

»Ruf sie an. Sag ihr, alle warten nur auf sie.«

Javi sah Luis zweifelnd an, nahm aber das Telefon und wählte. Lauschte. Hob die Schultern.

»Sie geht nicht ran.«

Luis rannte zu den Fahrstühlen hinüber. »Ruf den Chef. Vielleicht ist etwas passiert.« Seine Unruhe übertrug sich auf Pia. Sie konnte gerade noch zu ihm in den Lift springen.

»Luis. Bitte, wir sind im Gran Hotel, du kannst doch hier nicht einfach so …«

»Ich kann.« Der Lift hielt im vierten Stock, und Luis rannte hinaus, Pia blieb ihm auf den Fersen. Er brauchte nicht viel Zeit, um sich zu orientieren. Vor 412 blieb er stehen und klopfte erst mit den Knöcheln, dann, nach kurzem Warten, mit der Faust gegen die Tür. »Lídia!«

Nichts.

»Señora Pastor! Bitte machen Sie auf!«

»Bitte, hören Sie auf! Bitte!« Von der anderen Seite des Flurs, vom Treppenhaus her kam ein Mann gerannt. Man sah ihm an, dass er sich seit langem nicht mehr so schnell bewegt hatte. Er war übergewichtig, aber das kaschierte ein raffiniert geschnittener dunkler Anzug ziemlich gut. Auf seinem Kopf thronte eine tiefschwarze Haarfülle in einem kühnen Schwung, dazu passend rollte sich auf seiner Oberlippe ein ausladender Schnurrbart. Er sah aus wie skurrile fünfzig. Als er näher kam, konnte Pia auch erkennen, dass er sich die Augen geschminkt hatte. Er war gut siebzig. »Màrius Meléndez. Hoteldirektor. Bitte unterlassen Sie sofort diesen Krach … oh, Luis Llobet. Sie sind das.« Er unterbrach sich. Bebte vor Aufregung. Luis versuchte, ihn zu beruhigen.

»Màrius, beruhige dich. Hier drin ist Frau Dr. Lídia Pastor. Sie ist eine sehr wichtige Teilnehmerin am Linus-Pauling-Kongress. Ich glaube, sie soll einen hohen Preis bekommen. Und unten warten sie alle auf sie. Ich versuche nur, sie zu wecken.«

»Ach so …« Der Hoteldirektor zauderte kurz. »Aber wir dürfen auf keinen Fall die anderen Gäste belästigen!«

»Keine Sorge«, Luis senkte die Stimme. »Gib mir die Passpartoutkarte. Dann gehen wir rein und wecken sie. Ganz leise.«

Der Chef zögerte diesmal kaum. Er zog die Karte aus seiner Westentasche und schob sie eigenhändig in den Schlitz. Nichts geschah. Er ruckelte ein paar Mal hin und her und kontrollierte, ob er sie auch mit der richtigen Seite zuerst hineingesteckt hatte. Dann drehte er sich zu Luis um. Verwirrt. »Es geht nicht. Ich komm nicht rein. Sie hat von innen verriegelt.«

Luis musste sie gar nicht erst ansehen, Pia wusste sofort, dass da etwas nicht stimmte. »Wer kann die Tür trotzdem öffnen?«, fragte sie und fiel unbewusst in einen autoritären Polizeiton zurück. »Der Hausmeister?«

»*Si si si*, sofort!«, Meléndez reagierte auch sofort. Er fischte ein winziges schwarzgoldenes Handy hervor und tippte eine Nummer ein. »Pepe? Komm sofort in den Vierten. Und bring die Schlüssel mit!« Er klappte sein Handy zusammen und sah Pia Beifall heischend an. Dann wurde ihm die Situation wieder bewusst, und er begann zu lamentieren. »Was kann da nur passiert sein! Vielleicht ist sie krank! Oder auf der Terrasse!«

»Und nimmt ein Sonnenbad?« Pia sah dankbar einen älteren Mann im grauen Overall vom Treppenhaus her in den Flur biegen. Meléndez trat zurück und wies auf die Tür. Pepe hatte so etwas wohl schon öfter gemacht. Er kniete sich vor die Tür und schraubte mit einem batteriebetriebenen Schraubenzieher den Beschlag ab und legte so das Schloss frei. Mit einem schmalen Vierkantschlüssel packte er den Riegel und drehte ihn zurück.

Die Tür war offen.

Meléndez wollte sofort ins Zimmer stürmen, aber Pia hielt ihn zurück. »Sie warten hier. Bitte!« Dann nickte sie Luis zu und ging weiter.

Das Zimmer war weniger luxuriös, als sie erwartet hätte. Etwas geräumiger vielleicht und mehr oder weniger normal eingerichtet. Ein Koffer war halb ausgepackt, am Schrank hing ein blauseidener Hosenanzug, auf dem Bett lag ein kleiner Berg winziger Strings und BHs in allen Farben. Die Frau liebte es bunt.

Ein Paar schwarze Schuhe lag zwischen Bad und Schreibtisch auf dem Teppich.

Die Terrassentüren waren geschlossen. Daneben stand ein Schreibtisch mit einem aufgeklappten Laptop. Über der Stuhllehne hing etwas schief eine rote Kostümjacke. Die Frau, die auf dem Stuhl saß, trug den passenden Rock und einen schwarzen Rolli. Sie war in sich zusammengesunken, ihr Kopf lag auf der Tastatur.

Luis war mit zwei Schritten bei ihr und untersuchte sie, ohne ihre Position zu verändern. Er richtete sich auf und schüttelte den Kopf. »Tot. Mindestens seit drei Stunden.«

7.

Das Haus in der Banys Vells, in dem die *abuela* lebte, gehörte zu den ältesten und vergessenen. Rundum in der Nachbarschaft wurden die Häuser renoviert und modernisiert. Fassaden wurden ausgebessert und neu gestrichen, elektrische Leitungen unter Putz gelegt, die Innenhöfe neu bepflanzt, und manchmal wurden sogar Fahrstühle eingebaut. Die Stadt übernahm einen Teil der Unkosten, aber Bartolomeu, der Besitzer dieses Hauses, war sehr alt und wehrte sich vehement gegen jede Veränderung. Ihm gehörte auch der kleine Laden im Erdgeschoss, in dem er selbst seit vermutlich hundert Jahren saß, umgeben von kleinen Keramikengelchen, wild verzierten Kerzen, Heiligenbildern, Stickrahmen mit frommen Sprüchen und anderem verstaubten Kram, den höchstens noch ein paar ebenso alte Weiblein kauften.

Júlia hatte Angst vor ihm. Wenn er sie sah, verzerrte sich sein Gesicht, sie nahm an, dass er sie anschrie, wenn sie nicht antwortete, sprang er auf und versuchte, sie zu fangen. Er war erstaunlich schnell. Einmal hatte er sie erwischt, und seine Kralle in ihren Arm geschlagen. Er hatte nur noch zwei Zähne im Mund, und seine Spucke sprühte über sie hinweg, wenn er auf sie einredete. Sie hatte Mühe, sein genuscheltes *catalán* von den Lippen abzulesen. Aber sie konnte es sich denken. Sünde und Strafe, Sünde und Strafe.

Sie machte einen Bogen um das voll gestopfte Schaufenster, hinter dem er lauerte, und schlüpfte durch die Haustür. Der winzige Innenhof war düster und voller Abfall. Es roch faulig und nach feuchtem Mauerwerk. Das Treppenhaus war eng, die Stufen durchgetreten. Die trüben 25-Watt-Birnen waren von Fliegendreck überzogen, jede zweite war kaputt und wurde seit Jahren nicht mehr ausgewechselt.

Früher einmal hatten hier die Söhne und Neffen von Bartolomeu mit ihren Familien gewohnt, aber inzwischen waren fast alle gestorben oder weggezogen. Bartolomeu wurde in der Straße leicht spöttisch der fromme Bartolomeu genannt. Er hatte mehrfach verkündet, dass er das ganze Haus einmal der Santa Maria del Mar vermachen würde. Und der *abuela* drohte er, dass er dafür sorgen würde, sie in das Hospiz von Santa Maria einweisen zu lassen. Júlia verstand das alles nicht wirklich. Sie fand es nur grauenhaft, dass sie selber durch den *abuelo*, ihren Großvater offenbar irgendwie mit diesem widerlichen Monster verwandt war. Und dass die *abuela* sie dauernd in die Kirche schleppen wollte, nur um den heiligen Don Bartolomeu gnädig zu stimmen.

Sie drückte auf den Klingelknopf. Wie immer dauerte es ewig, bis die *abuela* die Tür aufmachte. Einen Schlüssel bekam Júlia nicht. Das hätte die Kontrolle erschwert. Júlia hatte sich längst einen nachmachen lassen, aber davon musste die Alte nichts wissen.

Sie war gar nicht so alt. Nicht mal sechzig. Aber sie zog sich an wie eine alte Frau, immer in Schwarz, so als wäre ihr Mann erst gestern gestorben, und nicht vor zwanzig Jahren. Ihr graues Haar war zu einem straffen Knoten nach hinten geschnürt. Sie war ziemlich fett und konnte sich nicht so schnell bewegen. Das rettete Júlia oft vor ihren Schlägen und Kopfnüssen.

Am Anfang hatte Júlia versucht, mit ihr zu reden. Aber, wenn sie sprach, klang das wohl etwas seltsam und war nicht für jeden gut verständlich. Vielleicht war die Alte ja auch selber schwerhörig. Jedenfalls hielt sie Júlia für schwachsinnig und dachte, mit Kopfnüssen könnte sie ihr anständiges Benehmen beibringen, wie einem jungen Hund. Dann hatte Júlia versucht, zurückzuschlagen. Aber die Alte war stark und hatte sie gnadenlos zusammengeprügelt. Danach hatte sie mit ihr gebetet und ihr dann mit dem großen runden Brenneisen und extra viel Zucker eine süß duftende *crema catalana* zubereitet.

Sie nahm Júlia nie in den Arm oder zeigte irgendein Zeichen von Zärtlichkeit oder Zuneigung. Nur das Essen. Damit schien sie alles auszudrücken, was sie für ihre Enkeltochter empfand. Júlia ging oft nach dem Essen ins Bad und kotzte alles wieder aus.

»Wo warst du?« schrie sie jetzt, »Weißt du, wie spät es ist?! In der Schule warst du auch nicht. Sie haben wieder hier angerufen! Und ich wusste mal wieder nicht, was ich sagen sollte. Hast du eine Ahnung, wie ich dann dastehe?! …« Dieselbe Leier wie jeden Tag. Júlia wandte sich ab, um die hysterischen Mundbewegungen nicht mehr sehen zu müssen, und schloss sich in ihrem Zimmer ein.

Die Wohnung war ziemlich groß. Und voll gepropft mit alten dunklen spanischen Möbeln. Nichts schien je verändert, seit Jahrzehnten. Es war wie eine Reise in eine düstere und enge Zeit. Júlia hatte das Zimmer, in dem ihr Vater als Junge gelebt hatte. Ein schmales Bett, ein schmaler Schrank, ein schmaler Tisch und ein kleines Regal für seine Schulbücher. Ein Kreuz, Heiligenbilder und ein Rosenkranz.

Er hatte wohl versucht, gegen diese karge Heiligkeit anzugehen. Es gab Filmplakate und eins von einer Dalíausstellung in Paris. Jede Menge Sportpokale und Wimpel von verschiedenen Vereinen. Verstaubt, vergilbt. Die ursprünglich weißen Wände waren zu einem fleckigen Grau gedunkelt, von den einstmals silbernen und goldenen Pokalen war nur noch der matte Blechkern übrig.

Am Anfang hatten sich die Leute vom Jugendamt und von der Gehörlosenschule um alles gekümmert. Sie hatten Júlia sogar neue Möbel für ein ›adäquates‹ Jugendzimmer angeboten, aber die *abuela* weigerte sich, und Júlia war damals alles egal. Zuerst hatte sie sogar gehofft, in dem Zimmer irgendwie ihren Vater wiederzufinden. Aber sie hatte es nie geschafft, zwischen ihrem wunderbaren Papa und dem kleinen katholischen Jungen im Haus dieser verbitterten alten Frau eine Verbindung herzustellen.

Nach vielen Monaten, in denen sie immer noch hoffte, der Albtraum würde irgendwann aufhören, hatte sich Júlia eines Tages eine bunte marokkanische Decke mitgebracht und sie aufs Bett gelegt. Wochen danach hatte sie die Heiligenbilder eins nach dem anderen entfernt, und eines Tages auch die Poster von der Wand gerissen.

Dann hatte sie sich Farbdosen besorgt und erst mal versteckt. Und zaghaft ihre ersten Versuchsburner an die Wand gesprayt. Die Alte war ausgerastet und mit harten Bürsten, Wasser und *lejía* dagegen vorgegangen. Aber die Farben hatten allen Bleichversuchen standgehalten, und Júlia hatte sofort nachgesprayt. Irgendwann resignierte die *abuela*. Von dem Tag an machte sie auch das Zimmer nicht mehr sauber.

Die kleine blaue Lampe oben an der Tür blitzte wild, und auch das Vibrieren der Tür selber zeigte, dass die Alte noch nicht aufgegeben hatte.

Júlia warf sich auf das Bett und vergrub ihr Gesicht in der rauen Decke. Sie hatte so lange nicht mehr geweint. Sie war immer stark geblieben. Aber jetzt schaffte sie es nicht mehr. Es brach aus ihr heraus, es packte sie, es beutelte sie. Sie legte sich ein Kissen über den Kopf, damit die Alte sie nicht hören konnte. Aber sie wusste nichts über Geräusche.

Irgendwann spürte sie eine Hand an ihrer Schulter und fuhr mit einem Entsetzensschrei hoch. Es war die *abuela*. Sie schimpfte nicht, sie sagte überhaupt nichts.

Sie strich ihr kurz die Haare aus dem Gesicht, stellte ein Tablett mit heißer Honigmilch und Keksen neben Júlias Bett und ging wieder hinaus.

Sie hatte also einen zweiten Schlüssel. Immer schon gehabt. Júlia merkte, dass sie Hunger hatte. Sie setzte sich auf, nahm die heiße Milch und trank sie vorsichtig. Die Tränen liefen ihr immer noch aus den Augen, obwohl sie doch schon lange nicht mehr weinte.

Eigentlich hatte sie den Entschluss schon gefasst, als sie das Yaba wegwarf. Aber jetzt formulierte sie ihn noch einmal ganz klar für sich. Sie würde sich ändern. Sie würde aufhören mit dem ganzen Scheiß. Sie würde in die Schule gehen. Und rauskommen aus dieser ganzen Dunkelheit.

Sie nahm einen Keks. Er schmeckte lecker. Bröselig süß und nach Mandeln. Sie zog die Decke über ihre immer noch kalten Beine. Nie wieder. Keine Angst mehr. Keine geklauten Rezepte, keine Besuche in Apotheken.

Der Mann mit dem Hut fiel ihr ein.

Plötzlich fror sie wieder. Stellte die Milch weg. Die Kekse schmeckten auch nicht mehr.

8.

Sie war schön. Anfang vierzig vielleicht, mit einer vollen rotgoldenen Lockenmähne und einer sehr weiblichen Figur. Pia hätte viel dafür gegeben, wenn sich ihr feuerrotes Strubbelhaar auch nur annähernd so in Form bringen ließe. Lídia Pastor. Zweifacher Doktor, der Chemie und der Pharmazie. Es sah aus, als wäre sie über der Arbeit eingenickt. Sie schien im Schlaf zu lächeln. Oder war ihr Gesicht verkrampft?

Etwas stimmte hier nicht. Pia rief Josep Bonet, ihren alten Freund und früheren Kollegen von der Mordkommission an und bat ihn, die Spurensicherung mitzubringen. Wenn sie sich irrte, dann hatte sie sich jetzt viel zu weit aus dem Fenster gelehnt. Hinter Meléndez und seinem Gran Hotel standen Kapital und Einfluss. Das versprach großen Ärger. Aber Pia vertraute ihrem in vielen Jahren erprobten Instinkt.

Luis untersuchte die Tote, wobei er versuchte, sie so wenig wie nur möglich zu bewegen. Pia hätte sich gern genauer umgesehen, aber Meléndez gab keine Ruhe. Immer wieder versuchte er, ins Zimmer zu kommen, fuchtelte mit den Armen herum und wurde vor Aufregung immer lauter.

»Lassen Sie mich rein, verdammt noch mal! Das ist mein Hotel! Wir müssen das ganz diskret behandeln!«

»Bitte beruhigen Sie sich doch …«

»Nein. Nein und nochmals nein. In meinem Hotel ist eine Frau gestorben. Das ist schon schrecklich genug. Aber so was kann schon mal passieren. Nur, wenn wir jetzt nicht sofort handeln, dann wird es wirklich unangenehm ...«

»Vielleicht dämpfen Sie erst mal Ihre Stimme?«

Pia musste sich ihm in den Weg stellen, um ihn am Eindringen zu hindern. Im Flur erschienen die ersten Neugierigen. Meléndez sah nichts davon, er plusterte sich nur immer mehr auf. »Was soll das, wieso spielen Sie hier Kriminalpolizei! Ein ganz normaler Herzinfarkt. Wir haben für solche Fälle das hintere Treppenhaus ...«

Pia fiel auf, dass Pepe ein Handy in der Hand hielt. Und da kamen auch schon die ersten Fotografen aus dem Lift. Ein Blitzlicht, noch eins. Pepe stand das schlechte Gewissen ins Gesicht geschrieben. Aber auch Stolz und Gier. Denn bei ein paar Sensationsblättern gab es gute Honorare für so interessante Hinweise. Sie fixierte ihn: »Pepe. Geben Sie mir den Türbeschlag. Vorsichtig!« Pepe hob das Messingteil am dünnsten Ende hoch, Pia nahm es mit einem Papiertaschentuch. »Danke«, sie lächelte freundlich und beugte sich verschwörerisch vor. »Sie haften mir persönlich dafür, dass kein Unbefugter das Zimmer betritt. Verstanden?!«

Pepe nahm Haltung an, Meléndez öffnete den Mund zu einem wütenden Protest, aber Pia schloss die Tür und klemmte einen Stuhl davor.

Luis sah von der Toten auf und verzog das Gesicht. »Pia, du solltest vielleicht nicht immer gleich so radikal vorgehen. Du bist nicht mehr in der Laietana, bei der Mordkommission.«

»Was willst du damit sagen?« Pia wurde etwas flau im Magen.

»Es sieht ganz so aus, als hätte Màrius wirklich Recht. Myokardinfarkt. Alles deutet darauf hin. Ich kann absolut keine Anzeichen für Fremdeinwirken erkennen. Es könnte natürlich sein, dass sie vorher ein Medikament bekommen hat, dass sie ein Gift mit dem Essen zu sich genommen hat, aber das alles kann ich so nicht erkennen. Es gibt keine Wunden, keine Injektionsspuren. Sowohl die Zimmertür als auch die Terrassentür waren von innen verriegelt.

»Aber so eine junge und gesunde Frau. Die kann doch nicht einfach plötzlich umkippen und tot sein.«

»Das kommt vor.«

Pia sah, dass Luis selbst zögerte. Sie deutete auf das Glas neben dem Laptop. »Gift?«

Luis schüttelte nur den Kopf. »Keine sichtbaren Reste. Aber wir werden es natürlich untersuchen. Nur wie sollte das passiert sein? Du meinst, einer vergiftet das Mineralwasser in der Minibar und hofft dann darauf, dass der Gast auch davon trinkt?«

»Möglich wäre es.«

»Möglich ist alles. Aber diese Frau ist mit ziemlicher Sicherheit nicht vergiftet worden. Keine Verfärbungen, keine Verkrampfungen, kein Geruch. Und es ging schnell. Viel zu schnell für alle herkömmlichen Gifte.«

»Aber du hast auch das Gefühl, dass hier irgendetwas nicht stimmt.« Pia durchsuchte das Zimmer, ohne etwas zu berühren. Sah im Badezimmer nach, kramte vorsichtig im Koffer und im Waschbeutel. Aber außer dem üblichen Wasch- und Kosmetikkram fand sie nur

Kondome und Aspirin, mehr nicht. »Wir müssen das Zimmer genau unter die Lupe nehmen«, sagte sie ohne Überzeugung.

Luis stand neben dem Schreibtisch und sah auf die Papiere und CDs. »Diese Lídia Pastor galt als der absolute Shootingstar der Anti-Aging-Szene. Sie hat für verschiedene große Konzerne in den USA gearbeitet und war an der Entwicklung einer ganzen Reihe von Präparaten beteiligt. Seit zwei Jahren ist sie wieder in Spanien, in Valencia. Sie ist da als Gesellschafterin in eine kleine pharmazeutische Familienfirma eingestiegen, Gutiérrez.«

»Das war dieser jungen Mann, der so spät kam?«

»Dieser so gut aussehende junge Mann. Marcel.« Er grinste leicht. »Pia, meine Schöne, glaub nicht, dass ich deine Reaktion auf ihn übersehen hätte, nur weil ich in den unvergleichlichen Duft von Basílis *zarzuela* versunken war.«

»Er ist ihr Partner?«

»Und mehr, wenn die Gerüchte stimmen.«

»Aha.« Pia hoffte, dass Luis nicht merkte, wie verräterische Röte ihren Hals hochkroch. Sie war froh, als er nahtlos weitersprach.

»Diese Mittelchen gegen Falten und Altern schießen seit ein paar Jahren regelrecht auf den Markt. Und werden gekauft wie verrückt. Da stecken Millionen drin, Milliarden!«

»Und an so einem Mittel hat sie gerade wieder gearbeitet?« Pia sah zu dem Laptop und den CDs.

»Soviel ich gehört habe, ist es fast marktreif. Sie sollte wohl auch dafür heute Abend geehrt werden.«

»Geehrt?« Pia dachte zuerst, Luis machte einen Scherz. Aber er blieb ernst.

»Ja ja, sogar irgendein Minister wartet unten, um sie dafür zu belohnen, dass sie wieder in der guten alten Heimat forscht und Ruhm und Geld nach Spanien bringt. Oder so ähnlich.«

Heftiges Klopfen an der Zimmertür enthob Pia einer Antwort. »Pia? Mach auf!« Josep Bonet. Er wartete nicht, bis Pia öffnete, er drückte die Tür mitsamt dem Stuhl auf und schob seine lange krumme Gestalt herein. Er machte sich nicht die Mühe, Pia und Luis zu begrüßen. Hinter ihm kamen die Spurensicherer in ihren Raumfahreroveralls und glücklicherweise auch ein paar uniformierte Polizisten, die die Neugierigen auf dem Flur zurückdrängen konnten.

Die jammernde Stimme von Meléndez gab noch ein paar Phon zu. Fast tat er Pia Leid. Ein Todesfall in einem Hotel war schon peinlich. Ein Mord, noch dazu an einem Prominenten, brachte eine große aber sehr unschöne PR. Sicher hätte man die ganze Angelegenheit auch etwas diskreter handhaben können, aber Josep machte das so mehr Spaß.

Männer wie Meléndez mochte er nicht. Der Großvater Meléndez hatte das erste Hotel gegründet, der Sohn hatte es zu Francos Zeiten im Zusammenspiel mit den richtigen Leuten zu einer Hotelkette und einem Vermögen gebracht. Der Enkelsohn Màrius hatte als opernbegeisterter Playboy gelebt, bis er dann plötzlich nach dem Tod seines Vaters die Hotels übernehmen musste. Josep mochte weder den Mann noch sein Hotel. Josep hasste diesen zur Schau gestellten Luxus.

Man hätte beinahe denken können, dass er extra so alte abgenutzte Cordhosen angezogen hatte, ein verkrumpeltes Flanellhemd mit durchgescheuertem Kragen und seine alte Bomberjacke, deren räudige Stellen sich auch mit Lederfarbe nicht mehr abdecken ließen.

Er zog sich ein paar Plastikhandschuhe über und gab auch Pia ein Paar. »Methode? Waffe?«

Luis machte ihm Platz. »Noch nicht bekannt. Bisher sieht es aus wie ganz normales Herzversagen.«

Josep sah über Luis hinweg zu ihr her. Pia spürte förmlich das dünne Eis unter ihren Füßen knacken. Sie hob hilflos die Schultern. Er kannte sie. Josep und sie hatten in der Laietana jahrelang zusammengearbeitet. Sie hatten unzählige Fälle zusammen gelöst. Sie konnten einander vertrauen. Sie verstanden sich. Josep nickte und machte sich daran, die tote Lídia Pastor zu untersuchen.

Die Spurensicherer und der Fotograf machten ihre Arbeit. Pia packte den Türbeschlag in eine der durchsichtigen Polizeitüten. Wartete, bis der Schreibtisch fotografiert und Lídia in die graue Transportbox gelegt worden war. Bis Luis sich plötzlich mit einer für ihn eher ungewöhnlichen Bemerkung verabschiedet hatte. »Ich mache das gleich hier als Erstes. Interessiert mich selber.«

Dann packte sie vorsichtig die ganzen CDs ein und klappte den Laptop zu. »Du musst dafür sorgen, dass das alles ganz genau untersucht wird. Fingerabdrücke. Aber auch der Inhalt. Die Festplatte. Ob daran manipuliert worden ist und so weiter.«

»Luis meint, es sieht aus wie ganz normales Herzversagen.«

»Josep, kann sein, dass ich mich total verrenne. Aber diese Frau sieht verdammt gesund aus. Und sie forscht an etwas, mit dem sehr sehr viel Geld verdient werden kann.«

»Pia, du bist nicht mehr bei der Polizei. Du bist nichts weiter als eine kleine Privatdetektivin.«

»Eins zweiundsiebzig, normale Größe.«

Josep hatte ihr nie verziehen, dass sie die Polizei verlassen hatte. Er überging ihren Einwurf.

»Wenn ich jetzt auf deinen Anruf hin hier mit der großen Kavallerie antanze und es stellt sich als Herzinfarkt heraus, dann bringt mich das in eine ziemlich schiefe Situation, ist dir das klar?«

»Josep. Irgendetwas hier stimmt nicht. Das spürt ja auch Luis. Er lässt für diese Obduktion hier das größte und köstlichste Buffet der Welt stehen.« Pia merkte selbst, wie unglaubwürdig das klang. Aber Josep lachte und knuffte sie leicht gegen die Schulter. Sie atmete auf. Sie stöpselte den Laptop ab und hob ihn hoch, um ihn Josep persönlich in die Hände zu geben.

Der Fotograf schob seine Scheinwerfer zusammen. Ein Lichtstrahl ließ ein winziges Glassplitterchen auf der Tischplatte kurz aufblitzen.

9.

Sie hatte den ganzen Tag im Internet verbracht, und vor ihren Augen tanzten blaue Sternchen. Janet läutete das Signal, aber niemand reagierte. In dem engen rumpeligen Fahrstuhl roch es nach verfaulten Zwiebeln. Jemand hatte vor kurzem seinen Abfall runtergefahren. Im vierten Stock läutete sie noch einmal, bevor sie aufschloss. Lautes Mienzen.

Nur Fritz *the cat* war zu Hause. Ausgerechnet. Er folgte ihr in die Küche. »Wieso ist denn so spät noch immer keiner da?« Das Mienzen wurde fordernder. Alle in der Llimona 5 liebten Fritz. Nur Janet mochte Katzen nicht sonderlich. Fritz hatte das ziemlich schnell begriffen, und sie beide hatten einen Deal. Sie trat nicht mehr nach ihm, und er hielt sich von ihr fern. Aber jetzt sah es so aus, als sei er schon lange allein. Seine Schüssel war leer, und er blieb dicht bei ihren Beinen. Gefährlich dicht. »Geh Mäuse fangen«, schlug sie vor. Fritz schien nicht überzeugt.

Janet suchte *cadena dos* im Radio, den Klassiksender. Sergei Nakariakov spielte das erste Trompetensolo im Allegro molto von Moissei Vainberg auf seine unnachahmliche Art. Janets Laune hob sich. Fritz war unmusikalisch, aber darauf konnte Janet keine Rücksicht nehmen. Sie goss sich einen Malt Whisky ein und steckte sich eine Zigarette an. Nahm einen kleinen Schluck und einen tiefen Zug. Zweitens Andante. Sie freute sich schon auf den dritten Teil, die Fanfaren.

Fritz mienzte empört gegen die Musik an. Janet legte die Zigarette ab und machte sich seufzend auf die Suche nach Katzenfutter. Die Küche war nicht ihr Bereich. Jetzt war die Wohnung an der Plaça de Llimona schon seit Monaten ihr zweites Zuhause, und unendliche Male hatte sie am Küchentresen gesessen und Pia oder Dagmar beim Kochen zugesehen. Sie füllte auch regelmäßig die Whiskyvorräte auf und sorgte dafür, dass immer Eiswürfel im Gefrierfach waren. Aber wo war das verdammte Katzenfutter. Janet riss wahllos Schranktüren auf. Das Andante ging seinem Ende zu. Sie wollte gerade eine Dose Ölsardinen aufmachen, als das Klingelsignal ertönte. Fritz rannte in den Flur. Und kam kurz darauf mit Barbara zurück.

Barbara kraulte Fritz so lange, bis er begann, Geräusche wie eine defekte Dampfheizung von sich zu geben. Dann nahm sie eine Dose von dem Stapel, der offen und gut sichtbar ganz vorn auf dem ersten Regal stand.

Ursprünglich war Fritz Barbaras Kater. Damals, als sie noch als Taschendiebin gearbeitet hatte, war er ihr zugelaufen. Und als sie dann unter Mordverdacht und mit schwersten Verbrennungen an beiden Händen im Krankenhaus lag, hatte Pia ihn zu sich genommen. Jetzt lief er immer über die Dächer zwischen ihren Wohnungen hin und her, aber meistens war er doch in der Llimona.

Es hatte sehr lange gedauert, und natürlich sah man die Narben noch. Aber sie waren verheilt, und Barbara konnte ihre Hände wieder gut benutzen. Es gab keinen Grund, derart viel Krach beim Nachfüllen des Katzennapfes zu machen, genau als das Andante seinen Höhepunkt erreichte.

Also schlechte Laune. Janet schaltete das Radio aus. Seit Tagen stritt sie sich jetzt schon mit ihrem *lover*. Felip, auch ein Trompeter, wenn auch vielleicht in etwas anderem Rahmen. Begabt war er fraglos, nur seine Band, die *Garrapatas*, war Kinderkram. Trompeter küssen gut. Janet verkniff sich jede Bemerkung, als sie Barbaras finsteren Blick bemerkte. Janet hielt diese Art von Selbstzerfleischung in Liebesdingen für absolut überflüssig. Sie hatte drei Söhne von verschiedenen Vätern, und unzählige Affären hatten die Jahrzehnte ihres Erwachsenenlebens begleitet. Und zu fast allen diesen Männern hatte sie heute noch ein freundschaftliches Verhältnis.

»Mein Gott, dann schieß ihn doch in den Wind!«, sagte sie leise. Barbara fuhr hoch.

»Du hast doch keine Ahnung!« Oh Gott, sie heulte gleich. Kein Selbstbewusstsein. Barbara war im Heim und auf der Straße aufgewachsen. Bis sie dann so ein alter Taschendiebguru bei sich aufnahm.

Janet schenkte sich Whisky nach und schaltete das Radio wieder ein, diesmal einen anderen Sender. Leise Sambarhythmen. Sie atmete auf, als wieder das Signal ertönte, und Anna hereinkam. Die kleine Anna. Sie war die Längste und die Jüngste von ihnen. Sie mochten sie alle gern, und sie fühlten sich alle für sie verantwortlich. Anna hatte eine ziemlich harte Kindheit hinter sich, aber sie hatte es aus eigenen Kräften geschafft, sich vom Heroin zu befreien. Sie war eine echte Kämpfernatur. Mutig, zäh und immer gut gelaunt.

Heute nicht. Sie schlurfte herein, nickte ihnen kurz zu, ohne den Kopf zu heben, nahm sich eine volle Wasserflasche aus dem Kühlschrank und verschwand nach hinten im Flur und in ihrem Zimmer.

»Was ist denn der über die Leber gelaufen?« Janet steckte sich eine neue Zigarette an. Barbara hockte bei Fritz auf dem Boden und schaute nur kurz hoch. Tiefste Verachtung im Blick. Ach du liebe Zeit! Sie hatte es vergessen. Annas Gentest. Aber das Ergebnis konnte ja noch gar nicht da sein. Noch etwas, das Janet hasste. Wenn man sich wegen etwas verrückt machte, was noch gar nicht Fakt war. Manchmal zweifelte sie sehr stark daran, ob es wirklich schlau gewesen war, sich mit den vier anderen Frauen zu Llimona 5 zusammenzutun.

Die Nächste, die eintrudelte, war Dagmar. Wie immer mit prallvollen Einkaufstüten beladen. Auch jetzt, mitten in der Nacht. Sie machte sich sofort eifrig daran, die Lebensmittel auszupacken und etwas zu kochen. Normalerweise hätte das die Küche mit Leben und Düften erfüllt, heute aber verbreitete die runde und gemütliche Dagmar nur Hektik. Von ihr war keine Stimmungsaufhellung zu erwarten.

Dagmar war Juristin. Absolut brillant in ihrem Job. Janet hätte ihr bedenkenlos ihr Leben anvertraut. Aber Dagmars Exmann war wohl ein noch brillanterer Jurist. Jedenfalls hatte er es geschafft, ihr die beiden Kinder zu entziehen. Sie lebten jetzt auf Mallorca und gingen dort auch zur Schule. Der Vater kam regelmäßig aus München zu Besuch. Die andere Zeit wurden sie von einer englischen *nurse* versorgt, erzogen und bewacht.

Dagmar ließ die Kinder durch Privatdetektive beobachten und hatte alle juristischen Möglichkeiten, sie zurückzubekommen, ausgeschöpft. Es war aussichtslos. Janet hingegen war auf eine Lösung gekommen. Nicht ganz legal, sogar riskant. Aber es gab eine gesunde Chance von 80:20. Das fand Janet extrem günstig. Auf so eine Chance hin hätte sie das Los sofort gekauft.

Nicht Dagmar. Im Gegenteil, sie war entsetzt. Sie war sauer auf Janet. Das sie ihr zu so einem illegalen Trick überhaupt raten konnte. Sie fuhrwerkte mit den Pfannen.

»Wo ist denn Pia?«, fragte sie in den Raum hinein, ohne jemanden anzusehen. Barbara stand auf, weil sich Fritz jetzt mehr für Dagmars Pfannen als für sie interessierte. Und so fand sie den Zettel, den Pia vor Stunden hinterlegt hatte.

»Bin mit Luis im Gran Hotel Big Sur schlemmen. Pia«, las sie vor. »Gran Hotel groß geschrieben.«

Janet, Barbara und Dagmar sahen sich an. Fritz nutzte die Gelegenheit und krallte sich einen Streifen Speck. In dem Augenblick hörten sie alle den Schlüssel in der Tür. Pia kam zurück. In ihrem Nadelstreifenanzug und geschminkt. Pia bemerkte Janets Blick.

»Ist ja schon gut. Um neun hat das noch ganz gut ausgesehen.«

»Was ist passiert? Du und Luis im Big Sur beim Anti-Aging?« Janet konnte es nicht fassen. Wenn irgendeine Frau auf dieser Welt keinen großen Wert auf ihr Äußeres legte, dann war es Pia.

»Kann ich gut verstehen«, Dagmar stellte Pia ein Glas Rotwein hin. »Im Big Sur kocht Basíli Alvàrez.«

»Der Ärmste!« Pia nahm einen langen Schluck. »Dem ist sein ganzes Riesenbuffet vertrocknet.«

»Was ist los?« Anna kam aus ihrem Zimmer.

»Mord«, sagte Pia. »Ich bin ganz sicher, das war Mord. Ein raffinierter Mord. Im von innen verschlossenen Hotelzimmer.« Sie nahm einen zweiten Schluck. »Ich wünschte, ich wär noch bei der Kripo!« Sie hielt Dagmar das Glas zum Nachfüllen hin. »Verdammt raffiniert.«

10.

Es regnete.

Deshalb hatte sie verschlafen. Es war nicht richtig hell. Der Himmel düster verhangen und hinter der regennassen Fensterscheibe kaum vom Grau der Wände zu unterscheiden. Júlia hätte sich gern wieder unter der Decke vergraben.

Es war schon nach neun. Die *abuela* hatte sie nicht geweckt. Das tat sie schon lange nicht mehr. Bei schönem Wetter stand Júlia früh auf und tat so, als würde sie in die Schule gehen. Dann konnte sie im Park oder am Strand ausschlafen. Aber heute hatte sie wirklich vorgehabt, in diese grauenhafte Schule zu gehen.

Sie hasste den Geruch nach Angst und Schweiß. Die Lehrer, die nicht verstanden, dass sie schon viel weiter war als die meisten dieser dämlichen Schüler. Nur weil ihre Gebärdensprache in Spanisch nicht so perfekt und schnell war, und in Katalanisch schon gar nicht. Weil sie von den Lippen ablesen konnte, und weil sie ganz gut sprechen konnte. Weil sie lieber mit hörenden Menschen zusammen war. Weil es toll war, wenn sie so akzeptiert wurde, als wäre sie eine von ihnen.

Júlia war schon klar, dass sie in dieser Schule wichtige Dinge lernen konnte. Aber dann wieder saß sie einen einzigen Nachmittag in der Bibliothek und lernte aus Büchern hundertmal mehr als in einem Monat an dieser Schule. Überhaupt, die Lehrer. Die schlimmsten waren solche wie die *maestra* Marion. Die immer so lieb und sanft und verständnisvoll tat, aber ganz eindeutig ihre Lieblinge hatte und die auch bevorzugte. Und Júlia gehörte ganz bestimmt nicht dazu. Oder *La* Matilde. Autoritär und bösartig, aber immer gerade noch im Rahmen der Schulgesetze. Sie verhängte mit Vorliebe Strafen, die einem die Würde nehmen sollten, erklärte sie aber zu psychologischen Abhärtungsmaßnahmen. Was Júlia wirklich manchmal vermisste, war der Kunstunterricht bei der verrückten lustigen Fina und die Informatik im Computerraum. Wo Paula ihr geholfen hatte, sich ganz neue Welten zu erschließen.

Júlia hatte Angst. Aber sie hatte es sich gestern vorgenommen. Heute begann ein neues Leben. Sie stand auf und zog sich an. Jeans und Sweatshirt. Auf dem Weg ins Bad hinüber kam sie an der Küche vorbei. In der Ecke lief der Fernseher, auf dem Herd brutzelten Eier in der Pfanne. Es duftete nach Speck. Die *abuela* deckte den Tisch. Sie sah auf und lächelte.

»Guten Morgen!«, sagte Júlia. Viel zu laut vermutlich, aber der Fernseher war ja an.

Als sie aus dem Bad zurückkam, legte ihr die *abuela* die frischen Eier mit Speck auf den Teller und stellte ihr ein Glas Orangensaft hin. Es gab Brot, Croissants und Vanillejoghurt. Júlia konnte sich nicht erinnern, wann sie zuletzt zusammen in der Küche gesessen hatten. Hatte die *abuela* ihr jeden Tag das Frühstück bereitet, nur sie hatte es nicht gesehen? Weil sie nur noch ganz sporadisch hergekommen war, um einmal richtig zu duschen und die Klamotten zu wechseln.

Eine Welle aus Scham und Zuneigung nahm ihr die Luft. Sie machte ein paar Schritte auf die dicke alte Frau zu, die aber wehrte sie ab, bevor sie sie umarmen konnte. »Setz dich hin und iss!«, verstand sie. Die winzigen Speicheltröpfchen, die aus ihrem Mund flogen, verrieten, dass sie schrie. Sie schrie immer, wenn sie mit ihr sprach. Sie verstand es einfach nicht.

Júlia setzte sich und nahm einen Schluck vom Saft. Sie hatte hundertmal versucht, es ihr zu erklären. »Ich kann von den Lippen ablesen, wenn ich dein Gesicht sehe. Und wenn du langsam und deutlich sprichst. Ich kann auch sprechen. Aber mein Spanisch ist nicht so gut. Und ich kann nicht perfekt artikulieren. Weil ich ja nicht HÖREN kann.«

Auch die Leute vom Jugendamt und von der Schule hatten mit ihr gesprochen. Aber die verstanden Júlia ja selber nicht. Wollten sie nicht verstehen. Jedenfalls verhielten sie sich so.

Die *abuela* selber aß nicht. Sie trank nur ihren hellen Milchkaffee aus einem alten Senfglas und sah ihr beim Essen zu. Und redete mit sich selbst. Wie immer lamentierte sie und jammerte Gott an. Weil er ihr den einzigen Sohn so jung genommen hatte. Und ihr dafür diese Missgeburt ins Nest gesetzt hatte. Dieses schreckliche Kind der Deutschen. Das sich allem widersetzte. Das nichts lernen wollte. Und das sie jetzt bis ans Ende ihrer Tage würde pflegen müssen. »Vergib mir!«, warf sie alle paar Sätze ein. Aber sie meinte Gott, nicht Júlia.

Júlia hatte sich vorgenommen, heute nicht abzuhauen. Heute alles durchzustehen. Aber sie schaffte es nicht, sich das länger mit anzusehen.

Das war leicht. Sie musste nur wegschauen. Sie hob den Blick zum Fernseher in der Ecke. Und erstarrte.

Da war der Mann mit dem Hut.

Nur hatte er jetzt keinen Hut auf.

Er stand inmitten einer Gruppe anderer Leute. In einer Art Festsaal. Sie alle hatten elegante Abendkleidung an.

Die Videotexteinstellung von Seite 888 zeigte den Text in Untertiteln. Es ging um ein Gran Hotel und einen internationalen Kongress. Irgendetwas mit Schönheit und Chemie. Und da war etwas Schreckliches geschehen. Eine Frau war tot in ihrem Hotelzimmer aufgefunden worden. Die Polizei untersuchte den Fall …

Júlia achtete nicht mehr auf die Textzeilen. Sie hielt Ausschau nach dem Mann. Das Hotel wurde gezeigt, das Big Sur, die Eingangshalle, der Festsaal. Ein üppiges Buffet mit gläsernen Schwänen und rosigen Langusten, ein völlig aufgelöster Chefkoch im schwarzen

Outfit, ein Turm von Champagnergläsern. Eine blonde Frau, die aufgeregt in die Kamera gestikulierte, zwei Männer neben ihr, und ein Stück weiter hinten der Mann. Groß und schlank. Er sah gut aus. Ehrlich und Vertrauen einflößend.

Die *abuela* berührte sie an der Schulter. Deutete auf die Uhr. »Gehst du jetzt endlich in die Schule?«, schrie sie. Júlia hielt sich den Bauch. Verzog schmerzhaft das Gesicht. Sprang auf und rannte zurück in ihr Zimmer. Warf sich auf ihr Bett und zog die dicke Wolldecke über sich.

Heute würde sie ganz bestimmt nicht da rausgehen. Und vielleicht nie wieder im Leben.

11.

Der Regen peitschte gegen die Scheiben und trommelte auf die Blechverkleidung über der Tür. Die letzten Blüten wurden über den Terrassenboden gespült und von glitzernden Fontänen herumgewirbelt. Kein Wetter für Katzen. Fritz machte da keine Ausnahme.

Allerdings, wenn Dagmar in der Küche brutzelte, dann lockte es ihn auch nicht bei schönstem Sonnenschein hinaus auf die Dächer. Dagmar schnitt ein Stückchen Schinken ab und ließ es Fritz vor die Nase fallen. Pia schlief noch. Sie hätte nie zugelassen, dass Fritz außerhalb seiner Schale etwas zu naschen bekam.

Noch schlimmer war Barbara. Sie war überzeugt, für so einen großen Kater wäre eine Mahlzeit am Tag völlig ausreichend. Aber sie war auch nicht da. Dagmar schob sich selbst einen Streifen Serrano in den Mund. Hauchzart, fein würzig. Der beste. Sie kaufte ihn immer, wenn sie auf dem Weg von ihrer Wohnung zur Kanzlei in der Gràcia über die Rambla de Catalunya kam. Direkt an der Ecke war dieser irre Laden, der sehr gute Weine, den besten Käse und vor allem die größte Auswahl an luftgetrockneten Schinken hatte.

Sie gab Fritz noch ein Stückchen und aß selbst auch noch eins. Mögliche Diätpläne konnten warten. Sie dachte an Don Jaime, den großen Fusté. Er machte schon lange keine blöden Bemerkungen mehr über ihre Figur. Im Gegenteil, er bewunderte ihre junonischen Formen. Haha. Was er wirklich wollte, war, dass sie wieder enger mit ihm zusammenarbeitete. Immer mehr Deutsche zogen nach Barcelona. Keine Touristen, wohlhabende bis reiche Geschäftsleute. Fusté witterte das Kapital. Und so viele deutsche Anwälte mit der Zulassung für Spanien gab es nicht.

Dagmar hätte sich geschmeichelt fühlen können. Aber von Fusté fühlte sie sich immer nur ausgenutzt. Benutzt. Na schön, sie musste fair bleiben. In der Wohnungssache hatte er ihr geholfen. Dagmar konnte weiter zur gleichen Miete in ihrer Wohnung bleiben. Das hatte der ehrenwerte Don Jaime irgendwie mit dem Richter ausgehandelt, auf dem Golfplatz vermutlich.

Ein vorläufiges Abkommen, kein richtiges Urteil. Und jetzt war sie Fusté verpflichtet. Trotzdem. In dieser Gegend war so eine große Wohnung zu diesem

Preis nicht mit Gold aufzuwiegen. Eigentlich müsste sie vor Freude an die Decke springen. Sie schlug Eier für eine *tortilla* auf und fragte sich, für wen sie überhaupt so ein üppiges Frühstück zubereitete.

Als Erste kam Anna. Sie war schon fertig angezogen, wirkte aber, als würde sie noch schlafen. »Morgen ...«, sie schnappte sich eine Tomate und schlurfte weiter zur Wohnungstür.

»Anna, trink doch wenigstens einen Kaffee. Iss ein Brot dazu!«

»Keinen Hunger. Tschau.« Die Tür fiel ins Schloss. Fritz bekam ein Stückchen *manchego*.

Als Nächste kam Pia. Sie trug einen ausgeleierten Jogginganzug und graue Schafwollsocken. Sie schob sich auf einen der Hocker und nahm dankbar die Tasse mit schwarzem Kaffee, die Dagmar ihr hinschob. Trank. Starrte aus trüben Augen auf die *tortilla* in der Pfanne. »Für wen kochst du denn da, um Gottes willen?!«

»Na ja, Frühstück eben. Ich dachte ...« Dagmar brach ab, als sie Pias Gesichtausdruck sah. Widerwillen, ja Ekel. »Tut mir Leid«, sie warf Fritz ein extra großes Stück Käse hin. »Ich konnte ja nicht wissen, dass hier plötzlich die absolute Essensverweigerung ausgebrochen ist.«

»Ach, Daggi, hör schon auf.« Pia wusste genau, wie sehr Dagmar diese Abkürzung hasste. Sie grinste und schob ihr die Kaffeetasse zum Nachfüllen hin. »Tut mir Leid. Du kennst mich doch. Ich esse wirklich gern. Aber dieses übervolle Luxusbuffet gestern hat mir irgendwie den Appetit verdorben.«

Dagmar sah Pia zu, die ihren Kaffee, glühendheiß wie er war, in sich hineinschüttete. Sie liebte Pia wie eine Schwester. Eine große Schwester. Pia wusste immer, was zu tun war, wo es langging. Und normalerweise war es auch Pia, die sie und die anderen wieder aufbaute, wenn sie einen Durchhänger hatten. Dagmar nahm ein Brettchen, rieb Tomate über eine Brotscheibe, träufelte Öl darüber und schob es Pia hin. »Was dich wirklich ärgert, ist doch, dass Josep dich gestern Abend heimgeschickt hat. Dass da im Luxushotel nur ein paar Stockwerke über Basílis üppigem Luxusbuffet so ein wunderschöner mysteriöser Mord passiert, und dass du nicht mehr an den Ermittlungen teilnehmen darfst. Das ärgert dich.«

»Gewaltig.« Pia grinste und legte sich einen Streifen Schinken auf das Brot. »Die einfachen Dinge sind oft die besten.« Sie aß. Mit Appetit. Dagmar schob Brot, Schinken und die Ölflasche näher zu Pia hin.

»Ein Stück *tortilla?*«

»Später vielleicht. Die schmeckt auch kalt. Ich will dir sagen, was mich wirklich ärgert. Dass sie alle glauben, es wäre gar kein Mord. Einfach nur Herzversagen. Sie sind überzeugt davon. Und es wäre ja auch so schön einfach.«

»Es sieht aber aus wie Herzversagen.«

»Ja, verdammt.«

»Hat Luis sich schon gemeldet?«

»Nein. Aber ich bin mir sicher, der hat sich gestern erst mal in aller Form über das Buffet hergemacht. Bevor er auch nur daran dachte, sich mit der armen toten Lídia Pastor zu beschäftigen.«

»Und die arme Lídia Pastor stand auf dem Sprung, eine sehr reiche Lídia Pastor zu werden?«

»Vermutlich.« Pia zog das Telefon zu sich herüber und wählte. Lauschte und warf es wieder hin. »Er hat sogar sein Handy abgeschaltet. «Mistkerl!»

»Und, falls Luis herausfindet, dass es wirklich nur ein Herzinfarkt war, dann stehst du etwas dumm da?«

»Dann ist der Ofen aus. Dann können wir uns in Zukunft die ganze Llimona 5 abschminken. Dann können wir höchstens noch im Raritätenkabinett auftreten. Dann wird diese ganze Machostadt aufjubeln. Frauen können alles. Vor allem Scheiße reden!«

»Ja ja, steiger dich nur richtig rein!« Dagmar legte ein Stück *tortilla* auf einen Teller, eine Gabel dazu. »Vermutlich bekommen wir Berufsverbot. Und du musst für ein paar Jahre hinter Gitter.«

»Ist nicht ganz so falsch.« Pia probierte vorsichtig von der *tortilla.* »Lecker. Perfekt. Außen knusprig, innen saftig. Wie machst du das? Ich bekomm die nie so hin!« Sie begann zu essen, sah nicht hoch. »Wenn das kein Mord war, dann hab ich mich so unsterblich lächerlich gemacht, dass ich nie nie nie wieder … ach Mist!«

Dagmar sagte nichts. Sie goss Kaffee nach und belegte eins der Tomatenbrote mit *manchego.* Es läutete. An der vorderen Tür. Sturm. Fritz schaute gierig auf den Käse in Dagmars Hand, aber sie legte ihn nicht hin, Pia stand schon auf und lief hinaus zur Tür.

»Luis! Was hast du rausgefunden?«

»Hmmm«, Luis kam in die Küche, »der Duft von frischem Kaffee und gebratenen Eiern ist mit nichts zu vergleichen.« Begrüßte Dagmar mit einem Küsschen und setzte sich an die Theke. Er trug einen beigefarbenen Cordanzug mit aufgesetzten Lederellbogen, der noch aus seiner Studienzeit zu stammen schien, und ein hellblaues Wollhemd, dessen Kragen sich unter der Anzugjacke hochwölbte. Sein rundes Gesicht glänzte frisch rasiert, seine Augen blitzten wach. Dagmar freute sich, endlich einen dankbaren Gast für ihre Kochkünste zu haben. Er riss ihr den Kaffee fast aus der Hand. »Darauf freu ich mich schon seit Stunden!«

»Luis, was hast du …«

»Dieser Kaffeeautomat im Institut fabriziert nur schwarzes Wasser.« Er übersah Pia, die nervös neben ihm hin und her hampelte. »Ist die *tortilla* für mich?« Er strahlte Dagmar an und begann genüsslich zu essen.

»Soll das etwa heißen«, Pia bemühte sich, ganz neutral zu bleiben »dass du gestern Basílis Buffet tatsächlich hast sausen lassen, um die Obduktion zu machen?« Luis wandte sich ihr zu, an seinem Mund glänzte Fett.

»Aber niemals! Schon aus Freundschaft zu Basíli. Auch die anderen Kongressteilnehmer dachten da wie ich. Es war göttlich!«

»Wie schön für dich!« Jetzt klang ihre Stimme schon ziemlich giftig. Luis Laune blieb unverändert. Er machte sich ein Tomatenbrot mit Käse und sprach mit vollem Mund.

»Das ist ja das Verrückte. Dass man gerade nach so einem Abend mit Luxus pur und Krustentieren satt einen extremen Appetit auf die einfachen Genüsse des Lebens hat.« Dagmar goss ihm Kaffee nach, legte ihm noch ein Stück *tortilla* auf und toastete weitere Brotscheiben. Luis zu bewirten, machte immer Spaß.

Pia war inzwischen stocksauer. Luis musterte sie aus einem Augenwinkel. »Um deine unausgesprochene Frage zu beantworten, Pia, *mi corazón*, ich habe mich, so schwer es auch fiel, beim *vino* zurückgehalten, bin nach dieser ganzen Völlerei noch ins Institut gefahren und habe die Frau untersucht.« Pia sah auf. Luis wischte sich den Mund ab und trank einen Schluck Kaffee. »Ich war nur kurz zu Hause, um zu duschen und mich umzuziehen. Dann bin ich sofort hergekommen.«

Pia verweigerte jede Bewunderung für seine schlaflose Nacht. »Ja und?«

»Tut mir Leid, Pia. Ich meine, es tut mir wirklich leid, weil ich ja auch deiner Meinung war, dass da irgendetwas nicht stimmte.«

»Was soll das heißen?«

»Ich konnte beim besten Willen nichts finden. Nichts, was gegen ein ganz natürliches plötzliches Herzversagen gesprochen hätte. Nicht die geringsten toxischen Spuren in Magen oder Blut, keinerlei Spuren für Gewalteinwirkung, kein abgebrochener Fingernagel, keine noch so feinen Einstichspuren. Absolut nichts. Ich werde später weitermachen, aber ich bin mir sicher. Da gibt es nichts.«

»Nichts.« Pias Stimme war kaum zu hören. Luis zog sie kurz an sich.

»So gut wie nichts.«

Pia schwieg, dann sagte sie langsam. »So gut wie nichts ist doch etwas. Oder verstehe ich das falsch?«

»Ich weiß es nicht. Das Einzige waren winzige Verätzungen in der Luftröhre. Wenn ich nicht so verzweifelt nach irgendeiner Spur gesucht hätte, wäre mir das auch nie aufgefallen. Kaum wahrnehmbar. Aber eindeutig verätzt.«

»Und was bedeutet das?«

»Das könnte verschiedene Gründe haben. Die meisten völlig harmlos.«

»Und ein weniger harmloser?«

»Geraucht hat sie nicht. Das fällt schon mal flach. Sie könnte irgendwelche Dämpfe eingeatmet haben. Aber im Hotelzimmer war nichts, was darauf hätte schließen lassen. Es gibt auch Gase, die beim Einatmen so etwas verursachen.«

»Gase? Was für Gase?«

»Sarin zum Beispiel.«

»Das ist das Zeug, das sie in Japan in der U-Bahn benutzt haben?«

»Völlig geruchlos, hinterlässt keine Spuren, der Tod tritt sofort ein und sieht aus wie Herzversagen.« Pia starrte Luis an. »Das ist es!«

»Kaum. Völlig unmöglich. Das Zeug ist wirklich sofort tödlich. Wie und wo sollte der Mörder denn das Gas im Hotelzimmer untergebracht haben, ohne sich sofort selbst zu töten? Das geht nicht.«

»Wie haben die das in der U-Bahn gemacht?«

»Das wiederum war einfach. Man kann einen Behälter mit einem Zeitzünder versehen und irgendwo verstecken.«

Luis wandte sich wieder seinem Frühstück zu. Pia gab nicht so schnell auf.

»Das muss möglich sein. Ein Gas. Ist das sehr schwer herzustellen?«

»Nicht wirklich. Wenn man weiß wie es geht.« Luis überlegte. »Isopropanol, Zitronensäure, MEPE, das ist Monofluorphoshoethanol ... das Zeug ist in jeder Apotheke zu bekommen.«

»Einfach so?«

»Mehr oder weniger. Man könnte sogar behaupten, dass man einige der Zutaten wie Zitronensäure oder Aktivkohle für ein Anti-Aging-Mittel braucht. Hautstraffung oder Peeling.« Er lachte, als er Dagmars ungläubiges Gesicht sah.

»Und was haben wir hier?« Pia strahlte. »Den Linus-Pauling-Kongress. Lauter Ärzte und Chemiker.« Luis nickte bestätigend und nahm sich noch ein Brot.

Dagmar wurde die wohlig warme Küche plötzlich zu eng. Sie stürzte zur Terrassentür und riss sie auf. Stellte sich hinaus in den Regen. Atmete durch. Frei. Sie war frei. Sie konnte die Fenster und die Türen öffnen. Sie konnte gehen, wann und wohin sie wollte. Langsam ging sie zurück in die Küche, ließ aber die Tür hinter sich einen Spalt offen.

»Das war in dieser Klinik im Allgäu«, sagte sie leise. »Sie gehörte einem alten Freund meines Ex, und in die hat er mich damals einweisen lassen, nachdem er mir mit Tabletten den Verstand genommen hatte.« Pia und Luis kannten ihre Geschichte. Sie schwiegen.

Dagmar war wieder in dieser Klinik. »Es gab da so einen Fernsehraum. Ich wollte nie hin. Immer nur das Programm der Mehrheit. Volksmusik und Krimis. Aber da lief mal eine Serie. Die war anders. Intelligent. Sophie Mayerhofer, so eine Art bayerische Mrs. Marple. Spielte in Regensburg. Und da gab es einen Fall wie diesen. Ein Mord durch Gas in einem von innen verschlossenen Raum.«

»Und?« Pia wollte nur höflich sein. Aber Dagmar war sich plötzlich sicher.

»Genau wie hier. Ein Laptop. Der Mörder verschließt das Gas in einer winzigen Glasampulle und fummelt es irgendwie unter die Enter-Taste.«

»Pasteurpipetten!« Luis sprang auf. »Er mischt es in der Pipette! Das ist es! Er bringt es mit, oder er stellt es sozusagen erst im Hotelzimmer her. Ihm bleiben zehn Sekunden. So lange brauchen die Zutaten, um sich zu dem Gas zu verbinden. So eine winzige Pipette kannst du mit einer einfachen Kerzenflamme zuschmelzen. Und schon so eine verschwindend kleine Menge ist absolut tödlich. Der Mörder hat genug Zeit, in aller Ruhe zu verschwinden. Und beim ersten Druck auf die Taste zerbricht die Pipette, und das Gas strömt aus.« Er ließ sich wieder auf den Hocker sinken. »Pia, wir müssen sofort Josep anrufen. Er soll in allen Apotheken nachfragen. Und er muss sofort diesen Laptop untersuchen. Das CD-Laufwerk, den Schacht unter der Tastatur!«

Pia bewegte sich nicht. »Da waren … da hat so was geglitzert auf dem Tisch … vielleicht ist noch etwas auf den Fotos zu sehen …« Sie holte das Telefon aus der Halterung und legte es vor Luis hin. »Sag ihm das selber!« Es läutete, als Luis es hochnahm.

»Diga?« Er lauschte kurz. »Luis Llobet am Apparat.« Er lächelte, hörte zu und wies Pias Versuche, das

Telefon an sich zu reißen, ab. »Ja, Du hast recht. Ein schnell wirkendes, völlig geruchloses Gas … Vor allem die Apotheken … Ich komm gleich rüber.« Er nahm sich eine Scheibe Käse, legte sorgsam ein Tomatenviertel darauf und wickelte Schinken drumherum. »Das war Josep. Sein Labor hat die Glassplitter schon gefunden.«

II

Das Geheimnis ewiger Jugend

12.

Sie hatte damit gerechnet, aber nicht so früh. Júlia saß vor dem Fenster an ihrem Tisch und zeichnete. Einen Schwarm schwarze Raben, die über einen winterkahlen Laubwald flogen. Tusche, filigran auf glattem Zeichenpapier. Sie saß mit dem Rücken zur Tür, deshalb reagierte sie so spät.

Sie waren zu zweit. Die Blauen, mit dem weiß karierten Mützenrand. Dein Freund und Helfer. Keine Pistolen im Anschlag, keine Pumpguns. Sie lächelten. Sagten etwas, das sie nicht sehen konnte, weil sich die *abuela* dazwischen drängte. Die Großmutter war außer sich. Schrie Júlia an, dann wieder die Polizisten. »Was hast du jetzt schon wieder angestellt! Ich habe es immer gewusst! Es konnte ja nicht gut gehen! Sie ist etwas zurückgeblieben, die Kleine, im Kopf, verstehen Sie, der Herr möge mir verzeihen!«

Júlia konnte ihren Augen kaum trauen. Die Alte warf sich vor den Männern auf den Boden. Ihre Fingernägel kratzten in den Fugen der Bodenfliesen, sie kannte die Stelle und hebelte die drei gelben Geheimkacheln aus dem Boden.

Und holte die Skizzen für Júlias *burner* hervor und die Farbdosen. Eine nach der anderen. Verriet sie fast triumphierend. Redete ohne Pause weiter. Júlia verstand, obwohl sie ihr Gesicht nicht sehen konnte. »Sie weiß ja nicht, was sie tut! Sie weiß nicht, dass es verboten ist!« Das kannte sie. In- und auswendig. Der Alten war es einfach weniger peinlich, sie als schwachsinnig zu bezeichnen.

Júlia wartete nicht länger. Sie sprang hoch, riss das Fenster auf, kletterte auf den Tisch und schwang sich hinaus.

Der Regen traf sie von der Seite und durchnässte sie sofort. Das Dach war glatt wie Seife. Ein paar Meter musste sie auf dem Rand balancieren. Sie musste vorsichtig sein, konnte nicht einfach losrennen. Sie wollte nicht als Matsch da unten auf der Straße landen.

Sie sah nicht zurück. Die dicke *abuela* lag direkt vor den Bullen. Irgendwie mussten sie erst mal an ihr vorbei. Das Fenster war eng, erwachsene Männer würden einige Mühe haben, da durchzukommen. Und sie kannten sich hier oben nicht aus.

Júlia duckte sich hinter das alte Wasserdepot und tastete in dem Versteck darunter nach ihrem Seil. Es lag da. Zusammengerollt und bereit für eine Situation wie heute. Aber es lag im Wasser, war klitschnass und durchweicht. Júlia bekam es kaum aufgerollt. Es dauerte viel zu lang. Als sie es endlich schaffte, den Karabinerhaken an den Stahlstelzen des Depots festzumachen, waren sie schon viel zu nah.

Sie packte das Seil mit beiden Händen und schwang sich über die Brüstung. Sie hatte es oft genug im Fernsehen gesehen. Wie sich die Bergsteiger am Seil runterließen. Es sah so leicht aus. Als würden sie einfach an der Wand hinunterspringen. Satz um Satz.

Es war die Hölle. Júlia hatte keine Handschuhe an. Das Seil brannte ihr die Haut von den Händen. Sie konnte ihr Gewicht nicht halten, ihre Füße fanden kaum Halt an der Hausmauer, immer wieder rutschte sie ein ganzes Stück durch, bevor sie auf ein Fensterbrett traf. Dritter Stock.

Immer mehr Fenster öffneten sich, Leute schauten heraus, riefen etwas. Oben an der Brüstung war nur noch einer der Bullen. Sein Mund bewegte sich. Er hielt eine Pistole in der Hand. Oder ein Handy? Wieder rutschte Júlia ein Stück weiter. Zweiter Stock.

Die Straße war noch weit. Ein Streifenwagen mit flackernden Blaulichtern, ein Feuerwehrauto mit hysterisch rotierendem Rot schoben sich durch die Autoschlange, sicher heulten die Sirenen. Ein Ring von Neugierigen hatte sich gebildet. Hielt aber respektvoll Abstand, falls sie abstürzen sollte.

Totenstille.

Kälte, Nässe, Schmerzen. Und Einsamkeit.

Júlia weinte. Sie weinte nie. Sie hatte niemanden mehr außer der *abuela*, und die hatte sie verraten. Ohne auch nur zu zögern. Ein Fensterbrett. Erster Stock. Eine kurze Pause. Die Menge unter ihr bewegte sich. Münder bewegten sich. »Spring doch!«, verstand sie. »Na los!«

Es war egal. Alles war egal. Sie rutschte noch ein Stück weiter, dann ließ sie los. Der Aufprall stauchte ihr die Fußsohlen bis ins Hirn. Sie fiel, ein scharfer Schmerz zuckte durch ihren rechten Knöchel und ließ sie für einen Moment die brennenden Handflächen vergessen.

Sie rollte sich auf die Seite, stand auf, sah sich nach einer Lücke in dem Menschenkordon um. Sie sah das Gesicht vom frommen Bartolomeu, sie erkannte auch andere Gesichter. Böses Lachen. Keiner von ihnen würde ihr helfen. Sie wandte sich zur Straßenseite hin und humpelte los, aber sie kam nicht weit.

Der zweite Bulle aus der Wohnung und noch zwei andere. Sie schnitten ihr den Weg ab, packten sie brutal, drehten ihr den Arm auf den Rücken und zwangen sie in die Knie. Sie konnte die Schmerzen nicht mehr auseinander halten.

Sie schleiften sie zu dem Streifenwagen und schoben sie auf den Rücksitz. Der Bulle aus der Wohnung setzte sich neben sie. Die beiden anderen nach vorn. Sie fuhren los. Hinter den Fenstern blieben die aufgerissenen Gesichter der Nachbarn zurück.

Sie fuhren zur Laietana hinüber, ohne sich um Einbahnstraßen und andere Beschränkungen zu kümmern. Die Bullen lachten, der neben ihr sagte auch etwas zu ihr, sie sah gar nicht erst hin.

Júlia hätte gern eine ihrer Thaipillen gehabt. Die gaben einem Kraft. Machten einen aggressiv und stark. Die verhinderten, dass man heulte, nur weil einen die eigene Großmutter an die Bullen verriet und die einem zu dritt den Arm verdrehten, als wäre man ein Serienkiller. Scheiße. Júlia versuchte, etwas von ihrer Wut zurückzuholen.

Sie zerrten sie aus dem Auto und schleppten sie vom Parkplatz ins Gebäude, Treppen hinauf, Gänge entlang. Brachten sie in eine Art Büro mit Lamellen vor den Glaswänden. Setzten sie an einen Resopaltisch mit eingebautem Tonbandgerät. Wie im Kino.

Dann kamen zwei andere Bullen. Zivile. Ein junger agiler im silbergrauen Armanianzug mit gelbem

Hemd und ein alter krummer in verbeulten Cordhosen und mit grauer Haarbürste auf dem Kopf.

Der Alte war der Chef. Er schnauzte die beiden anderen blauen Bullen an, beide rannten hinaus, der eine brachte ihr einen dampfend heißen Kaffee, der andere eine Decke. Warf sie ihr über die Schultern. Sie stank nach Ziegenmist und abgestandenem Rauch.

Júlia bewegte sich nicht. Die Decke begann zu rutschen, sie hielt sie nicht fest. Sie nahm auch den Becher mit Kaffee nicht. Sie hielt die Arme verschränkt, die zusammengeballten Hände unter den Achseln verborgen.

Die beiden Zivilen setzten sich zu ihr an den Tisch. Sie stellten sich vor. Der jüngere hieß Toni irgendwas, der alte José Bonet oder so ähnlich. Es war schwer, Namen von den Lippen abzulesen.

Es war Armani, der sie als Erster mit Fragen bombardierte. Er war eigentlich ganz hübsch, aber viel zu glatt, zu geleckt. Sein schmaler Mund giftete über den Tisch. »Wir wissen alles über dich … besser, wenn du gleich auspackst … mit Schweigen kommst du hier nicht weiter …«

Júlia schaute sich um, behielt Grauhaar im Auge, der sie genau beobachtete. Wenn die beiden hier der Gute und der Böse spielten, dann war der Gute auf alle Fälle der Gefährlichere.

Er sah freundlich aus. Verständnisvoll. »Kannst du denn überhaupt hören? Bist du vielleicht taubstumm?« Er unterstrich seine Frage mit Handbewegungen.

Júlia presste die Kiefer zusammen und starrte ihn an. Hass. Sie würde hier gar nichts verraten. Weder

Severí noch Roger. Nichts und niemanden. Sie war nicht ihre Großmutter.

»Du musst keine Angst haben. Wir wollen dir doch nur helfen. Sollen wir einen Gebärdendolmetscher holen?« Er sprach sehr deutlich, und seine Handbewegungen waren offen, wenn auch etwas hilflos. Er lächelte sie an.

Hinter ihm, hinter der Glaswand gab es plötzlich Bewegung. Wohl auch Lärm, denn sowohl Armani als Grauhaar drehten sich ruckartig um.

Eine Gruppe von Menschen ging da draußen vorbei. Vier Männer und eine Frau. Ältere Leute. Gut angezogen, gepflegt. Nicht die Art Menschen, die man im Polizeirevier erwartet. Zwei Polizisten wiesen ihnen den Weg. Offenbar sehr höflich und zuvorkommend. Die Männer lachten. Einer drehte sich um und blieb stehen. Sah durch die Glasscheibe zu ihr her, und starrte sie an. Dann bewegte er sich langsam wieder mit den anderen weiter.

Der Mann mit dem Hut.

Nein, Blödsinn. Er hatte weder einen Mantel an noch einen Hut. Und es war auch nicht sein Gesicht gewesen. Oder doch?

Sie sah ihm nach. Und kurz bevor er aus ihrem Sichtfeld verschwand, drehte er sich noch einmal um. Nein, das war er nicht. Niemals.

Júlia senkte den Blick.

Armani und Grauhaar wandte sich wieder ihr zu. Redeten. Drohten. Fragten. Wechselten sich ab. Boten ihr Cola und Pizza an. Versuchten es mit allen Tricks.

Sie schwieg.

13.

Janet hielt sich nicht gerade für Miss Übersensibel, aber heute war die Stimmung im Haus so mies, dass man höchstens mit einem sehr scharfen Messer durchkam.

Nur Pia und Dagmar waren da, als sie in die Wohnung kam. Sie saßen an der Küchentheke und muffelten sich an. Zwischen ihnen eine Kanne kalter Kaffee und ein Brett mit angetrocknetem Schinken und Käse. Nicht mal der sonst allgegenwärtige Kater interessierte sich dafür.

»Irgendjemand gestorben?« Janet wartete vergeblich auf eine Antwort. Sie sah kurz auf die Uhr und holte sich dann die Whiskyflasche, suchte sich ein sauberes Glas und nahm die Eiswürfel aus dem Kühlschrank. Hatte plötzlich einen bösen Verdacht. »Die Katze?«

Dagmar schaute zu Pia, aber die schien die Frage gar nicht gehört zu haben. »Nein. Fritz ist mit Barbara mit. Rüber in die Libretería.«

»Hat Anna die Testauswertung bekommen?«

»Nein.«

»Aha«, Janet steckte sich eine Zigarette an und setzte sich auf den Hocker neben Pia. »Anna ist also genauso abgehauen wie Barbara. Und wie ich gleich.«

Keine Reaktion.

»Es sei denn, ihr habt eine halbwegs überzeugende Erklärung für eure miese Laune.« Wieder bekam sie keine Antwort. Dagmar begann aufzuräumen. Stapelte das Geschirr im Becken, packte Schinken und Käse weg, putzte die Krümel von der Theke.

Janet stand auf, um sich einen Aschenbecher zu holen, deshalb war sie gerade neben dem Telefon, als es läutete. Sie hob ab, bevor Pia oder Dagmar es tun konnten, obwohl sie es beide versuchten.

»Sì? Diga?«

»Janet?« Es war Josep.

»Ja, hier ist Janet.« Pia und Damar starrten sie an, versuchten, sie zu hypnotisieren. Sie wich etwas zurück. »*Hola*, Josep.«

Bei der der Erwähnung des Namens beugte Pia sich vor und versuchte, ihr den Hörer abzunehmen. Janet drehte sich weg. Sie mochte Josep.

»Die Sache im Gran Hotel? Was Neues?«

»Ist Dagmar da?«, fragte er ziemlich distanziert.

»Yessir!« Sie reichte den Hörer Dagmar weiter und verhinderte nur mit Mühe, dass Pia ihn an sich riss. »Sorry, er will nicht dich, er will Dagmar sprechen!«

Dagmar nahm etwas irritiert den Hörer. »Ja, Dagmar hier?« Sie hörte zu, Josep sprach. Pia kroch immer näher zu ihr hin. Kaute an ihrer Lippe herum. Janet steckte sich eine zweite Zigarette an. Endlich legte Dagmar wieder auf.

»Ich soll in die Laietana kommen.« Sie schien selbst Zweifel zu haben. »Sie haben wohl einen Verdächtigen. Marcel Gutiérrez. Der will keinen Anwalt. Josep meint aber, er braucht dringend einen. Und jetzt soll ich hinkommen. Ausgerechnet!«

»Das heißt also, es handelt sich wirklich um Mord, und das haben sie kapiert!« Pias Laune schoss von minus zehn auf plus zwanzig. »Also, nichts wie los!« Sie sprang vom Hocker. »Ich zieh mich nur schnell um.«

»Pia«, Janet bremste sie. »Josep hat Dagmar angerufen. Er hat nach einem Anwalt gefragt. Ich glaube nicht, dass es sehr hilfreich ist, wenn du da mitgehst, ins Polizeipräsidium. Als ehemalige Kollegin.«

»Ja, aber …«

»Ich hingegen, ich bin Journalistin. Gerichtsreporterin. Spezialistin für Kriminalfälle. Niemand wird sich wundern, wenn ich dort auftauche und mich ein bisschen umhöre.« Pia schien nur halb überzeugt. Janet hakte vorsichtig nach. »Und vielleicht braucht dieser Gutiérrez sehr bald ganz dringend die Hilfe einer kompetenten Detektei. Da kann ich dann Llimona 5 ins Gespräch bringen. Unauffällig. Du nicht.«

Pia holte tief Luft. »Alles klar. Ich werde inzwischen mal im Internet rumwühlen. Mich ein bisschen schlau machen. Über die Teilnehmer an diesem Kongress. Und die ganze Branche.« Sie grinste. »Anti Aging. Ich werde mir sofort ein paar von diesen Produkten bestellen und ausprobieren. Wenn ihr zurückkommt, bin ich sweet sixteen.«

»Ruf an, wenn du Windeln brauchst.« Sie lachten. Endlich. Pia schloss hinter ihnen ab.

Dagmar wollte die paar Schritte laufen, aber Janet bestand darauf, ein Taxi zu nehmen. Sie war zwar Engländerin, aber schließlich war sie damals nicht ins sonnige Spanien gekommen, um sich ohne Not diesem eisigen Novemberwind auszusetzen.

Als das Taxi vor dem weiß verschnörkelten Palast hielt, stieg Dagmar aus und überließ es Janet zu zahlen. Beim Überqueren der Straße wurde sie fast von einem Streifenwagen überrollt, der scharf in die Einfahrt zum Polizeipräsidium einbog. Dagmar schimpfte wie ein Marktweib hinter ihm her.

Janet musste unwillkürlich lächeln und gab ein viel zu hohes Trinkgeld. Sie alle hatten sich seit ihrer ersten Begegnung ganz schön verändert. Anna war gelöster, Barbara selbstbewusster, Pia weicher, und sie selber trat nicht mehr nach Katzen. Aber bei Dagmar war es am augenfälligsten. Die gleiche Dagmar, die sie damals vor dem Hospital del Mar getroffen hatte, zu ängstlich, um allein reinzugehen, die beschimpfte jetzt auf offener Straße ein Polizeiauto.

»Du bist bei Rot und noch dazu neben der Ampel über die Straße gegangen.« Sie hielt Dagmar am Arm fest und hinderte sie, direkt vor den Bus zu stürmen.

»Ich bin nervös«, sagte Dagmar, »ich hab keine Ahnung, wieso Josep ausgerechnet mich haben will.«

»Fühl dich geschmeichelt.«

»Glaubst du im Ernst, der Kriminaler, der dich nach mühsamer Jagd endlich erwischt hat, empfiehlt dir ausgerechnet den Anwalt, dem er zutraut, dich sofort wieder rauszuhauen? Dass ich nicht lache!«

»Josep ist anders.« Janet konnte selbst hören, wie unglaubwürdig das klang. Josep war ein lieber Freund. Aber zuallererst war er *capitán* der Mordkommission. »Vielleicht glaubt er selbst nicht so recht an die Schuld von diesem Gutiérrez?«

Dagmar schnaubte nur verächtlich durch die Nase. Janet ging hinter ihr und konnte sehen, wie sie kampfbereit die Schultern straffte. Sie hatte das Gefühl,

Josep hielt nicht viel von ihr und würde ihm zu gern das Gegenteil beweisen.

Im Büro war es auffällig ruhig. Die blonde Silví hockte tief über ihren Computer gebeugt und sah nicht auf, zwei Kollegen, die Janet nicht kannte, kümmerten sich um eine Frau. Der eitle Toni war nicht an seinem Platz, und auch Joseps Schreibtisch war verwaist. Nur seine abgewetzte Fliegerjacke hing über der Stuhllehne.

Sein Chef, *el jefe*, der *comandante* Don Ignacio Sanchez-García, saß in all seiner wohlgepflegten Schönheit mit einem Gast bei Kaffee und *coñac* hinter der Glastür in seinem Büro. Als sie vorbeigingen, sah er kurz hoch und runzelte die Stirn. Er wusste nicht mehr, ob und woher er sie kannte. Gut so.

Alle Verhörzimmer hatten kleine Fenster zum Flur und einen breiten Einwegspiegel zum Nebenraum. Im ersten Verhörzimmer saß ein junges Mädchen. Sehr jung. Sie schien zu frieren, war halb in eine alte Armeedecke eingehüllt und starrte böse auf den eitlen Toni. Der redete auf sie ein, neben ihm stand ein zweiter Mann, der offensichtlich alles in Gebärdensprache übersetzte. Älter, kahlköpfig, korpulent. Janet glaubte, sich an ihn zu erinnern. Martí irgendwas Ferrer. Der einzige männliche Übersetzer in Barcelona. Ein Lehrer aus Sant Antoni. Vor über zehn Jahren war der Fall durch die lokale Presse gegangen.

Sein kleiner Sohn hatte durch einen von der Polizei verschuldeten Autounfall schwere Kopfverletzungen erlitten und sein Gehör verloren. Martí hatte sich durch alle Instanzen prozessiert und letztendlich verloren. Aber durch seine Initiative hatte ein kleiner öffentlicher Scheinwerferstrahl die Situation der Gehörlosen in Spanien getroffen. Es gab Berichte in den Medien, öffentliche Diskussionen, und immer mehr Fernsehsendungen wurden in Gebärdensprache übersetzt.

Den Gerüchten zufolge hatte Martí eine Abfindung von der Polizei bekommen und auf weitere Aktivitäten verzichtet. Er hatte eine Zusatzausbildung als Sonderpädagoge gemacht, wurde Mitglied im Interessenverband der Taubstummen, der *Asociación de Sordo Mudos* und im Elternverband gehörloser Kinder. Er unterrichtete heute an einer der Schulen.

Und ganz offensichtlich arbeitete er auch als Gebärdendolmetscher für die Polizei. Janet sah den Mann mit den Fingern agieren, und sie sah das unbewegliche Gesicht des Mädchens. Vermutlich sprach er *catalán*.

Dagmar stand neben ihr.

»Das arme Mädchen!«

»Vielleicht kann sie ja sehr gut hören und will nur nicht.«

»Es geht ihr nicht gut. Schau doch nur, sie friert, sie hat Angst, und sie hat Blut an den Händen. Und statt ihr zu helfen, hacken die nur auf sie ein. Dieser blöde Toni, den hab ich doch sowieso schon gefressen.«

»Ja, der ist ein Wichtigtuer erster Güte.«

»Das ist doch noch ein Kind! Wieso ist kein Erziehungsberechtigter dabei? Und kein Anwalt!«

»Du hast aber schon einen Job.« Janet war in Gedanken schon wieder weiter.

Im Flur zum Konferenzraum und den Verhörzimmern saßen drei Männer und eine Frau. Sie gehörten ganz offensichtlich nicht zur üblichen Klientel hier oben. Gut gekleidet, gebildet, stinkewütend.

Sie redeten englisch miteinander, schauten erwartungsvoll auf, als Janet und Dagmar hereinkamen, schimpften übergangslos weiter.

Das würde Folgen haben. Unglaubliche Unverschämtheit. Die Botschaften und Konsulate waren bereits verständigt. Janet hörte einen deutschen Akzent bei der Frau heraus, einen französischen bei einem kleinen drahtigen Mann, einen spanischen bei dem einzigen Mann, der aussah, als wäre das nicht sein erster Besuch bei der Kriminalpolizei.

Ein Mann sprach fast akzentfrei Englisch. Am Kragen hatte er ein rotes Ahornblatt. Ein gut aussehender Riese, Kanadier offenbar.

Janet versuchte, sich an Pias Bericht von dem Abend im Gran Hotel zu erinnern. Blieb vor dem Kanadier stehen und sprach ihn auf Englisch an: »Mr. DeVille, richtig?« Er sprang auf.

»Ja, ja, das bin ich. Aber wer sind Sie?«

»Janet Howard. Ich bin Journalistin und schreibe sowohl für englische als auch für spanische Blätter. Ich habe von dem Skandal gehört!« Sie legte etwas Empörung in ihre Stimme, aber das wäre nicht nötig gewesen. Sie alle wollten reden. Sie warteten schon seit Stunden. Und niemand hörte ihnen zu.

»Das ist ungeheuerlich!« DeVille machte sich ungefragt zum Sprecher. »Wir sind alle Teilnehmer am internationalen Linus-Pauling-Kongress. Gestern Abend sollte unsere hochgeschätzte Kollegin Lídia Pastor ausgezeichnet werden. Es gab ein Festbankett im Hotel.

Die arme Lídia erschien nicht. Sie war tot. Ein Herzinfarkt. Sehr tragisch, aber doch nicht unsere Schuld. Man hat uns gestern Nacht noch stundenlang verhört. Wir dachten, das war's. Aber nein, heute hat man uns einfach hierher verfrachtet, als wären wir Schwerverbrecher. Und jetzt sitzen wir hier schon seit Stunden rum. Wir verlangen, mit unseren Botschaften oder Konsulaten zu sprechen, wir verlangen Rechtsschutz!«

»Aber, Sie sind doch nicht verhaftet. Und Sie haben Handys, rufen Sie doch einfach an …« Janet wurde von einen schrillen Schrei unterbrochen.

Splitterndes Holz, ein Schuss.

Stille.

Plötzlich sprang die Tür zum ersten Verhörzimmer auf, das junge Mädchen kam heraus. Sie hielt mit beiden Händen eine Pistole umklammert und sah sich panisch um. In der einen Richtung standen Janet und die Bank mit den Leuten vom Kongress, in der anderen gab es nur Dagmar. Und hinter Dagmar die Toiletten. Das Mädchen zögerte.

Dann geschah alles so schnell, dass selbst Janet Mühe hatte, das Durcheinander auseinander zu halten.

Dagmar machte einen Schritt auf das Mädchen zu, sagte lautlos etwas, das Mädchen sah sie an. Im gleichen Moment schaute Toni vorsichtig aus dem Verhörzimmer.

Das Mädchen fuhr herum, und Toni verschwand. Gleichzeitig hatte sich Dagmar zwischen das Mädchen und die Tür zum Verhörzimmer geschoben. Und dann sah es so aus, als würde das Mädchen die Pistole heben und Dagmar bedrohen.

Janet hätte schwören können, dass es Dagmar war, die die Hand des Mädchens mit der Pistole packte und sich selbst an den Kopf setzte. Aber im gleichen Augenblick drehten sich die beiden auch schon um und verschwanden in der Männertoilette.

Von beiden Seiten des Flurs kamen uniformierte und bewaffnete Polizisten angerannt, gleichzeitig wagte sich Toni aus dem Verhörzimmer. Sah sich kurz um, sah in die Gesichter der Wartenden auf der Bank. Sah auf die andere Seite, brüllte. »Da rein!«, und deutete auf die Toilettentüren.

»Halt!« Janet stellte sich den Polizisten in den Weg. »Vorsicht! Das Mädchen hat eine Geisel.« Sie drehte sich zu Toni um und deutete auf sein leeres Schulterhalfter. »Und sie hat eine Waffe.«

Toni wurde rot und wich zurück, seine Kollegen verharrten unsicher. Der Polizist direkt vor ihr war noch keine zwanzig. Ein rosiges Kindergesicht mit einem ersten Bartschatten.

Langsam ging die Toilettentür auf. Die Polizisten hoben ihre Waffen. Janet sah, dass der Junge vor ihr zitterte.

»Nicht schießen!« Dagmar kam heraus. Langsam. Blieb in der Tür stehen und rieb sich die Stelle, an die das Mädchen die Pistole gedrückt hatte. »Sie ist weg.«

Die Polizisten stürmten los. Dagmar wurde schlecht, sie knickte ein, brach zusammen. Sie kamen nicht an ihr vorbei, mussten ihr erst helfen, sie stützen, zu einem Stuhl an der Seite bringen. »Entschuldigung«, stammelte sie, »tut mir Leid …«

Janet bewegte sich nicht.

14.

Dagmar musste sich nicht groß verstellen. Ihr war wirklich übel. Ein junger Polizist hatte einen Stuhl unter sie geschoben, dann rannten sie zurück. Inzwischen war noch ein Trupp weiterer Kampfmaschinen dazugekommen. Martialisch mit ihren Schutzwesten und Visierhelmen. Sie brüllten aufgeregt herum, hantierten mit ihren Funkgeräten und drängelten in der Toilette.

Janet hatte sich glücklicherweise nicht gerührt. Als sie jetzt auf sie zukam, bewegten sich auch die Anti-Aging-Leute auf der Bank. Zwei von ihnen standen auf und kamen her. Die Frau und der Lange mit dem strähnigen Haar. »Ich bin Ärztin, kann ich Ihnen helfen?« Sie sprach englisch. Dagmar richtete sich etwas auf.

»Danke nein, es geht schon wieder.«

»Doktor Manrique.« Er schob die Frau kurzerhand zur Seite und fasste nach Dagmars Handgelenk, um ihren Puls zu messen. Sie versuchte, ihm den Arm zu entwinden, aber er hielt fest. »Ich würde gern auch noch Ihren Blutdruck messen.«

»Der ist zu hoch, keine Frage.« Dagmar stand auf. »Danke. Danke Ihnen beiden, aber mir geht es gut.« Sie streckte der Frau die Hand hin. Zögerte einen Sekundenbruchteil und sagte dann auch ihren Titel. »Doktor Dagmar Warwitz. Wir können auch deutsch reden.«

»Ach, Sie sind Kollegin! Freut mich. Gisela Erken-Henniger.«

»Nein, ich bin Anwältin.«

»Noch besser! Dann müssen Sie uns helfen!« Sie wandte sich an die anderen, wechselte von Deutsch zu Englisch. »Sie ist Anwältin! Sie kann uns hier rausholen!«

Die bewaffneten Polizisten kamen aus der Toilette gestürmt und rannten den Flur zurück. Dagmar atmete auf. »Tut mir Leid«, sagte sie auf Englisch, »das kann ich leider nicht.«

»Natürlich nicht«, blaffte der lange Manrique auf Englisch und sah den davoneilenden Martialos nach. »Was wir brauchen, ist ein spanischer Anwalt!«

»Ich habe die Zulassung der höchsten spanischen Anwaltskammer für ganz Spanien«, sagte Dagmar. Keiner von ihnen hatte auch nur eine Bemerkung über das junge Mädchen gemacht. »Aber ich habe bereits einen Klienten in dieser Sache. Marcel Gutiérrez.«

Schweigen. Dagmar war froh, Janet neben sich zu wissen. Die anderen waren jetzt auch aufgestanden, umringten sie und sahen sich vielsagend an. Der kleine Drahtige war der Erste, der wieder sprach.

»Der gute alte Marcel. Ist wohl etwas zu weit gegangen diesmal.« Sein Gesicht war straff, sonnengebräunt und ausdruckslos, aber die Augen funkelten. Schadenfreude pur.

»Wo finde ich ihn?«

»Da hinten, letzte Tür. Die bearbeiten ihn gerade. Wenn er Glück hat, dann verzichten sie auf Elektroschocks und Schläge und begnügen sie sich mit Psychofolter.« Diesmal grinste er unübersehbar.

»Danke«, Dagmar lächelte und wandte sich ab in die angegebene Richtung. Sie wusste, ohne Janet auch nur anzusehen, dass Janet jetzt beginnen würde, die anderen nach allen Regeln der Kunst auszuquetschen.

Es war das letzte der Verhörzimmer. Josep und ein sehr gut aussehender Typ Mitte dreißig saßen sich am Tisch gegenüber. Zwischen ihnen ein Tonbandgerät. Josep redete, der andere schwieg. Dr. Marcel Gutiérrez. Chemiker. Dagmar hatte sich ein bisschen informiert.

Er hatte in Madrid und Brüssel studiert. Er hatte einige Jahre mit Lídia Pastor zusammengearbeitet. Es gab in der Branche jede Menge Gerüchte über die beiden. Schön, jung und erfolgreich. Angeblich hatte er großen Anteil an ihrer Forschung und angeblich hatten sie ein Verhältnis.

Dagmar kontrollierte, ob ihr Kostüm saß, ob die Bluse nicht krumpelte, ob sie keine Laufmasche hatte. Klopfte kurz und trat ein. Josep sah auf. Und Dagmar erkannte sofort, dass sie Recht gehabt hatte. Er hatte sie angerufen, weil er ihr nichts zutraute. Sie schloss die Tür hinter sich, ging in den Raum und legte ihre Aktentasche auf den Tisch. Verdeckte das Mikro. Lächelte.

»Ich bin Dagmar Warwitz. Ich bin Ihre Anwältin.«

Der Mann musterte sie kurz, bewegte sich nicht. Dagmar zog sich einen Stuhl an den Tisch. Schrilles Quieken. Die Gumminoppen der Stahlbeine waren längst abgerieben. Das Lächeln begann zu schmerzen. »Und Sie sind Marcel Gutiérrez.«

Keine Reaktion.

Sie wandte sich an Josep. »Wessen wird der Mann beschuldigt?«

»Er wird nicht beschuldigt. Noch nicht. Wir befragen ihn lediglich. Er ist ein Zeuge. Und ein Freund der Ermordeten.«

»Ermordeten?« Dagmar lächelte immer noch, aber ihre Stimme perlte Hagelkörner. »Sprechen wir hier von Frau Doktor Lídia Pastor? Soviel ich weiß, ist sie an Herzversagen gestorben. In ihrem von innen verschlossenen und verriegelten Hotelzimmer. Es gibt keinerlei Beweise für Fremdeinwirken. Von Mord ganz zu schweigen. Oder haben Sie gegenteilige Beweise? Dann wünsche ich die sofort zu sehen. Als Anwältin des Beschuldigten.«

Josep wollte etwas sagen, Dagmar ließ es nicht zu. »Ist der Untersuchungsrichter verständigt? Wurde mein Mandant über seine Rechte informiert? Wieso konnte er keinen Anwalt seiner Wahl anrufen?«

Jetzt sah Gutiérrez sie an. Lächelte. Sein Lächeln war umwerfend. Dagmar spürte, dass sie rot wurde, sah hastig weg, stand auf. Wandte sich sehr förmlich an Josep: »Sie hatten nicht das Recht, ihn ohne Anwalt zu befragen. Ich nehme meinen Mandanten jetzt mit.«

»Es besteht durchaus Mordverdacht.« Josep sprach, fast ohne die Lippen zu bewegen. »Es besteht der Verdacht, dass Lídia Pastor durch ein unsichtbares Gift oder Gas getötet wurde. Die einzelnen Chemikalien sind für einen Fachmann, wie Dr. Marcel Gutiérrez einer ist, leicht zu beschaffen. Wir haben in den Apotheken nachgeforscht, und in einigen sind wir fündig geworden. Der Täter glaubte, besonders schlau zu sein, und besorgte die verschiedenen Zutaten auch in verschiedenen Apotheken. Wir haben uns in der ganzen Innenstadt umgesehen. Im *barrio gótico* sind wir fündig geworden. Gleich mehrmals. Wir haben eine recht gute Täterbeschreibung. Und wir haben noch etwas.« Er gestattete sich ein leichtes Grinsen. »Eine Zeugin. Zufällig war nämlich noch jemand immer zur gleichen Zeit in derselben Apotheke.«

»Ein junges Mädchen, sehr dünn, kurzes braunes Haar?«

Dagmar sah an Joseps unbeweglichen Gesicht, dass sie ins Schwarze getroffen hatte. Sie konnte sich den kleinen Triumph nicht verkneifen. »Ach. Das tut mir aber Leid. Hast du den Lärm vorhin nicht gehört? Ich fürchte, eure Zeugin ist … nun ja, abgehauen.«

Josep glaubte ihr nicht. Aber den Lärm im Flur musste er auch hier drin gehört haben. Sie nickte Gutiérrez zu. »Mein Mandant wird selbstredend alles tun, um zur Aufklärung dieses tragischen Falles beizutragen. Sie können sich jederzeit an mich wenden.«

Gutiérrez stand auf.

Joseps Kiefermuskeln arbeiteten. »Bleiben Sie für die nächsten Tage in Barcelona.« Er schaltete das Tonband ab. Beim Hinausgehen sah Dagmar, dass er nach dem Telefon griff.

Sie wählte absichtlich nicht den Weg zurück durch die Büros. Sie wollte vermeiden, dass Gutiérrez jetzt den anderen Kongressteilnehmern begegnete und mit ihnen sprach. Gutiérrez folgte ihr schweigend, bis sie unten im Durchgang und auf der Laietana waren. Er stand neben ihr, legte ihr den Arm um die Schultern und drückte sie kurz. »Danke!«

Es hatte aufgehört zu regnen. Der Wind zerrte die Wolken auseinander, und die Sonne spiegelte sich im nassen Pflaster und ließ die Autos aufblitzen. Dagmar bemerkte eins der zivilen Überwachungsautos im Halteverbot, und sie erkannte Felipe. Früher hatte er am Tor Wache gestanden, inzwischen war er aufgestiegen. Und er machte seine Sache sehr gut. Hätte sie ihn nicht gekannt, er wäre ihr nie aufgefallen. Aber den anderen konnte sie nicht ausmachen, und sie waren immer zu zweit.

»Kommen Sie, an der Plaça de L'Angel ist ein Café«, wieder legte er ihr leicht den Arm um die Schultern. Es fühlte sich verdammt gut an. »Ich möchte Sie gern zu einem *cava* einladen. Oder was immer Sie wünschen!«

»Cava passt«, sagte sie und fühlte sich für einen Sekundenbruchteil leicht und unbeschwert. Sie ging mit einem äußerst attraktiven jungen Mann zusammen die regenglitzernde Laietana entlang, und es roch sauber nach feuchtem Laub und Meer. »Es ist nicht vorbei«, sagte sie leise. »Josep ist ein Bluthund. Er gibt nie auf. Und es handelt sich hier wirklich um einen Mord.«

Sie waren vor dem Café und gingen hinein, über den regennassen Platz in die vordere Terrasse. Die Tische an der Fensterseite waren alle besetzt, für die umliegenden Büros und Geschäfte war jetzt Mittagspause. Und wie immer gab es ein paar unverdrossene Touristen. Auf einem kleinen Podest an der Wand übertrug der Fernseher ein Tennismatch. Gutiérrez bestellte zwei Gläser Sekt und Erdnüsse. Er lachte und strahlte sie an, als hätte er ihre letzte Bemerkung nicht gehört.

»Señor Gutiérrez, bitte, Sie müssen ...« Er unterbrach sie heftig.

»Bitte nein! Nennen Sie mich Marcel. Sagen wir du?

Machen Sie mich nicht noch älter als ich so schon bin!« Seit Francos Tod hatte sich in Spanien das Du vor allem unter jungen Leuten eingebürgert. Aber Dagmar hätte eigentlich lieber eine gewisse Distanz gewahrt. »Darf ich Dagmar zu dir sagen?« Er sprach den für Spanier schwierigen Namen akzentfrei aus. Und er hatte ihn sich gemerkt, obwohl sie ihn nur ganz zu Anfang genannt hatte. Sie konnte kaum ablehnen. Sie tranken. Sahen sich an. Seine Augen waren durchsichtig grün.

»Der *capitán* hat Sie nicht freigelassen, weil ich so brillant argumentiert habe.« Sie stellte ihr Glas ab. »Nicht nur. Er will Sie beobachten. Er will, dass Sie einen Fehler machen. Auch jetzt werden wir verfolgt.«

»Du. Wir sagen doch du, oder?«

»Okay«, sie gab nach. »Du. Du wirst verfolgt. Du wirst beobachtet. Dir will Josep Bonet an den Kragen. Und er ist keiner, der einfach so den Nächstbesten festnimmt. Was also hast du getan?«

»Ich habe Lídia nicht getötet.« Er war plötzlich ernst. »Ich hatte sie gern. Vielleicht habe ich sie sogar geliebt, bewundert habe ich sie auf alle Fälle. Aber das ist vorbei. Wir haben zusammengearbeitet. Wir haben eine Zeit lang zusammen am Tretino-A gearbeitet, das sie jetzt wohl fertig gestellt hat. Mit dem sie reich und berühmt werden wollte. Und für diesen Fall hatten wir einen fairen Vertrag. Ein nicht allzu kleiner Teil wäre auch für mich abgefallen. Wir haben uns schon vor Jahren getrennt. Aber wir sind … waren gute Freunde. Sehr gute Freunde.«

»Und durch ihren Tod?«

»Nun ja … ich denke, die Patente fallen dann an mich zurück …«

»Was hat die Kripo gegen dich in der Hand?«

»Sie gehen davon aus, dass irgendjemand Lídia mit einer mysteriösen Chemikalie getötet hat. Man hat da wohl so Glassplitter in ihrem Laptop gefunden. Wir alle sind Chemiker, jeder von uns könnte so eine Schweinerei herstellen. Und sie haben in den Apotheken rumgefragt und die Beschreibung eines Mannes bekommen. Der Latexhandschuhe gekauft hat, Pasteurpipetten, Gummihütchen und noch mehr so Zeug. Der Mann war groß und schlank, er trug einen Trenchcoat und einen Hut. So ein Mann mit Hut wurde wohl auch im Hotel gesehen. Ich bin groß, ich habe einen Mantel und auch einen Hut. Aber im Hotel laufe ich doch nicht mit Hut rum. Ich hab da ein Zimmer, ich wohne da.«

»Das war doch nicht alles. Was gibt es noch?«

»Ich weiß es nicht. Ich hatte angeblich auch ein Motiv. Neid. Eifersucht. Und ich bin zu spät zu diesem dämlichen Dinner gekommen, obwohl ich schon längst in der Stadt war.«

»Und wieso bist du erst so spät gekommen?«

»Ich war an der Uni. Hab mich mit Kollegen verschwatzt. Und dann musste ich mich auch noch umziehen.« Er grinste. »Ich hab's nicht so mit der Pünktlichkeit.«

»Wie stehst du zu den Kollegen? Den anderen Teilnehmern?«

»Geht so«, er zuckte die Achseln, »die einen mögen mich, die anderen weniger. Bei diesem ganzen Anti-

Aging geht es um sehr viel Geld. Da ist auch viel Neid im Spiel.«

»Marcel«, sie sprach seinen Namen zum ersten Mal aus. »Das sieht nicht gut aus für dich.«

Er sah sie aus meergrünen Augen an. »Du wirst mir helfen.«

»Ich kann es versuchen.« Sie hatte nicht bemerkt, dass er eine neue Runde *cava* und Erdnüsse bestellt hatte. »Aber das wird sehr schwer, wenn die Kripo sich so auf dich eingeschossen hat. Wenn es wirklich ein Mord war, dann war er extrem raffiniert und klug eingefädelt. Wir müssten den Mörder finden, um dich wirklich freizubekommen.«

Er strahlte sie an. Er hatte überhaupt nicht zugehört.

15.

Ihr Vorsprung war winzig. Und in einer halben Stunde würde jeder Polizist von Barcelona ihre Beschreibung haben.

Sie hatte es immerhin aus dem Polizeipräsidium raus geschafft, sie hatte sich vom Klofenster auf ein Vordach hinunter gelassen, dann war sie gesprungen. Etwa drei Meter. So fühlte es sich an, wenn man mit dem Fallschirm landete. Das hatte sie mal gelesen. Ihr Knöchel erinnerte sie schmerzhaft daran, dass sie heute schon einmal gesprungen war. Es war auszuhalten. Sie würde gern mal richtig mit einem Fallschirm abspringen. Oder wenigstens Bungeejumping. Das Gefühl, zu fliegen. Lebendig zu sein für einen Augenblick. Auf der einen Seite war die Durchfahrt zur Laietana, auf der anderen der Fuhrpark. Júlia war sicher, dass die da oben einen ziemlichen Krach veranstalteten, Befehle brüllten, vielleicht auch schossen. Die Pistole in ihrer Hand fiel ihr ein, sie warf sie erschrocken weg. Auf die Ladenfläche eines rostroten Pickups, der schon ewig da zu stehen schien, und auf dem schon jede Menge Gerümpel herumlag. Sie begriff nicht mehr, wie dieses blöde Ding überhaupt in ihre Hand gekommen war.

In South Dakota gab es eine ganze Stadt, nur für Taubstumme, hatte sie gelesen. Eine Horrorvorstellung. Sie las alles über das Thema. Es gab jetzt Implantate, damit konnte man manchmal sein Gehör zurückbekommen. Kinder, die gehörlos geboren waren, hatten große Mühe, das Hören zu lernen. Aber Júlia konnte sich noch gut daran erinnern, wie es war, zu hören. Die Geräusche und Stimmen waren wie ein weicher Kokon um sie herum gewesen. Sicherheit, Geborgenheit. Heute gab es nur die unendliche Weite und Leere. Und die Angst. Sie huschte zwischen den Autos hindurch und kletterte auf der anderen Seite über den Drahtzaun, als der Wachmann gerade beschäftigt war.

Die Handflächen spannten. In die Banys Vell konnte sie nicht mehr zurück. Aber sie musste dringend etwas für ihre verletzten Hände tun, und sie brauchte andere Klamotten.

Apotheken gab es hier überall. Júlia hatte kein Geld, aber darüber dachte sie jetzt nicht nach. Zeit. Nur die knappe Zeit spielte eine Rolle. Eine kleine Apotheke, eingeklemmt zwischen einem Supermarkt und einen Modeladen. Sie drückte die Tür auf. Nur eine ältere Apothekerin. Perfekt. Júlia musste sich nicht groß bemühen, um Tränen in die Augen zu bekommen. Sie hielt der Frau ihre blutig aufgerissenen Hände hin.

Die Apothekerin schrie entsetzt auf, redete von Arzt und Krankenhaus. Júlia weinte. Es tat gemein weh, obwohl die Frau die Wunden sehr vorsichtig reinigte und versorgte. Júlia bekam zwei weiße Verbände, die die Finger freiließen. Bestens. Sie lächelte unter Tränen und nickte heftig, als die Apothekerin sie wieder ins Krankenhaus verweisen wollte.

Für Klamotten, wie Júlia sie suchte, war die Gegend zwischen *barrio gótico* und Hafen denkbar ungeeignet. Aber sie fand einen nagelneuen, neongrünen Laden für Skater. Der Junge, der hier den Verkäufer spielte, war nicht viel älter als sie selber. Manu Chao sang sein *Me gustas tu*, und es roch eindeutig nach kürzlich gerauchtem Gras.

»Hast du auch Schuhe?« Sie bemühte sich, deutlich zu sprechen, nicht zu laut. Stöberte dabei in den Skaterhosen, den Jacken. Er starrte auf ihre Verbände. Sagte etwas, sie nickte einfach. Er verschwand in einem Raum dahinter.

Júlia zerrte einen armeegesprenkelten Parka vom Bügel und packte eine Basecap aus dem Regal darüber. Sie war draußen, bevor der Junge zurückkam. Vielleicht schrie er hinter ihr her, aber das hörte sie nicht. Sie rannte los und blieb erst bei der Plaça de Pau Vila kurz vor Barceloneta wieder stehen.

Sie zog sich als Erstes die Mütze auf, gerade und tief ins Gesicht. Der Parka war zu groß, aber herrlich warm. Und sie konnte ihre verbundenen Hände in den tiefen Taschen versenken. Jetzt sah sie nicht mehr wie ein Mädchen aus. Total unauffällig.

Hier in der Gegend gab es viele Betonwände. Aber tagsüber blieben die Sprayer unsichtbar. Júlia kannte ein paar Orte, an denen sich Severí tagsüber aufhielt. Der Parc de la Barceloneta war eine der Möglichkeiten bei schönem Wetter.

Es regnete nicht.

Sie ging weiter. An jeder freien Fläche saßen die *burner* und *pieces*. Eins lief über die ganze Wand, eine richtige Bombe. Glühendes Rot und Orange mit Stahlblau auf tiefem Schwarz. Severí, ***sí***. Auch die *tags* von Roger, ***rEg*** tauchten ab und zu auf. Und ab und zu auch ihr eigenes. Das stilisierte Auge. Sie war leicht zu finden. Dank der *abuela* wussten sie ja jetzt alles über sie.

Die Palmen trieften noch vor Nässe, aber die Bänke in der Sonne begannen schon zu trocknen. Severí hockte beim Rondell auf der Lehne einer Bank, zusammen mit Roger und einem Mädchen. Sie war blond und hübsch. Sie trug einen kurzen Rock, Stiefel und einen knappen Kuhfellmantel. Und sie hatte schon einen richtig großen Busen.

Júlia blieb stehen, aber Roger hatte sie entdeckt, sprang von der Bank und kam auf sie zu.

»Júlia!« Auch Severí schaute auf. Sagte etwas zu dem

Mädchen. Sie verzog das Gesicht. Er sagte noch etwas. Wenn Júlia das richtig von seinen Lippen ablas, dann war das »Verpiss dich!« Das Mädchen stand auf und ging. Sie sah nicht wie eine Sprayerin aus. Sie drehte sich noch einmal zu Júlia um und zeigte ihr den Mittelfinger.

»Was ist los? Die Bullen?« Severí bewegte sich nicht. Musterte nur ihre Verbände. Júlia nickte. Es tat gut, so schnell verstanden zu werden. Roger stand so dicht hinter ihr, dass sie seinen Atem spürte. Severí überlegte. »Du brauchst einen Platz zum Schlafen?« Sein Kopf schoss herum. Auf der Straße das Blaulicht eines Streifenwagens. Severí sprang auf. »Okay, komm mit!«

16.

Tagsüber wirkte das Hotel nicht weniger prunkvoll als abends. An der Rezeption war nicht der hübsche Javi von gestern, sondern eine junge Frau. Cristina laut Namensschild. Pia wartete, bis sie einen Gast mit Stadtplan und anderen Unterlagen versorgt hatte. »Mein Name ist Pia Cortes. Ich bin mit Professor Rubén Morales verabredet.« Die junge Frau lächelte und zeigte zu einer der Sitzgruppen am Ende der Lounge hinüber.

»Er erwartet Sie.«

Pia hatte schon die Jeans in der Hand gehabt, sich dann aber doch für die etwas seriöseren schwarzen

Slacks und den nie getragenen Kaschmirpulli, den ihr die Mutter vor drei Jahren zum Geburtstag geschenkt hatte, entschieden.

Der Linus-Pauling-Kongress hatte eine sehr aufwändig gestaltete *website*, die aber nicht wirklich viel verriet. Nach außen schien es nur um Forschung zu gehen, aber dahinter steckte das Geld der Pharmaindustrie. Und natürlich die unermesslich hohen Gewinne, die mit den neuen Anti-Aging-Produkten gemacht werden konnten. Es ging um internationale Konsortien, um Beteiligungsmöglichkeiten und andere nur oberflächlich verdeckte Geschäftsangebote. Grenzübergreifende Vernetzungen. Das musste Janet sich genauer ansehen, damit kannte sich Pia nicht so aus. Sie konzentrierte sich auf die Namen und suchte dann im Internet weiter. Das Umfeld von Lídia Pastor im weitesten Sinne und vor allem die Leute, die an dem Abend im Hotel gewesen waren.

Ein Mann war ihr dabei besonders aufgefallen. Professor Doktor Rubén Morales-Alvarez. Der Mann, den Luis ihr im Hotel vorgestellt hatte. Er war im letzten Jahr sechzig geworden und hatte offensichtlich alle Preise und Auszeichnungen bekommen, die man auf seinem Gebiet nur erwarten konnte.

Er saß im Aufsichtsrat diverser Unternehmen, schien aber sonst unabhängig geblieben zu sein. Pia hatte jedenfalls nichts finden können, das auf ein spezifisch gewinnorientiertes Interesse hätte schließen lassen. Er hatte verschiedene Fachschriften veröffentlicht und vor etwa zehn Jahren ein populärwissenschaftliches Buch, das ihn damals in alle Talkshows brachte. *Das*

Alter vergessen. Er unterrichtete an der Uni Madrid, und er war vor zwanzig Jahren Lídias Professor und Mentor gewesen.

Er sprang auf, als er sie sah. »Meine liebe Pilar!« Heute trug er einen dunkelgrauen Dreiteiler und eine silbergraue Krawatte. Er küsste ihr die Hand und zog ihr einen der schweren Büffelledersessel zurecht. »Ich freue mich sehr! Wie geht es Ihrer Frau Mutter?«

»Gut, danke. Aber bitte nennen Sie mich Pia.«

»Sicher telefonieren Sie täglich?« Er winkte dem Kellner.

»Ja, gestern erst.« Sie musste nicht mal lügen.

»Kaffee?«

»Für mich nur Wasser.«

»Ihre Mutter war eine beeindruckende Frau!«

»Das ist sie immer noch.« Pia hatte Mühe mit dieser Art von nichtssagendem Geplänkel. Sie hatte beim Kramen in seiner Vita herausgefunden, dass er und ihre Mutter fast gleichaltrig waren. Sie hatten beide ihre Kindheit und Jugend im Madrid der Fünfziger- und Sechzigerjahre verbracht. Sie gehörten derselben Gesellschaftsschicht an. Die Chance, dass sie sich zumindest dem Namen nach kannten, war groß. Und sie hatte Recht gehabt. Ihr Großvater und der Vater von Morales waren beides hohe Tiere beim Militär gewesen, die Familien kannten sich, es gab Treffen, bei denen auch die Kinder anwesend waren.

»Sie war wunderschön«, er sah sie verträumt an. »Ich glaube, ich war damals ein wenig verliebt in sie. Dieses Haar. Lodernde Flammen. Wir waren sechzehn, siebzehn. Teenager. Aber die Zeiten waren streng. Mehr als ein heimlicher Blick war kaum möglich.« Er lächelte sie melancholisch an. Pia spürte, wie er bei ihr jetzt vergeblich die Schönheit der Mutter suchte, in ihrem roten Stoppelhaar die lodernden Flammen seiner Jugend. Sie war froh, als der Kellner die Getränke brachte.

»Sie wollten mich sprechen, Pilar? Verzeihung, Pia.«

Er schaltete wieder auf Charme um. Nahm eine flache silberne Blechdose vom Tisch und bot ihr einen schlanken Zigarillo an. Pia lehnte ab, er bat höflich, selbst rauchen zu dürfen. Ganz Gentleman. Goss ihr das Wasser ins Glas. Pia ärgerte sich, dass sie nicht die Jeans, das Sweatshirt und die Weste angezogen hatte.

»Sie kannten Lídia Pastor sehr gut. Können Sie mir etwas über sie erzählen?«

Er goss sich Milch in den Kaffee und nahm zwei Süßstoffpastillen. Schwieg.

»Wer war sie? Was machte sie? Was hatte sie vor? Wer waren ihre Freunde? Feinde?«

»Warum wollen Sie das wissen?« Sein gut geschnittenes Gesicht blieb höflich, aber der Ton verriet Misstrauen. Gestern war sie als eine Freundin vom anerkannten Kollegen Dr. Luis Llobet erschienen, heute als Tochter der lodernden Flamme. Und jetzt? War sie Reporterin?

»Ich bin Detektivin.«

»Oh«, er lachte. »Du bist bei der Polizei! Sag das doch gleich.« Er duzte sie. Entspannte sich. Winkte dem Kellner und orderte zwei *cava*. Spielte den Onkel. Pia lächelte zurück.

»Ich war bei der Kripo, hier in Barcelona. Zuletzt *inspectóra* bei der Mordkommission.«

»Ach ja.« Sie konnte in seinem Gesicht lesen wie in einem Infoblatt. Ach ja. Sie haben dich rausgeschmissen. Nicht mal das. Aber er blieb höflich. »Es war trotzdem schön, dich kennen zu lernen. Grüß deine Mutter doch bitte herzlich, wenn du mit ihr sprichst.«

»Aber gern«, sie strahle ihn an und bemühte sich um eine geschliffene Sprache: »Sie steht im Telefonbuch. Rufen Sie doch an, wenn Sie wieder in Madrid sind, Rubén. Sie wird sich sicher freuen.«

Er schwieg.

Es stand eins zu eins.

Pia trank einen Schluck von dem Wasser. Rubén Morales drückte den halb gerauchten Zigarillo etwas zu heftig aus, wich ihrem Blick aus. Zwei zu eins.

»Ich bin jetzt Privatdetektivin. Llimona 5, das ist unsere Detektei. Ich betreibe sie zusammen mit vier anderen Frauen.«

Normalerweise hätte sie auf diese Eröffnung einen Blick tiefster Verachtung oder herzlichen Mitleids erwartet, aber er hatte nicht zugehört. Er rührte in seinem Kaffee und sah nicht hoch. »Dann weißt du es also?«

»Ja«, sagte sie leise. Sie wusste nichts. Sie hatte keine Ahnung, wovon er sprach. Das weiche Kaschmir begann auf ihrer Haut zu kratzen. Sie wollte nicht, dass er weitersprach.

Morales sah auf, und sein edles spanisches Gesicht schien zerfurcht. »Pilar, deine Mutter und ich …«

»Nein!« Sie unterbrach ihn scharf. »Das will ich

nicht wissen, Rubén. Das geht mich nichts an. Bitte, das geht niemanden etwas an.«

»Aber ich …« In diesem Moment konnte sie in seinem gealterten Männergesicht den siebzehnjährigen Rubén erkennen. Den hübschen Jungen aus gutem Hause, der ihrer Mutter den Hof gemacht hatte. Der sich heimlich mit ihr getroffen hatte. Der …

»NEIN. Rubén Morales, rufen Sie meine Mutter an, wenn Sie meinen. Aber halten Sie mich da raus. Bitte!«

Er erstarrte, trank seinen Kaffeerest, schwieg eine Weile, sah dann wieder auf. »Verzeihen Sie. Bitte, verzeihen Sie mir.«

Aha, wieder Sie. Pia fasste über den Tisch und berührte seine Hand. Lächelte verschmitzt. »Ich weiß nicht, wovon Sie sprechen.« Sie hatte ihn.

Der *cava* war in den Gläsern warm geworden, sie tranken ihn trotzdem. Sie fingen wieder bei null an. Nur hatte Pia jetzt die Trümpfe in der Hand. Oder wenigstens einen Trumpf mehr.

»Erzählen Sie mir von Lídia Pastor.«

»Sie war eine meiner begabtesten Studentinnen. Sie lernte nicht nur schnell, sie war kreativ und innovativ. Dauernd fielen ihr neue Dinge ein, viele waren absolut unrealistisch, aber einige waren Denkanstöße für ganz neue Wege.« Er berichtete weiter von ihren Erfolgen und ihrer Laufbahn, und er wurde immer lebhafter. Pia rechnete kurz nach. Damals war er um die vierzig gewesen, Lídia knappe zwanzig. Der Professor, ein attraktiver Mann in den besten Jahren, und die schöne und begabte Studentin.

»Ich habe ihre weitere Laufbahn mit großem Interesse verfolgt, wir sind immer in freundschaftlichem Kontakt geblieben. Ihr Tod hat mich sehr getroffen.« Er wirkte ehrlich, überzeugend. Pia ließ ihm eine Minute und hakte dann nach.

»Und ihre Forschung? Angeblich hat sie ein durchschlagendes neues Anti-Aging-Produkt entwickelt. Es gibt eine große Geheimniskrämerei und viele Gerüchte.«

Er sah sie an, schien zu überlegen, wie weit er ihr trauen konnte, und grinste dann plötzlich. »Ich verrate Ihnen jetzt ein wirkliches Geheimnis. Nicht überall, wo Rauch ist, ist auch ein Feuer.«

»Was meinen Sie damit?«

»Sehen Sie, Pia, mein Spezialgebiet ist die gerontologische Präventivmedizin. Wir alle werden immer jünger. Mein Großvater war mit sechzig tot, mein Vater ein alter Mann. Aber dieser Anti-Aging-Wahn ist etwas anderes. Da geht es um die Illusion von Schönheit und ewiger Jugend. Der Druck, den die Bilder perfekt geformter Models und Schauspielerinnen auf Normalbürger ausüben ist immens. Verantwortungslose Chirurgen schneiden vor Fernsehkameras an jungen Mädchen und Frauen herum, Mütter lassen zu, dass ihre fünfzehnjährigen Töchter sich die Brüste operieren lassen, auch immer mehr Männer lassen sich das Alter wegstraffen, es gibt Frauen, die regelrecht süchtig nach diesen Operationen sind.« Er brach ab, trank einen Schluck. »Verzeihen Sie, aber das ist ein Thema, das mich ziemlich aufregt.«

»Sie wollten mir ein Geheimnis verraten.«

»Stimmt. Es gibt einen riesigen Markt für jede Art von Antifaltencremes und Lotionen. Sie nützen nichts, aber sie schaden auch nicht. Es gibt da drei Haupttrends. Das Unterspritzen der Falten, aber das ist fast schon wieder ein chirurgischer Eingriff. Das Lähmen. Jede zweite Frau spritzt sich Botox unter die Haut. Leichengift, ich bitte Sie. Und die dritte Möglichkeit ist das Peelen. Da gibt es das so genannte lunchpeeling, wird mit Alpha-hydroxy-Säuren von der Kosmetikerin gemacht und hat zumindest eine Kurzzeitwirkung. Andere Methoden sind so aggressiv, dass die Haut großflächig verletzt wird. Trichloressigsäure zum Beispiel. Ich persönlich würde damit nicht mal meine Kaffeemaschine entkalken. Eine weitere Möglichkeit ist die Behandlung der Haut mit Tretinoin, Vitamin-A-Säure. So eine Behandlung zielt auf die tieferen Hautschichten und dauert Monate. Das geht dann schon fast in Richtung Kur. Kann durchaus ein bisschen was bewirken.«

»Und daran hat Lídia Pastor geforscht?«

»Nicht nur sie. Aber sie hat es geschafft, so ein geheimnisvolles Image um ihr Produkt herum aufzubauen, als hätte sie sie wirklich gefunden, die eine und einzige ganz große Formel.«

»Sie meinen, dieses ganze Theater um Lídia Pastor und ihre große Erfindung war nichts weiter als ein gigantischer Werbefake?«

Er antwortete nicht, schaute über ihre Schulter hinweg in die Hotelhalle und winkte. Pia sah sich um. Im ersten Moment dachte sie, Steve Martin käme da energisch über den Teppich zu ihnen herüber. Ein Mann etwa im Alter von Rubén Morales, groß, drahtig, volles weißes Haar. Er trug einen himmelblauen Anzug, dazu ein Seidenhemd mit großblütigen Rosen und zweifarbige Golfschuhe. Es war Jaime Bartolo Fusté, Dagmars Seniorpartner in der Anwaltskanzlei. Einer der besten Anwälte Barcelonas.

»*Hola*, Jaume«, begrüßte ihn Morales, die Männer umarmten sich kurz. »Darf ich vorstellen, Jaime Fusté, der beste Anwalt der Stadt, und Pia Casares, die Tochter einer lieben Freundin.« Er benutzte Pias Mutternamen, und er stellte sie nur als Tochter einer Freundin vor. Fusté verbeugte sich andeutungsweise. Er kannte Pia, aber er mochte sie nicht. Ihr gab er die Schuld, dass Dagmar nur noch selten als Anwältin arbeitete. Außerdem war das hier ein Männergespräch.

»Um was geht es? Dieser Todesfall gestern Abend? Eine deiner früheren Studentinnen? Was will die Polizei von dir?« Pia war nicht mehr vorhanden. Rubén Morales war etwas höflicher. Er strich ihr leicht mit dem Handrücken über das Gesicht.

»Du hast eine wunderbare Haut, Kleines.«

17.

Barbaras Wohnung in der Libretería war eng und düster, aber in den letzten Monaten hatte sie einige der alten Möbel ausgetauscht und die Wände hell gestrichen. Abends war es sehr gemütlich, aber tagsüber kam sie sich eingesperrt vor.

Fritz war ihr gefolgt, hatte aber keinen Hunger. Was schon ungewöhnlich genug war. Sie legte eine alte Platte auf. Noch aus den Beständen von Pablo el Rey, dem König der Taschendiebe und ihrem Ziehvater. La Traviata. Maria Ivogün sang *E stano*. Sie hatte die Arie unendlich oft gehört, nur deshalb erkannte sie sie unter all dem altersbedingten Spucken, Knacken und Kratzen.

Tiefe Traurigkeit überkam sie, wie immer, wenn sie an Pablo dachte. Er hatte sie zu einer der besten Taschendiebinnen Barcelonas gemacht, er hatte sie erzogen, ihr Stil, Bildung und Wissen beigebracht. Sie sprach Deutsch, Spanisch, Englisch und Französisch fließend, sie kannte die Literatur und die großen Philosophen, sie hatte auch Biologie, Geografie und Geschichte gelernt. Nicht schlecht für ein ehemaliges Heimkind.

Fritz sprang auf ihren Schoß, schnurrte. Sie kraulte ihn, vergrub ihre narbigen Hände in seinem gelben Fell.

Die Laufbahn als Taschendiebin war endgültig vorbei, aber sie hatte jetzt ein neues Leben. Pia hatte es durchgesetzt, dass sie, Janet, Dagmar und Anna an der juristischen Fakultät, der Universidad de Derecho, studierten, *investigación privada*, private Ermittlungen. In zwei Jahren würden sie, wenn sie alle Prüfungen schafften, das endgültige Diplom vom spanischen Innenminister bekommen. Und die für Katalonien notwendige Registernummer der Berufskammer, des *Co-*

legio oficial de Detectives Privados de Cataluña. Bis dahin war Pia die einzig anerkannte Privatdetektivin und Chefin von Llimona 5.

Barbara setzte den protestierenden Fritz auf den Boden und stand auf. Das war so eine Keiner-liebt-mich-Phase, die sie ganz schnell abbrechen musste, wenn sie nicht in einer ausgewachsenen Depression landen wollte. Sie nahm die alte Verdi-LP vom Plattenspieler und schob *Destrangis* von Estopa in den CD-Player. Zuerst hörte sie das Handy nicht, aber die Melodie wiederholte sich hartnäckig.

Felip.

Sie drückte ihn weg, aber es war zu spät, er war schon auf ihrer Mailbox. »Babs, mein Engel, es tut mir so Leid. Bitte, ich werde mich ändern, ich liebe dich! Gib mir noch eine Cha …« Das letzte Wort brach sie mittendrin ab. Felip war der erste Mann, den sie so nah an sich herangelassen hatte, nachdem sie sich in dem schrecklichen Feuer beide Hände verbrannt hatte. Den hübschen langen Trompeter, der so einfühlsam war und so gut küssen konnte. Sie hatte an seine Liebe geglaubt, nur weil er sich nicht an den Narben an ihren Händen störte. Aber er liebte sie nicht, er wollte sie besitzen. Kontrollieren. Unterdrücken. Sich völlig zu eigen machen.

Er folgte ihr heimlich, wenn sie für Llimona 5 ermittelte oder in die Uni fuhr, er las ihre Post und öffnete ihre Mails. Sie versuchte immer wieder mit ihm zu reden, ihn zu beruhigen, ihm klar zu machen, dass sie so nicht leben konnte und wollte, dass er sie so garantiert verlieren würde. Aber irgendetwas in seiner Kindheit hatte sein Selbstbewusstsein so nachhaltig zerstört, dass er nicht mehr wirklich erwachsen werden konnte.

Die drei Mädchen seiner Band waren älter als er. Sie bewunderten und bemutterten ihn. Barbara waren sie von Anfang an sehr distanziert, ja feindlich begegnet. Anfangs hatte sie sich keine Gedanken darüber gemacht. Aber dann meinte als Erste Janet, dass Felip ein richtig guter Musiker sein könnte, wenn er nicht mit diesen mittelmäßigen *Garrapatas* zusammen spielen würde. Zecken. Der Name bekam eine ganz neue Bedeutung.

Dagmar, die große Psychologin hatte ihr geraten, sich nach seiner Kindheit zu erkundigen. Aber darüber sprach er nie, und wenn, dann waren es Lügen, die sich von einer Situation zur anderen änderten. Einmal war seine Mutter eine bekannte Schriftstellerin, dann wieder eine Schauspielerin. Feststand, dass er schon sehr früh ins Heim gekommen war. Barbara hatte das Heimkind in ihm sofort erkannt. Offensichtlich hatte er Glück gehabt, und irgendeinem Lehrer war sein Talent aufgefallen.

Barbara hatte monatelang um die Beziehung gekämpft. Tage und Nächte durchdiskutiert, sie hatten geschrien, und einmal hatte sie sogar einen Teller nach ihm geworfen. Er redete nicht, wartete nur, bis sie sich wieder beruhigte, küsste sie, bat sie um Entschuldigung, versprach Besserung. Und war doch nicht fähig dazu. Sein ständiges Misstrauen und sein Kontrollzwang vergifteten alles.

Letzte Woche hatte sie endgültig mit ihm Schluss gemacht, aber das akzeptierte er natürlich nicht. Er bombardierte sie mit Mails, Anrufen und Liebeserklärungen.

Fritz sah noch einmal zu ihr zurück, bevor er auf das Fensterbrett sprang und sich über die Dächer davonmachte. Zurück zur Plaça de Llimona vermutlich. Ursprünglich einmal hatte sie einen kleinen zerzausten und halb verhungerten Fritz bei sich aufgenommen, heute war er groß und kräftig, hatte zwei Adressen und viele Freunde. Aber er war immer noch frei.

Auch für Barbara stand Freiheit ganz oben auf der Liste. So dankbar sie Pia war, so gern sie mit ihr und den anderen Llimonas zusammen war, so lieb sie Dagmar und vor allem Anna auch hatte, sie würde niemals ihre eigene Wohnung aufgeben, ihre Freiheit.

Diesmal piepste das Handy nur kurz. Eine SMS. Barbara wollte sie schon ungelesen löschen, als sie sah, dass sie nicht von Felip sondern von Dagmar kam. »Hilfe. Neuer Fall. Eilt«

Barbara sprang auf, packte Schlüssel und Handy und rannte los. Sie vergaß Felip und alle anderen Gründe für Depression und schlechte Laune. Sie wurde gebraucht, sie war aktiv. Sie lief die Libretería hinauf, winkte den Freunden im Café zu und wich einem Skater aus, der die schmale Straße bergab bretterte.

Als sie oben, im Innenhof der Plaça de Llimona, ankam, fühlte sie sich richtig gut durchblutet und erfrischt. Das war's, ab morgen würde sie Sport treiben. Oder übermorgen.

In der Küche war schon Fritz, der irgendetwas aß. Hühnerleberchen, Ziegenkäse oder feinen Serranoschinken. Dagmar verwöhnte ihn dermaßen, dass er in der Libretería das normale Dosenfutter nicht mal mehr ansah.

Barbara ging weiter, durch den Gang mit den Schlafzimmern, am Wohnzimmer vorbei in die Büroräume. Die Tür zum Vorzimmer war offen, am Kleiderständer hing ein Trenchcoat.

Dagmar saß im großen Büro in der Sitzecke mit den Rattanmöbeln einem gut aussehenden Mann, etwa in ihrem Alter, Mitte dreißig gegenüber. Er trug schwarze Designerjeans und ein schwarzes Hemd mit einer anthrazitgrauen Weste darüber. Volles Haar, offenes Grinsen. Er sprang auf, als sie hereinkam. »Marcel Gutiérrez, sehr erfreut!«

»Und das ist meine Partnerin, Barbara Dyckhoff«, stellte Dagmar sie vor. »Señor Gutiérrez ist unser Klient.« Er wartete, bis sie saß, erst dann setzte er sich auch wieder. Es wirkte natürlich, nicht mühsam antrainiert. Er machte überhaupt einen ziemlich entspannten Eindruck, während Dagmar vor Nervosität schon fast vibrierte. »Ich habe Pia und Janet auch Bescheid gegeben.«

»Marcel. Bitte sagt Marcel. Mit Dagmar hatte ich mich eigentlich schon geeinigt. Darf ich Sie Barbara nennen?«

Barbara hob nur die Schultern und lächelte. Auf die Frage konnte man schlecht Nein sagen. »Lídia Pastor, richtig?«

»Dagmar sagt, Sie seien alle Detektivinnen. Fünf Frauen. Das imponiert mir. Das gefällt mir sehr.« Er strahlte sie aus knallgrünen Augen an. »Für mich ist der Tod der armen Lídia nach wie vor ein tragischer aber natürlicher Herzinfarkt. Die Polizei aber vermutet Mord und hat mich im Verdacht. Ausgerechnet.«

»Ich vertrete ihn als Anwältin«, sagte Dagmar. Marcel wandte sein Scheinwerferlächeln ihr zu.

»Ja. Sie hat mich ratzfatz aus dieser Folterkammer geholt. Aber …«

»Aber er glaubt nicht so ganz an meine Fähigkeiten«, unterbrach ihn Dagmar mit einem scheuen Klein-Mädchen-Lächeln.

»Aber das stimmt doch nicht!«, widersprach er heftig.

»Und deshalb beauftragt er Llimona 5, den wirklichen Mörder zu finden.« beendete Dagmar ihren Satz.

Barbara schwieg.

Die beiden flirteten. Auf Teufel komm raus. Das erklärte ja einiges. Dagmar saß nicht hinter ihrem Schreibtisch. Auf dem Tisch zwischen ihnen gab es weder Papier und Stift noch ein Tonbandgerät, dafür Kaffee und Mandelplätzchen.

Dagmar hatte sie um Hilfe gebeten. Sie war verunsichert. Das verstand Barbara gut. Sie sprang auf. »Also gut. Dagmar ist Ihre Anwältin. Ich bin die Detektivin, und die anderen werden Sie auch noch kennen lernen.« Sie holte das kleine Tonbandgerät, stellte es auf den Tisch und schaltete es ein. »Ist Ihnen doch recht, Marcel?« Sie strahlte ihn an, und diesmal war er es, der nicht Nein sagen konnte. Mit zwei Vertragsformularen, dem großen Notizblock und einem Kugelschreiber setzte sie sich wieder hin. »Gut. Fangen wir an.«

Weiter kam sie nicht, denn kurz nacheinander kamen Janet und Pia dazu. Janet locker wie immer, in einer

Hand die unvermeidliche Zigarette, in der anderen ein kleines Glas Whisky. Pia schien ziemlich geladen. Zusammengezogene Brauen, geballte Fäuste. Sie trug auch keine Jeans, sondern die weiche Wollhose für ›feine Anlässe‹.

Dagmar stellte sie alle vor und erklärte, dass Marcel ein neuer Klient sei. Pia blieb stehen, starrte ihn, dann Dagmar und dann wieder ihn abwechselnd an.

»Wir kennen uns bereits.« Sie setzte sich zögernd.

»Marcel Gutiérrez hat Dagmar beauftragt, ihn juristisch zu vertreten und uns, den wirklichen Mörder von Lídia Pastor zu finden.« sagte Barbara. »Wir wollten gerade die Vertragsmodalitäten festlegen.«

»Jetzt kann mir nichts mehr passieren.« Er richtete seinen Charme auf Pia. »Die beste Anwältin und die beste Detektei. Wo muss ich unterschreiben?«

Pia wurde rot. Die anderen sahen das nicht, aber Barbara saß direkt neben ihr und sah die Röte über den halsfernen Kragen eines sicher grotesk teuren und albern rosaroten Damenpullis, den sie noch nie an Pia gesehen hatte, hochsteigen. Pia schwieg.

Irgendetwas an diesem Typen, das sich Barbara nicht erschloss, hatte offenbar sowohl Dagmar als auch Pia schwer erwischt. Und jetzt? Beide waren wie gelähmt, wie in einer Zeitschleife eingefroren. Womöglich auch noch eifersüchtig aufeinander? Barbara hatte ja selber jede Menge Probleme mit Männern, insbesondere mit Felip. Aber die beiden waren gut zehn Jahre älter als sie. Hörte das denn nie auf?

Janet griff ein. Cool und pragmatisch wie immer. »Das eine ist Ihr Vertrag mit Dagmar. Damit haben wir nichts zu tun. Mit der Detektei schließen Sie einen eigenen Vertrag ab. Wir müssen Sie allerdings auf einen wichtigen Punkt hinweisen, Señor Gutiérrez. Wenn wir investigativ tätig werden, dann geschieht das ohne Ansehen der Person. Auch Sie als unser Klient haben da keine Sonderrechte. Nicht bei einem Gewaltverbrechen. Das heißt, wir ermitteln den Mörder von Lídia Pastor. Wer auch immer das ist. Oder, um das noch deutlicher auszudrücken, wir können, dürfen und werden auf keinen Fall Erkenntnisse fälschen oder unterdrücken. Sind Sie damit einverstanden?«

»Aber ja. Ich habe doch gar nichts getan. Ich bin völlig unschuldig, zumindest in diesem Sinne.«

Er strahlte kurz Dagmar und Pia an. Barbara und Janet hatte er von seiner ganz persönlichen Scheinwerferliste gestrichen. »Ich nehme an, Sie brauchen eine Garantie, einen Vorschuss?«

Janet nickte lächelnd, und Barbara schob die Vertragsformulare zu ihr hinüber. Papierkram war nicht ihr Ding. Sie stand auf und ging hinaus, wieder durch den Gang in die Küche zurück.

Fritz kam ihr erfreut entgegen, lief aber sofort zu seiner Schüssel zurück, als er merkte, dass sie außer Kraulen nicht viel zu bieten hatte.

Es läutete. Fritz bewegte sich nicht, also war es nicht Anna. Barbara ging zur Wohnungstür. Luis Llobet.

»*Hola,* Barbara. Süß siehst du aus. Wie ein Kobold aus dem Märchenbuch.«

»Danke, Luis, das baut mich wirklich auf.«

»Ach komm«, er drückte sie an sich. »Kobolde können

sehr sexy sein! Vor allem, wenn sie so hübsch sind wie du. Ärger mit deinem Trompeter?«

Barbara sagte nichts. Es fühlte sich gut an, von Luis in den Arm genommen zu werden. Er hatte den großen Pablo noch gekannt. Er hatte ihr damals bei der Nachbehandlung ihrer Brandwunden sehr geholfen. Und er hatte sie erst als Pias Freundin, dann aber auch als Pias Kollegin akzeptiert. Der Platz an seiner rundgepolsterten Brust bot Geborgenheit. »Der ist doch sowieso nichts für dich.« Luis roch nach Milchkaffee und Mottenpulver. »Der braucht eine Mama und keine Frau. Und du brauchst einen richtigen Kerl und keinen Bubi.« Er gab ihr ein väterliches Küsschen auf die Stirn und ließ sie los. »Ist Pia da?«

»Ja, hinten im Büro. Aber die haben einen Klienten. Marcel Gutiérrez.«

»Aha. Dann wollen wir nicht stören. Komm, Lass uns mal nach den Rotweinen sehen ...« Er schob sie in Richtung Küche und übernahm dort die Regie. Er untersuchte das Weinregal, fand irgendeinen *gran reserva,* der ihm zusagte, und suchte sich aus dem Kühlschrank den passenden Käse dazu. Barbara setzte sich außen an die Küchentheke und sah ihm zu.

»Die Polizei verdächtigt diesen Gutiérrez. Ist es denn überhaupt wirklich Mord?«

»Ich denke Ja. Aber sehr schwer nachzuweisen.« Luis hatte alles für seinen Imbiss zusammen und baute es zwischen ihnen auf. Zwei Weingläser. »Du trinkst lieber Fanta, richtig?«

»Oder Champagner. Was habt ihr noch rausgefunden?«

»Diese ganze Lídia Pastor war eine einzige Luftblase.« Er schenkte Wein in beide Gläser. »Die Spezialisten haben ihren Computer durchforstet, die CDs und alles, was wir noch gefunden haben. Feststeht, keiner hat an ihren Computerdaten rummanipuliert, es sei denn, er wäre schlauer als die Gurus in der Laietana. Wir haben alle Unterlagen gefunden. Ich habe mich mit zwei Chemikern darüber hergemacht. Lídia Pastor hat an einer Anti-Aging-Lotion gearbeitet. Tretino-A sollte sie wohl heißen. Im Prinzip nichts weiter als Vitamin-A-Säure. Ein paar Zusatzstoffe, weitere Vitamine, Duftaromen etc. Nicht schlecht, keinesfalls. Und vielleicht auch wirksam. Nur nicht bahnbrechend. Hunderte forschen an genau derselben Substanz. Aber diese Lídia war hübsch, und sie hatte die richtigen PR-Leute hinter sich. Es ist ihr wohl gelungen, eine hochbrisante und geheimnisvolle Illusion aufzubauen, an die einige Leute in dieser Branche geglaubt haben.«

»Du meinst, das war alles nur heiße Luft? Und dafür ist sie ermordet worden?«

»Nein, nein. Wer immer sie ermordet hat, er hatte vermutlich noch andere Gründe. Denn offensichtlich fehlt weder eine ihrer CDs noch ist an ihrem Notebook etwas kopiert worden. Und nur heiße Luft kann man auch nicht sagen. Ihre Lotion ist schon neu in dieser Zusammenstellung. Nur nicht wirklich weltbewegend.«

Barbara trank einen Schluck von dem Rotwein. So schlecht war das nicht. Sie nahm ein Stückchen Käse vom Teller. Luis schob ihr den Schinken hin.

»Ich hatte eigentlich gehofft, dass Pia von Josep Bonet inzwischen mehr erfahren hat. Die haben die winzigen Glassplitter in der Tastatur von Lídias Laptop gefunden.

»Ich hab gehört, sie haben auch eine Zeugin?«

»Ein Bellboy und ein Zimmermädchen haben im Gran Hotel einen Mann mit Hut gesehen, der da offenbar nicht hingehörte. Groß, schlank. Mehr wissen sie nicht. Er hatte Lederhandschuhe an. So ein Mann wurde auch in verschiedenen Apotheken gesehen. Nicht direkt im *barrio* des Hotels, aber alle in einer Ecke. Hier unten, im *barrio gótico*. Und sie haben eine Zeugin aufgetan, die zur gleichen Zeit wie dieser Mann in mindestens zwei dieser Apotheken beobachtet wurde.«

»Eine Komplizin?«

»Eher eine Zeugin. Sie hat einem der *inspectóres* die Waffe abgenommen und ist durch das Klofenster abgehauen.«

»Das heißt, sie hat den Mörder gesehen?«

»Kann sein. Offenbar gehört sie zur Sprayerszene und ist nicht eben erpicht darauf, mit den Bullen zu reden. Außerdem waren die so dämlich, dass sie nicht gleich gemerkt haben, dass das Mädchen nicht einfach nur stur, sondern gehörlos ist.«

Helga. So hieß das Mädchen damals. Weißblond mit wasserhellen Augen und einem Muttermal auf der Oberlippe. Sie war elf oder zwölf, als sie zu ihnen kam. Sie sprach nicht, und sie reagierte nicht auf Geräusche. Die Heimleiterin behandelte sie wie eine Schwachsinnige, die Kinder verspotteten sie. Barbara merkte einmal, wie sie mit Gesten versuchte, etwas zu sagen. Sie setzte sich mit ihr zusammen und lernte ein paar der Gebärden. Für ein halbes Jahr wurden sie Freundinnen, dann kam Helga in ein anderes Heim. Barbara hatte sich damals vorgestellt, wie es wäre, in vollständiger Stille zu leben. Sie stellte es sich auch jetzt vor.

»Aber, wenn das Mädchen den Mörder gesehen hat, dann ist sie doch in Gefahr.«

III.

Totenstille

18.

Es wurde früh dunkel. Und so direkt am Hafen unten war es bitterkalt. Der Wind hatte wieder zugenommen, die Masten der Boote neigten sich einander gefährlich zu, das Wasser dazwischen war aufgewühlt. Die lange Brücke zum *L'Aquàrium* schien zu schwanken.

Im Sommer war Júlia gern auf diesem neuen Platz am Hafen. Mit seinen weiten Flächen, den bunten Skulpturen, den Grünflächen, auf denen die Leute sich sonnten. Und sie liebte das riesige Aquarium.

Diese blau verzauberte Welt, in der man sich in einer Glasröhre durch das Meer zu bewegen schien wie einer von den Fischen. Sie sah gern zu, wenn die Männer in ihren Taucheranzügen kamen, um sauber zu machen oder die Haie zu füttern. Sie hatte das Gefühl, hier zu Hause zu sein. In dieser Stille.

Jetzt war alles leer und geschlossen. Das Regenwasser kräuselte sich auf den Platten. Severí hatte sie zu einem der Kioske gebracht, in denen im Sommer Andenken und Getränke verkauft wurden. Jetzt waren die wenigen, die noch hier überwinterten, verschlossen und verrammelt. Dieser eine war relativ fest gebaut und stand unter einer einsamen riesigen Pinie, die aus dem Plattenpflaster herauswuchs.

Severí kannte sich hier aus. Es gab unendlich viele Flächen für einen Sprayer. Die stilisierten Palmen aus Stein hatten es ihm besonders angetan. Aber das war frustrierend, sie wurden sofort wieder gesäubert. Als Mutprobe galt es, sein *piece* auf die Mauern der Quais zu setzen. Entweder kopfüber hängend oder vom Wasser aus.

Severí hebelte eine der Abdeckplatten am Kiosk aus ihrer Verankerung und schob sie leicht hoch. Júlia kletterte hinauf und schlüpfte über die Verkaufstheke hinein. Der Raum dahinter war größer als sie erwartet hatte. Allein dem Wind nicht mehr ausgesetzt zu sein, empfand sie als Wärme. In einer Ecke lagen eine Isomatte, ein paar Decken und ein wattierter Schlafsack. Auf einer umgestülpten Obstkiste stand eine halb volle Wasserflasche, ein Kerzenstummel war festgeklebt. Richtig gemütlich.

Severí nahm ihr Kinn zwischen Daumen und Zeigefinger und drehte ihr Gesicht zu sich hin. Er hatte starke Hände, und er roch nach Farbe und Meer. Seine Augen waren schwarz. »Im Sommer ist das nichts, dauernd Kontrollen. Aber jetzt fast ideal. Die Bullen müssen hier zu Fuß Streife laufen, das finden sie bei dem Wetter überflüssig. Auch keine Spaziergänger nachts oder Freaks. Trotzdem. Mach kein Geräusch! Kapiert?«

Júlia nickte.

Er ließ ihr Gesicht nicht los. »Ich komm wieder vorbei. Ich bring dir was zu essen und zu trinken mit. Okay?« Wieder nickte sie. Severí zog ihr Gesicht noch näher. »Hab keine Angst. Ich pass auf dich auf.« Er gab ihr einen schnellen Kuss und war draußen. Júlia spürte die leichte Berührung seiner trocken aufgesprungen Lippen immer noch.

Etwas Licht kam durch die schmalen Schlitze zwischen den Abdeckplatten. Noch war es nicht wirklich dunkel, und wenn, dann stand eine der auf alt getrimmten Hängelampen direkt neben dem Kiosk.

Júlia begann, die Feuchtigkeit und die Kälte zu spüren. Sie ging zu der Isomatte, faltete eine der Decken zusammen und legte sie nach unten, dann kroch sie in den Schlafsack und zog die andere Decke über sich. Es stank nach Schimmel und Fäulnis, nach Staub und altem Schweiß. Das störte sie nicht.

Schlimmer war die Dunkelheit. Sie konnte gerade die Umrisse des Kiosk erkennen, die Regale, in denen sich im Sommer Zigaretten, Zeitungen, Postkarten und Andenken stapelten. Die runden Ringe im Boden, die die Gasflaschen für die Kühlbox im Pressspan hinterlassen hatten. Das feuchte Glitzern an der Unterseite des Aludaches.

Júlia fühlte sich gefangen und ausgeliefert. Sie konnte nicht hören, wenn Schritte näher kamen, sie konnte keine Rufe und keine Polizeisirene wahrnehmen. Sie war absolut hilflos.

Severí.

Er würde wiederkommen. Und, wenn es wirklich Nacht war, dann konnte sie auch wieder mit ihm hinausgehen. Leben.

Sie zog sich die Kapuze des neuen Parkas über den Kopf, rollte sich zusammen und bedeckte ihr Gesicht mit den verbundenen Händen. Der Schmerz hatte sich zu einem matten Klopfen beruhigt. Bis jetzt hatte sie nur instinktiv reagiert, war gerannt. Sie versuchte nachzudenken.

Die Bullen hatten sie geschnappt, weil die Alte ihnen gleich das Versteck für die Farbdosen gezeigt hatte. Aber wieso hatten sie nach ihr gesucht? Weder Severí noch Roger wussten etwas von irgendwelchen speziellen Razzien und Einsätzen gegen Sprayer. Hatte die Alte sie angerufen?

Jedenfalls hatte sie sich stur gestellt, weil dieser arrogante feine Pinkel sie so von oben herab behandelt hatte. Alles hatte sie nicht verstanden, aber es ging um irgendwelche Apotheken. Gott sei Dank hatte sie die Thaipillen weggeschmissen!

Júlia verstand nicht, was sie wirklich von ihr wollten. Der Mann mit der grauen Bürste auf dem Kopf kam als Erster auf die Idee, dass sie vielleicht nicht hören konnte. Sie musste wieder warten und warten. Sie gaben ihr eine Cola, aber sie konnte die blutigen Hände ja nicht benutzen.

Dann kam so ein Dolmetscher. Er gebärdete in *català* und Spanisch. Er gab sich Mühe. Aber auch er wollte sie nur ausfragen. Name? Alter? Wer sind deine Freunde? Das war es also. Sie wollten eigentlich Severí und Roger schnappen.

Sie schwieg.

Sie verriet keine Freunde.

Niemals.

Dass sie diesem arroganten Pinkel die Pistole aus dem Halfter gezogen hatte, als er sich gerade über den Tisch zu ihr herüberbeugte, das war auch ein Reflex gewesen. Aber, als sie die nackte Panik in seinem glattrasierten Gesicht sah, war sie erschrocken.

Júlia drehte sich um und kuschelte sich zurecht. Die Frau, die ihr geholfen hatte. Die Flucht aus dem Klo im Polizeipräsidium und über die Höfe, das war wie ein Film gewesen.

An den Mann mit dem Hut dachte sie nicht mehr. Sie dachte an Severí. Und schlief ein.

19.

Das Labor war in einer der genormten Straßen im Poblenou, in diesem nagelneuen Viertel, das sie zur Olympiade aus dem Boden gestampft hatten. Die kreativsten Architekten, die witzigsten Skulpturen an jeder Ecke, eine palmengesäumte Promenade und ein breiter Sandstrand neben der Schnellstraße.

Anna war in den letzten drei Tagen schon ein paar Mal ziemlich aggressiv angequatscht worden. Einmal hatte sie einen versuchten Raubüberfall auf ein Rentnerpaar beobachtet. Und immer wieder sah sie die Typen, die sich an den Ampeln aufstellten, um sich ein Auto zu schnappen, das gerade bei Rot anhielt.

Und das alles am helllichten Tag. Nachts würde sich Anna nie allein hier hertrauen. Dieses wunderschöne neue Viertel direkt am Meer hatte mit die höchste Verbrechensrate von Barcelona.

Sie läutete. Eins von sieben Klingelschildern. Eine Stimme meldete sich, sie nannte ihren Namen, erst dann öffnete sich die Tür mit einem Surren. Sie war so oft hier gewesen, dass sie die Schwestern am Empfang kannte. »*Hola*, Rita. Wie geht's?«

»Anna! Heute hast du Glück. Dein Befund ist da. Es dauert aber noch ein bisschen. Setz dich doch.«

Anna setzte sich in die erste der in einer Reihe zusammengeschweißten Plastikschalen und nahm eine der Zeitschriften, die sie schon auswendig kannte. Wartete. Es wurde dunkel vor den Fenstern. Wartete. Die Neonröhren flackerten, bevor sie ansprangen. Leute kamen und gingen. Sie stiegen in einen der Fahrstühle und verschwanden. Tauchten wieder auf. Ab und zu kam ein Bote.

»Anna?« Rita reichte ihr ein gelbes DIN-A-4-Kuvert mit dem grünen Logo des Labors über die Theke. »Gezahlt hast du ja schon im Voraus.« Sie lächelte. »Alles Gute!«

Anna stand mit dem Kuvert in der Hand auf der Straße und hätte nicht mehr sagen können, wie diese Rita aussah.

Sie setzte sich auf eine der regennassen Bänke auf der Promenade.

Sie dachte an ihre Kindheit auf Ibiza. Sonne und lange Tage mit den Freunden. Die Mutter, die nicht mehr malte, nur noch Whisky trank oder schlief. Miles Davis, der durch die *finca* tönte. Die Brüder Paul und Frankie. Und der Vater, der nur ganz selten auftauchte, dann aber immer die Taschen voller Geschenke hatte.

Der Vater, den sie nie wirklich gekannt hatte. Der

früh starb. Und der ihnen allen ein Vermögen hinterließ. Aber nur, wenn sie alle drei nachweisen konnten, dass sie seine Kinder waren. Er hatte zu diesem Zweck seine Genprobe hinterlassen. An seinen Söhnen zweifelte er nicht, nur an ihr. Es begann leicht zu regnen.

Eine Gruppe finsterer Typen kam auf sie zu. Nagelstiefel, Lederwesten und Tattoos. Sie hatten Bierdosen dabei, tranken, grölten und lachten. Anna hoffte, dass sie sie überfallen und ihr das Kuvert abnehmen würden. Aber sie zogen vorbei, ohne sie zu beachten.

Die ersten Tropfen fielen auf das Kuvert. Die Hoffnung, das Regenwasser könnte die Computertinte löschen, war gering. Anna schloss die Augen und riss das Kuvert auf.

Zwei Formulare, Zahlenreihen, lange Textzeilen. Getestet wurde Anna Guzman und das Material mit dem von Antony Guzman verglichen.

Die Analyse des genetischen Materials hat nach genauer Prüfung und wissenschaftlicher Auswertung ergeben, dass eine Vaterschaftsmöglichkeit von 99,99789 % besteht.

Anna bewegte sich nicht. Fernes Donnergrollen. Über dem Meer blitzte es. Der Regen wurde stärker und vermischte sich mit ihren Tränen.

Sie stand auf und lief ein paar hundert Meter bis zum Vordach eines großen Ladens für bunte Touristenkeramik. Sie strich sich das nasse Haar zurück und kramte ihr Handy aus der Innentasche ihrer Jacke.

Paul und Frank waren wieder auf Ibiza. Ihr Verhältnis zueinander hatte sich in letzter Zeit deutlich gebessert, aber es würde nie wieder so werden wie damals in der Kindheit. Als sie weder eine Mutter noch einen Vater hatte, als die beiden ihre Helden und Beschützer waren.

Frank war an Telefon. »*Dígame*!«

»Ich bin's, Anna.«

»Oh. Hallo, Anna. Alles okay?«

»Ja. Ich hab die Laborergebnisse.«

Er schwieg. Sie hörte ihn atmen. Im Hintergrund war Verkehrslärm. Vermutlich saß er gerade im Auto.

»Ich bin eure Schwester. Tochter desselben Vaters. Schönen Gruß auch an Paul.«

»Ah ...« Er sagte etwas neben den Hörer. »Paul lässt dich auch grüßen.«

»Danke.«

Pause, dann plötzlich heftig: »Anna, bitte sag mir eins. Wieso hast du diesen Test nicht schon vor Monaten gemacht, verdammt?!«

»Weil es manchmal Dinge gibt, die wichtiger sind als Geld.« Sie hatte Mühe, ihre Stimme zu kontrollieren. »Ich schicke euch die Unterlagen. Dann könnt ihr euer Erbe abholen. Adiós.«

»Halt, warte Anna ...« Sie drückte ihn und seine Stimme weg und ging wieder hinaus in den Regen.

Die Wohnung in der Llimona 5 war hell, warm und von Stimmen erfüllt. Fritz kam ihr entgegen und rieb sich an ihrem nassen Hosenbein. Sie kam heim.

Am großen runden Tisch in der Küche saßen Barbara, Janet, Josep Bonet und Luis Llobet, tranken Wein, knabberten Erdnüsse und diskutierten. Mit Pia und Dagmar, die auf der anderen Seite der Theke standen und das Abendessen zubereiteten.

Barbara sprang auf, als sie hereinkam, umarmte sie, Dagmar kam um die Theke herum, Pia lächelte, Janet nickte ihr zu. Sogar Josep grinste, und Luis warf ihr ein weinfeuchtes Luftküsschen zu. Keiner fragte sie etwas, keiner erwähnte den Test. Anna nahm sich aus ihrem Zimmer trockene Kleidung mit, ging ins Bad und duschte heiß.

Als sie wieder in die Küche kam, fühlte sie sich so wohl wie schon lange nicht mehr. Wie neugeboren. Den Ausdruck verstand sie plötzlich. Das Misstrauen ihres Vaters hatte sie mehr belastet als sie zugegeben hätte. Eigentlich hatte er mit dieser grotesken Aktion ihre Mutter treffen wollen. Die Frau, die er einmal geliebt hatte, und die er dann einfach in ihrer Luxusfinca hatte verdorren lassen. Die nicht mehr miterlebte, wie sein Misstrauen die Kinder entzweite.

Anna setzte sich neben Janet. »Ich hab das Ergebnis«, sagte sie leise. »Also werde ich wohl einen Haufen Geld erben. Ich wollte dich fragen, ob du dich darum kümmern kannst? Das irgendwie anlegen oder so. Ich brauche ja nichts. Es sei denn, wir brauchen hier noch etwas, für Llimona 5.«

Janet antwortete nicht gleich. Die anderen waren in einen Streit über Anti-Aging-Mittel und einen mysteriösen Mord mit einem Hotel vertieft. Janet schien den anderen zuzuhören, aber Anna wusste, dass sie über ihre Frage nachdachte. Janet war sicher irgendwie verrückt, wie sie alle. Aber sie kam aus dieser englischen Gesellschaftsklasse, in der man ein gewisses Selbstbewusstsein nicht erst mühsam lernen musste, das bekam man mit den ersten goldenen Löffeln gleich mit.

Sie hatte Stil, sie war immer integer und fair. Und sie verstand wirklich etwas von Geld.

»Llimona 5 geht es gut. Wir haben die größten Schulden im Griff, und die brauchen wir auch, um die Steuern nicht überhand nehmen zu lassen. Wenn du jetzt im Moment kein Geld brauchst, dann kannst du das splitten. Einen kleinen Teil locker für Notfälle, den Rest langfristig und auf Sicherheit. Lass uns ein andermal in Ruhe darüber reden.« Janet steckte sich eine neue Zigarette an und schenkte sich Whisky nach. Das war bei ihr wie ein Handschlag. Anna lehnte sich zufrieden zurück.

Auf ihrer anderen Seite saß Luis Llobet. Er legte ihr den Arm um die Schultern. »Na, meine Kleine«, er lachte. »Du bist gut einen Meter größer als ich.« Er schob ihr ein Glas, die Wasserflasche und die Erdnüsse hin. »Es gibt *sopa de ajo*, Pias berühmte Knoblauchsuppe auf Weißbrot mit Ei und ordentlich Paprika. Und danach *maccarones con chipirónes*, auf meinen ganz besonderen Wunsch. Makkaroni mit ganz kleinen Babykalamari. Nur etwas Tomatenpüree, Zwiebeln, Knoblauch, Weißwein. Göttlich. Aber das dauert noch.«

Anna merkte, dass sie Hunger hatte. »Ihr habt einen neuen Fall?«

»Wir«, verbesserte sie Barbara. »Wir haben einen neuen Fall.«

Josep hörte nicht zu. »Pia, du solltest noch einmal mit dieser *abuela* reden. Sie ruft dauernd bei uns an. Ist schrecklich fromm. Und sie macht bei uns immer gleich sieben Bücklinge vor Ehrfurcht. Vielleicht hast du da mehr Glück als wir.«

»Machen wir. Aber jetzt sollten wir Anna mal kurz berichten, wovon wir sprechen. Barbara, bist du so lieb?«

Barbara warf einen etwas unsicheren Blick zu Josep. Man konnte ihm ansehen, wie sehr er es hasste, wenn Pia eine ihrer Mitarbeiterinnen in ein ernstes Gespräch unter Kriminalisten einbezog. Noch dazu eine der ganz jungen. Sie schwieg.

Luis ermunterte sie. »Na los, Barbara. In drei Sätzen. Gute Geschichten lassen sich immer in drei Sätzen erzählen.«

»Also gut«, Barbara wich Joseps Blick aus. »Linus-Pauling-Kongress. Im Gran Hotel Big Sur wurde eine sehr erfolgreiche Chemikerin, Dr. Lídia Pastor, in ihrem eigenen von innen verriegelten Hotelzimmer tot aufgefunden. Es sah aus wie ganz normales Herzversagen. Aber Luis fielen Verätzungen auf. Und wir vermuten Mord durch ein raffiniert in ihren Laptop eingebrachtes Gas. Wer immer das gemacht hat, muss ein Fachmann sein. Verdächtig sind erst mal alle ihre Freunde und Konkurrenten aus der Anti-Aging-Liga. Einer von ihnen ist unser Klient. Dr. Marcel Gutiérrez.« Barbara schaute zur Küchentheke hinüber. »Kleine Bemerkung am Rande: Josep und seine Kollegen halten ihn für den Hauptverdächtigen. Pia und auch Dagmar finden ihn äußerst attraktiv.«

Alle schwiegen. Pia und Dagmar starrten sich an. Begannen zu grinsen, lachten plötzlich laut auf.

»Er sieht aber auch wirklich gut aus!«

»Umwerfend!«

»Und warum wird er verdächtigt?« Anna hatte

keine Scheu vor Josep, sie sprach ihn direkt an. Er antwortete, sah aber an ihr vorbei.

»Weil er als Einziger nicht im Festsaal war, weil er zu spät kam. Weil er lange Lídias Partner war, einen großen Anteil an ihrer Erfindung hatte und jetzt vermutlich Alleininhaber ist. Weil er vermutlich auch ihr Liebhaber war. Weil er auf die Beschreibung passt.«

»Was für eine Beschreibung?«

»Im Hotel wurde ein Mann mit Hut gesehen, in drei Apotheken wurde derselbe Mann beobachtet, wie er alle möglichen Dinge kaufte, Latexhandschuhe, Pasteurpipetten, verschiedene chemische Zutaten, aus denen sich so ein Gas herstellen lässt.«

»Es ist eine sehr vage Beschreibung«, warf Pia ein. »Ein Mann mit Hut, meine Güte.«

»Es gibt noch das junge Mädchen. Júlia. Sie war immer zur gleichen Zeit in den Apotheken. Eine kriminelle kleine Sprayerin, die sich mit gefälschten Rezepten in verschiedenen Apotheken Yaba besorgte. Wenn wir sie erwischen, wird sie uns ganz sicher eine genauere Beschreibung geben. Als letzte Möglichkeit bleibt immer noch eine Gegenüberstellung.«

Pia zögerte, ging dann aber nicht näher darauf ein. »Es spricht nur dafür, dass der Mörder den Plan sehr spontan fasste. Sonst hätte er die Zutaten schon früher in einer anderen Stadt, in einem anderen *barrio* besorgen können. Und dass er sich sehr sicher fühlte.«

»Und wie ist er in das Hotelzimmer gekommen?«, fragte Anna.

»Wir vermuten, dass er dem Zimmermädchen eine Passepartoutkarte vom Wagen geklaut hat. Wir vermuten außerdem, dass er zwar durch den Nebeneingang ins Hotel kam, dass er aber sehr wohl Gast dort ist.«

»Marcel hat mir glaubwürdig versichert, dass er und Lídia Pastor nur Kollegen und Freunde waren, dass er nie ein Verhältnis mit ihr hatte«, sagte Dagmar leise. Barbara lachte.

»So wie du mit ihm geflirtet hast, wäre er ja auch schön blöd, so was zuzugeben!«

»Feststeht, es geht da um sehr viel Geld.« Josep goss sich Wein nach.

»Gut«, Pia lehnte sich auf die Theke, sie hatte einen Block und einen Stift vor sich. »Die Menschen aus Lídias engerem Umkreis sind:

1. Professor Dr. Rubén Morales, 60. Ihr früherer Professor und Mentor. Er musste als Einziger nicht mit den anderen in der Laietana bleiben, Dagmars Senior Fusté verteidigt ihn. Er scheint ziemlich viel Einfluss zu haben, seine Familie hat Geld. Er ist äußerst charmant und sympathisch und eher ein Gegner dieses ganzen Anti-Aging-Wahns.

Kein Motiv zu erkennen.

2. Dr. Ricard Manrique, 46. So eine Art Ökopapst, ursprünglich Chemiker und Pharmakologe. Er hat sich schon als Student gegen Tierversuche bei Kosmetik eingesetzt, ist strikt gegen jede Art von chemischen Anti-Aging-Anwendungen. Er wettert gegen sie alle, er beweist in unzähligen Publikationen, wie unsinnig die Versprechungen sind und wie trügerisch die Hoffnungen. Er hat mindestens zwei Verleumdungsprozes-

se am Hals, aber er hat keine Angst, sich Feinde zu machen.

Er hätte ein Motiv, aber das wäre doch etwas sehr weither geholt.

3. Gary DeVille, 43. Kanadier. Typ großer Junge. Aber das täuscht vermutlich, der Mann hat es mit sehr viel Geld zu tun. Er vertritt einen großen Konzern, der Lídia ein hohes Angebot machen wollte. Es gab bereits erste Verhandlungen. Keine privaten Kontakte bekannt.

Motiv nicht zu erkennen. Es sei denn, er selbst hätte sich Lídias Erfindung zu Eigen gemacht. Zu abenteuerlich.

4. Dr. Gisela Erken-Henninger, 47. Eine Deutsche. Sie konnte Lídia nicht ausstehen. Die beiden haben wohl einige Jahre in Madrid zusammengearbeitet. Sie sind direkte Konkurrentinnen. Mehr wissen wir im Moment noch nicht.

5. Professor Dr. Gil Barnabás, 54. Franzose. Auch er Chemiker und direkter Konkurrent, was diese Anti-Aging-Produkte angeht. Auch er hat einige Zeit in Madrid gelebt. Wir müssen uns auch mit ihm noch näher befassen.

Und 6. Dr. Marcel Gutiérrez, 34. Er sieht, wie gesagt, sehr gut aus, ist charmant und offensichtlich auch sehr gut in seinem Job. Er hatte wohl einen großen Anteil an der Entwicklung von diesem Tretino-A von Lídia

Pastor. Aber er versicherte uns, dass er einen sehr fairen Vertrag mit ihr hatte, in dem alle möglichen Neben- und Verkaufsrechte geregelt werden. Unser Auftrag lautet, den Mörder von Lídia Pastor zu finden. Wer auch immer es sein mag.»

Luis und Janet klatschten. Anna fiel auf, dass Pia bei den letzten Worten Dagmars Blick vermieden hatte. Anna war hochsensibel für Spannungen unter Familienmitgliedern.

Und jetzt war Llimona 5 ihre Familie.

Aber dann begannen wieder alle durcheinander zu reden, und Dagmar brachte die Suppe auf den Tisch.

20.

Janet genoss ihre ausgiebige Morgendusche bei Brahms und Glenn Gould. Für Beethoven war es noch zu früh. Pia hatte gestern Abend noch die Aufgaben verteilt. Zeugen befragen, Hintergründe recherchieren. Janet hatte angeboten, sich die Sprayerszene vorzunehmen. Barbara und Anna, die Jüngsten, hatten mit dieser Szene nichts am Hut.

Sie war zwar die Älteste, aber sie hatte vor zwei Jahren für eine englische Zeitschrift einen kleinen aber gut bezahlten Artikel über das neue Barcelona geschrieben. Dabei hatte sie vor allem auch das neue

Raval erkundet. Das alte *barrio chino*, eins der bevölkerungsreichsten Viertel Europas. Für die neuen breiten Ramblas brutal abgerissene oder durchtrennte Altbauten. Dicht neben verfallenen Lagerhallen und den düster verwinkelten Mietshäusern aus vergangenen Jahrhunderten kühn verwirklichte Architektenträume, wie die gewaltige Spiegelfassade, in deren geknickten oberen Teil man über die Stadt hinweg bis zum Meer sehen konnte, oder das MAC BA, das Museu d'Art Contemporani de Barcelona, das ein bisschen an das Guggenheim in New York erinnerte.

In der Gegend dort gab es jede Menge Bauzäune und gewaltige Betonwände, an denen sich die Sprayer austobten, bevor sie sich an die gefährliche U-Bahn oder die schwierigen Flächen im Hafen und den anderen *barrios* wagten.

Als Janet aus dem Bad kam, blinkte ihr Anrufbeantworter. Sean, ihr mittlerer Sohn. Der Einzige, mit dem es nie ernsthafte Probleme gegeben hatte. Er war Meeresbiologe und gerade mit einem Forschungsschiff vor der Küste von Menorca. »Hallo, Mom. Ist so ein schöner Morgen heute. Liebe Grüße.« Das klang nichtssagend, aber Sean rief nicht einfach nur so an. Seine Stimme klang munter, also keine Probleme. Vermutlich war er wieder mal verliebt und wollte ihr das mitteilen. Oder immer noch verliebt und wollte heiraten? Oh Gott!

Janet rief sofort zurück.

»Hey, Mom. Schön, dass du anrufst. Wie geht's dir?«

»Gut. Und dir?«

»Ich muss gleich runter. Du weißt ja, wir haben da so

ein Forschungsprogramm über diese ganz bestimmte Algenart, die nur hier vorkommt, und die einen äußerst wirksamen Wirkstoff gegen Krebs enthält.«

»Ja, mein Sohn, das weiß ich. Und wie heißt das Mädchen, von dem du mir erzählen wolltest?«

Pause. Dann verhaltenes Lachen. »Ach, Mom, du bist unverbesserlich. Du kennst sie doch. Isabel Benham. Meine liebste Kollegin, meine beste Freundin.«

»Und du liebst sie?«

»Aber ja. Seit Jahren schon. Und du weißt das.«

»Ja, aber … ihr wollt doch nicht heiraten?« Seans Lachen beruhigte Janet nicht wirklich.

»Noch nicht, keine Sorge.«

»Sean. Warum hast du angerufen? Was wolltest du mir sagen?«

»Mom, wir können vielleicht heute Abend darüber reden. Ich muss jetzt los …«

»Sag's mir Sean.« Janet wusste es. Wir bekommen ein Kind. Es sind Zwillinge. Drillinge. Sean sprach mit jemanden auf seinem Schiff, als er sich wieder meldete, war seine Stimme nüchtern.

»Mom bitte, da gibt es nicht viel zu sagen. Isabel hat ein verdammt interessantes Angebot nach Argentinien. Und vielleicht gehe ich mit. Ich ruf dich wieder an.«

Kein Kind. Janet zog enge Samthosen mit hohen Stiefeln an, eine Seidenbluse, eine rote Lederweste und darüber die uralte Nerzjacke ihrer Mutter.

Die Sonne schien, der Wind hatte deutlich nachgelassen. Es roch ein wenig nach Fisch, nach offener See und weiter Welt. Janet machte sich an die einzige regelmäßige Aktivität des Tages. Den kleinen Spaziergang, ihre Straße, die Ginebra hinauf bis zur Marina, dem Hafen von Barceloneta.

Sie ging in den kleinen Zeitungsladen an der Ecke, um ihren Zigarettenvorrat aufzufüllen. Ein junges Mädchen lächelte sie an. Vermutlich eine der unzähligen Enkelinnen von Joan, dem Besitzer. Obwohl sie Janet noch nie gesehen hatte, wusste sie Bescheid und legte ihr das El Pais und zwei Schachteln Dukados auf den Tisch.

»Geht es Joan gut?«, fragte Janet und begann in que! *Hola*! Pronto, Diva und den anderen bunten Illustrierten zu blättern.

Das Mädchen lachte. »Ja, bestens, Janeta. Er ist zum Fischen raus. Ich bin Vicenta, die Tochter von Mariano.«

»Das ist aber schön«, meine Janet geistesabwesend. Die Presselandschaft in Spanien war sehr irritierend. Es wurde viel gelesen. Und es gab Zeitungen aller politischen Richtungen und bunte Blätter mit bunten Fotos von Prominenten und Filmstars aus aller Welt. Aber es gab kein richtiges Skandalblatt. Der Mord an einer schönen Frau bei einem internationalen Kongress. Das wäre in England die fette Schlagzeile von mindestens zehn Blättern gewesen. **EWIGE JUGEND – FRÜHER TOD**, vielleicht, oder **IN SCHÖNHEIT STERBEN**. Hier gab es das nicht. Endlich wurde sie fündig, auf einer Seite drei. Und da ging es auch nicht um Schönheit, Mord und Totschlag, sondern um den Linus-Pauling-Kongress, der den Ruf von Barcelona als Stadt der Forschung, die wichtigsten Ärzte und Chemiker der westlichen Welt und so weiter bla bla

bla. Ein kleiner Kasten über Anti-Aging, Wirkung und Möglichkeiten. Kein Wort von Lídia Pastor. Dann ein anderer Artikel, diesmal auf Seite fünf. Es ging um die Rolle Spaniens in der internationalen Pharmaforschung. Diesmal wurde der tragische Tod von Lídia Pastor wenigstens in einem Nebensatz erwähnt.

Erst in der dritten Zeitung gab es ein Foto. Lídia in der Tür ihres Hotelzimmers. Die Unterschrift: *Dr. Lídia Pastor aus Valencia. Angeblich hat sie das Geheimnis ewiger Jugend gefunden. Wohin gehen die Forschungsgelder? Mit uns wollte sie nicht sprechen.*

Der Name des Fotografen war so winzig klein gedruckt, dass Janet die Hilfe von Vicenta in Anspruch nehmen musste. »Kannst du das da unten lesen?«

»Moment … Xavier Guijarro.«

»Danke.« Janet ging hinaus. Sie zahlte hier nur einmal im Monat. Tief in Gedanken versunken ging sie weiter bis zur Marina. Es war ruhig um diese Jahreszeit. Die meisten Yachten waren winterfest verpackt, die Sonne ließ das Wasser funkeln und spielte für kurze Zeit noch mal Sommer.

Janet setzte sich auf eine der Steinbänke und rief Pia an. Pia war noch in der Llimona 5 und konnte über das Festnetz leichter an die Auskünfte gelangen. Wer war dieser Xavier Guijarro, für wen arbeitete er? Und wie war seine Handynummer?

Pia rief sie nach zehn Minuten zurück. Guijarro war freier Fotograf und Journalist, sie gab Janet die Adresse und zwei Telefonnummern. Janet rief beide an, einmal Anrufbeantworter, einmal Mailbox. Sie hinterließ ihren Namen und ihre Handynummer. Sie drückte sich absichtlich etwas kryptisch aus. Sie sei eine englische Journalistin, die einen spanischen Kollegen für eine gemeinsame Recherche suche. Der Bankervater von Marc, ihrem ältesten Sohn, hatte sich damals angeblich zuerst in ihre erotische Stimme verliebt. Und Stimmen altern ja nicht wirklich. Janet stand auf und winkte nach einem Taxi.

Gleich neben dem gläsern und weiß geschwungenen Museumsbau gab es eine neue Baugrube, Kräne, bunt zugesprayte Brandmauern und ein langer Bauzaun voller Graffiti. Überdimensionale Buchstaben, verdrehte Texte, geheimnisvolle Botschaften. Ein extrem abgemagerter Jesus mit blauem Haar, der aussah wie ein Junkie, eine Frau mit speerspitzen Titten, Politikerköpfe und Kinderkritzeleien. Einige der *tags* tauchten immer wieder auf. **Zip, roto, rEg, AD …** Janet fotografierte unauffällig mit ihrer kleinen Exilim.

Vor dem Eingang waren nur ein paar Jungen in oversized Hosen, die mit ihren Skateboards über den Platz rollten und auf der schrägen Rampe ihre Sprünge und Volten übten. Es waren nur die kleinen Schulschwänzer. Die großen Brüder schliefen noch. Erst nachmittags waren sie alle hier.

Janet suchte sich einen kleinen mageren Jungen aus, der einen Rucksack trug und ein uralt verschrammtes Skateboard zwischen die Knie geklemmt hielt. Er hockte mit dem Rücken zu den anderen Jungen auf einer Stufe und starrte auf den Bauzaun.

Janet näherte sich vorsichtig von der Seite, aber doch so, dass sie ihm den direkten Fluchtweg erst mal abschnitt. Sie hielt einen zusammengerollten Zehneuroschein in der Hand. »Hey, Lust auf einen kleinen Nebenverdienst?«

Der Junge schreckte hoch, wollte wegrennen, stolperte über das Brett zwischen seinen Knien. Zögerte. Musterte Janet. Ordnete sie als Tusse vom Sozialamt ein. Sah den Geldschein. Entspannte sich etwas. Janet kam nicht näher.

»Ich schätze dich als Kenner ein«, sie verstärkte ihren englischen Akzent. »Ich komme im Auftrag des BCB-Trusts. International, verstehst du. Für eine Wand an unserem neuen Firmengebäude suchen wir einen echten Graffitikünstler.« Sie hielt ihm den Geldschein hin. »Ich bin Lisa und du?«

»Rocco«, er schnappte den Schein, bewunderte ihn kurz, faltete ihn noch einmal zusammen und schob ihn in den Turnschuh.

»Lass ihn nicht zu lange da drin«, warnte ihn Janet ernst. »Wenn du Schweißfüße hast, dann ruiniert ihn das.« Der Junge lachte und sah plötzlich wirklich jung aus. Elf vielleicht, höchstens zwölf. Er warf sich in Positur und spielte den coolen Agenten aus dem Kino.

»Wieso glauben Sie, dass ich Ihnen helfen kann?«

»Du kennst dich aus in der Szene.« Janet deutete mit dem Kopf auf seinen Rucksack. »Jede Wette, du bist selber ein junger Künstler.«

Er grinste stolz. Janet setzte sich neben ihn. Sie holte einen weiteren Zehner aus der Tasche und rollte ihn spielerisch zwischen den Fingern.

»Wer setzt denn hier in Barcelona die besten Pieces?«

»Da gibt es einige.« Rocco ließ den Geldschein nicht aus den Augen.

»Nur die besten, die größten. Fünf Namen, fünf *tags.*«

Der Junge dachte nach. »Alle Namen kenn ich nicht. Aber **zip** ist ein ganz großer. Nur ist der, glaub ich, in Salamanca oder Bilbao. **AD** ist Antonio Diaz, er hat früher mal hier gewohnt. Keine Ahnung, wo er jetzt ist. Und **rEg**, das ist der Bruder von meinem Freund Ferro. Roger.« Er wurde plötzlich wieder misstrauisch. »Sind Sie auch wirklich nicht vom Jugendamt?«

»Die würden doch nie eine Engländerin einstellen!« Der Junge hielt das nicht für so unmöglich. Er kniff die Lippen zusammen. Als Janet ihm den Geldschein hinhielt, riss er ihn an sich, sprang auf, packte sein Brett, schlug einen Haken um sie herum und rannte weg.

Janet blieb erst mal sitzen und notierte sich die mageren Ergebnisse. Sah auf die Uhr. Zehn nach zehn. Das Museum machte erst um elf auf. Sie überlegte, wie sie hier ein Taxi herbekam. Dann fiel ihr die Adresse dieses Fotografen ein. Xavier Guijarro, Carrer de les Sitges. Das war gleich hier um die Ecke.

Sie stand auf. Gleich hier um die Ecke waren natürlich mindestens drei Blocks. Aber, wenn sich der Fotograf nicht auf ihre erotische Stimme gemeldet hatte, dann schlief er vielleicht noch.

Als sie die Straße endlich fand, war sie ziemlich außer Atem. Gleichzeitig fühlte sie sich um drei Jahrzehnte zurückversetzt. Die Sitges war noch nicht in der modernen Zeit angekommen. Eng und krumm, mit düsteren Durchgängen, krönchengeschmückten schmiedeeisernen Lampen an der Seite, alten Backsteinfassaden, verstaubten Läden und Cafés, vergessenen Werkstätten und Balkonen mit Blumentöpfen, kleinen Yuccas und anspruchslosen Hängefarnen.

Berge von Müll stapelten sich auf der einen Seite, Kisten, Kartons, Holzpaletten. Um die Tageszeit schien die Straße wie ausgestorben.

Guijarro wohnte über einem Friseurladen, in dem Janet sich nicht mal die Fußnägel hätte machen lassen. Der ursprünglich einmal goldene Schriftzug *Peluqueria* war kaum noch zu lesen. Das Rollgitter war nur zur Hälfte hochgezogen. Innen gab es ein Waschbecken mit Spiegel, einen Stuhl und eine knallrote Trockenhaube. Sie schien als einziger Gegenstand aus diesem Jahrhundert zu sein.

An den Klingelschildern waren keine Namen, aber die Tür schloss auch nicht mehr richtig. Janet kam in ein enges Treppenhaus, in dem es nach Katzen roch. Die Treppen waren schmal, hoch und durchgetreten. Zuerst vermied es Janet, das grindig verklebte Geländer anzufassen, aber nach dem zweiten Stock war ihr die Hygiene nicht mehr so wichtig.

Im dritten Stock fand sie an einer Tür die Buchstaben L. D. y X. G. mit breitem Filzer auf das rissige, von unendlich vielen Farbschichten zugekleisterte Holz geschrieben, und einen Reißnagel, der vielleicht einmal einen Zettel mit mehr Informationen gehalten hatte. Eine Klingel gab es nicht.

Janet klopfte höflich mit den Knöcheln gegen die Tür. Nichts rührte sich. Irgendwo im Haus lärmte ein Fernseher, ein Baby schrie. Aber hier oben herrschte Totenstille.

Janet war stocksauer. Sie hasste nichts so sehr wie

überflüssige Körperertüchtigung. Und eine himalayareife Treppenbesteigung gehörte zu den absoluten Höhepunkten. Sie schlug mit der Faust gegen das Holz.

Die Tür öffnete sich mit einem leisen Wimmern.

»Hallo? Ist da jemand?« Janet blieb auf der Türschwelle stehen. Schaute in einen mit alten Filmplakaten zugeklebten Flur. Zwei volle Mülltüten, ein offener Schuhschrank und eine Garderobe, auf der sich Jacken und Mäntel übereinander häuften. Süßliche Marihuanaschwaden. Und auf einer schmalen Kommode mit voll gepfropften Schubladen eine Kameratasche.

Sie war also richtig hier.

Vorsichtig ging sie weiter in die Wohnung hinein. »*Hola*! Ist jemand zu Hause?« Zwei geschlossene Türen und eine halb offen. Dahinter offensichtlich die Küche. Gekachelter Fußboden. Und das einsame Klicken eines lecken Wasserhahns.

»*Hola*!« Janet hob die Stimme. Die Küche war leer. Im Becken stapelte sich schmutziges Geschirr, auf dem Tisch standen zwei Kaffeebecher, eine blaue Keramikkanne und eine schwarz angelaufene Silberschale mit einem Stück Brot, eine kaum angebrannte dicke silberne Kommunionskerze, eine offene Dose Ölsardinen, zwei Zitronen und ein Löffel. Auf der Anrichte daneben lag zwischen ein paar Paketen mit chinesischer Tütensuppe ein halb zusammengerollter Gürtel.

Janet sah unschlüssig auf die beiden anderen Türen. Sie befand sich hier ungebeten in einer fremden Wohnung, und es gab keine Ausrede, die einen Richter überzeugt hätte. Sie öffnete die erste Tür. An der Klinke ein Hotelanhänger, der sie aufforderte: *Bitte sauber machen.* Der scharfe Geruch von Entwicklerflüssigkeit. Ein schmaler Raum ohne Fenster, eine Blechbadewanne auf Löwenfüßen, über dem Rand lagen Kleidungsstücke, darüber hingen noch weitere Klamotten zusammengerutscht auf einer Schnur. Jeans, Hemden, Pullis, Wäsche. Ein kleines rundes Waschbecken und ein Regal aus Holzkisten mit Fläschchen, ausgedrückten Tuben, leeren Flakons und Bergen von Pillendosen und -schachteln.

Der hintere Teil des Raumes war durch einen Vorhang abgeteilt. Dahinter das Klobecken und ein kleines aber ziemlich ordentliches Fotolabor. Die Apparate und Schalen waren alt aber sauber, über der Arbeitsplatte hingen Fotos zum Trocknen.

Noch eine Tür. »Hallo?« Sie habe sich Sorgen gemacht, würde sie sagen. Und sich entschuldigen. Zur Not einen Geldschein rüberschieben. Sie klopfte an, wartete einen Moment und klinkte die Tür dann auf.

Auch dieser Raum war winzig. Vergrößerte Schwarzweiß-Fotos an den Wänden. Verfremdete Ansichten von Barcelona. Eine Platte auf zwei Böcken diente als Arbeitstisch. Ein Computer, Papiermappen, weitere Fotos. Stapel von verschiedenen Zeitungen. Ein Regal aus Backsteinen und Brettern, jede Menge Bücher und ganz oben eine alte Leica mit verschiedenen Objektiven und eine Digitalkamera. Ein kleiner Tisch mit einem tragbaren Fernseher, davor ein überquellender Aschenbecher, eine Schachtel Fortuna, eine leere Weinflasche, ein halb volles Glas.

Die Matratze lag an der Wand hinten, direkt auf dem braun gekachelten Fußboden. Der Berg aus mexikobunten Decken täuschte Janet zuerst. Erst auf den zweiten Blick sah sie den nackten Fuß, der unter den Decken hervorsah. Das wäre ein guter Moment gewesen, abzuhauen.

Aber jetzt machte sich Janet wirklich Sorgen. Flashbacks zu Eric, der mit fünfzehn an seine ersten Drogen kam. Sie kniete sich hin und zog die Decken zurück.

Der Junge sah aus als würde er schlafen, aber Janet wusste sofort, dass er tot war. Mitte zwanzig vielleicht. Ein mager kantiges Gesicht, Dreitagebart, das Haar verschwitzt. Er trug ein T-Shirt und Boxershorts. In seiner linken Armbeuge steckte noch eine Spritze, um den Oberarm hatte er ein weißes Gurtband geschlungen.

Janet war unfähig, sich zu bewegen. Überbordende Emotionen gehörten nicht zu ihrem Repertoire, aber die Zeit mit Erics Sucht und die Kämpfe dagegen hatten ihre Spuren hinterlassen. Eric war seit Jahren clean, er hatte einen verantwortungsvollen Lebenspartner, ein stabiles Leben, er war auf der sicheren Seite. Aber genauso gut hätte sie ihn damals so auffinden können.

Eine Tür fiel zu. Janet schreckte hoch. Sie hatte einige Mühe, aufzustehen, weil sie sich nicht an dem toten jungen Mann abstützen wollte. Als sie sich endlich umdrehte, stand sie einem jungen Mädchen gegenüber. Bleich und mager, schwarze Lippen und Fingernägel. Mit einer Strickmütze und einem langen Militärmantel.

Janet versuchte, etwas zu sagen, aber das Mädchen nahm sie nicht wahr. Sie starrte nur zu dem Jungen auf der Matratze. »Arro …«

Sie wollte näher zu ihm hingehen, registrierte erst jetzt Janet, die ihr im Weg stand. »Hör mal, das ist nicht so, wie du denkst ... ich bin selber erst eben ...«, weiter kam Janet nicht. Das Mädchen verstand plötzlich.

Und schrie.

21.

Als Pia ankam, standen schon zwei Streifenwagen vor dem Haus in der Sitges. Das hier war keine Gegend, in der die Neugierigen sich versammelten, wenn die Polizei kam. Ein paar Kinder und Jugendliche und die Frauen auf den Balkonen.

An der Tür stand ein junger Polizist, den sie noch von früher kannte. Sie hatte seinen Namen vergessen, er ihren aber nicht. *»Inspectóra* Cortes!«, grüßte er und ließ sie durch.

Sie stieg in den dritten Stock hinauf. Schon im zweiten hörte sie ein Mädchen hysterisch schreien. Es gab keine Spurensicherung, keinen Arzt. Nur den Polizeifotografen. Sie war noch nicht ganz oben, als schon die Männer mit dem grauen Plastiksarg heraufkamen.

Im Flur traf sie auf Toni. Toni Botía. Ausgerechnet. Weiße Designerjeans und ein schwarzer Blouson über Streifenhemd mit Krawatte.

»Wo ist Josep?«, rutschte es ihr heraus. Toni sah sie

an, als hätte er sie noch nie gesehen, als hätten sie nicht jahrelang zusammen in der Mordkommission gearbeitet.

»Der *capitán* arbeitet an einem anderen Fall. Und für Unbefugte ist der Zutritt verboten.« Er baute sich breitbeinig vor ihr auf.

»Was machst du dann hier?« Pia schob ihn einfach zur Seite und ging weiter. Es war eng und düster. Der Fotograf war fertig, drängte sich an ihr vorbei, hinaus, Pia sah durch eine offene Tür, wie ein Mann von einem bunten Matratzenlager in den Sarg gehoben wurde. Hinter ihr schrie das Mädchen wieder auf, Pia wandte sich um.

In der Küche saß Janet am Tisch und rauchte gierig. Zittrig an eine Art Anrichte gelehnt stand ein dünnes junges Mädchen mit hohlen Junkieaugen und schrie immer wieder schrill auf. »Sie war es. Sie hat ihn getötet! Sie hat Arro umgebracht!«

Pia sah Janet fragend an. Die hob nur resigniert die Schultern. Pia wandte sich wieder zu Toni um. »Um was geht's hier, verdammt?!« Er stand so dicht hinter ihr, dass sie ihm fast ins Gesicht spuckte. Angewidert wich er zurück.

»Das Übliche, goldener Schuss.«

»Und das Mädchen?«

»Seine Mieze, nehm ich an.«

»Nehmt ihr die mit?«

»Wozu?« Toni lächelte überlegen. »Wir haben ihren Namen, aber wir sind nicht das Sozialamt. Der Typ da hat sich freundlicherweise selbst entsorgt, und bei ihr wird das auch nicht mehr lange dauern.« Er folgte den

Männern, die den Sarg hinausbugsierten. Das Mädchen schrie immer noch.

Pia ging zu ihr hinüber und schlug ihr mit der flachen Hand ins Gesicht. Packte sie an den Schultern, schüttelte sie und schlug sie noch einmal. Dann endlich verstummten die Schreie, Pia nahm sie in den Arm und hielt sie fest.

»Ist ja gut. Es ist vorbei. Ich bin Pia Cortes. Und du? Wer bist du?«

Das Mädchen weinte nur und klammerte sich an Pia fest. Die für diese Art von Gefühlsausbrüchen auch nicht unbedingt prädestiniert war. Sie sah zu Janet.

»Ich kam hier rein und fand ihn tot auf. Dieses Mädchen denkt nun, ich hätte ihn umgebracht. Sie braucht dringend einen Schuss, aber hier in den Wohnung ist nichts mehr. Toni hat alles mitgenommen.«

»Hast du was?« Das Mädchen sah Pia nicht an.

»Wie heißt du?«

»Gabriela Tramits.«

»Wie alt?«

»Achtzehn.«

»Lüg nicht. Höchstens fünfzehn.«

»Ich werde im Dezember sechzehn.« Das Zittern verstärkte sich.

»Der Junge heißt Xavier Guijarro«, mischte sich Janet ein. »Er ist Fotograf, arbeitet für verschiedene Zeitungen und hat Lídia Pastor kurz vor ihrem Tod noch fotografiert.«

»Der hat nicht gefixt!«, schrie das Mädchen und machte sich los von Pia. »Niemals! Ich bin das. Ich häng an der Nadel. Der Arro hat mir doch immer nur geholfen. Der wollte, dass ich runterkomm von dem Zeug. Der hat außer einem Joint ab und zu nichts genommen. Der hat Drogen gehasst. Weil sein kleiner Bruder dran verreckt ist. Gehasst, versteht ihr?!«

Toni und seine Brigade waren abgezogen, ohne sich um den Rest zu kümmern. Für ihn war alles klar. Goldener Schuss. Entsorgt. Kotz. Hauptsache, seine weißen Jeans bekamen keinen Fleck. Für Pia war das einer der Momente, in denen sie einerseits bedauerte, nicht mehr auf der Seite zu arbeiten, die vielleicht ein wenig Einfluss nehmen konnte, auf der anderen heilfroh, dieser Art von dumpfem Bürokratismus entkommen zu sein.

Sie wählte die Nummer von Luis, die sie in ihrem Handy eingespeichert hatte. »Luis? Hier ist Pia.«

»Pia, *mi corazón*, was kann ich für dich tun?«

»Ich hab ein junges Mädchen hier. Voll auf H und auch sonst traumatisiert. Kennst du da jemanden?«

»Rudolfo«, sagte er bestimmt. »Er arbeitet im Drogenzentrum, das läuft normalerweise über die offiziellen Wartelisten und Zuteilungen, aber der findet immer einen Weg. Ich schick ihn vorbei.«

»Es kommt jemand, der kann dir helfen.« Pia behielt Gabriela im Arm, bis sie nachgab, abschlaffte und still wurde. Bis es kurz an der Tür klopfte, und Janet einen Mann hereinführte.

Er war ein kahlköpfiger Riese. Groß und breit und strahlend freundlich. Ein pelzloser Teddybär. Hellbraune Augen fixierten sofort das Mädchen.

»Sie heißt Gabriela«, sagte Pia. Er nahm sie sanft aus ihren Armen.

»Ich werde mich um sie kümmern.« Vorsichtig

führte er sie zur Tür. »Komm schon, komm, wir werden dir helfen. Wir helfen dir ...«

Pia hörte, wie hinter ihnen die Tür zufiel. Ließ sich auf den Stuhl Janet gegenüber fallen. »Scheiße, verdammt, was ist hier los?«

Janet sah sie waidwund an. »Bitte, können wir nicht in irgendein nettes Café gehen und dort weiterreden?«

»Ah ja, tut mir Leid. Du hast Probleme mit Fixerstories. Versteh ich ja.« Pia überlegte, wie sie taktvoll weitermachen konnte. Verwarf alle Pläne, Janet war Pragmatikerin. »Das hier hängt doch irgendwie mit Lídias Tod zusammen. Und die Polizei wird nichts unternehmen.«

»Sorry«, Janet drückte ihre Zigarette aus und stand auf. »Dann nutzen wir mal die Gunst der Stunde und durchsuchen die Bude hier.«

Viel fanden sie nicht.

Sie arbeiteten, als hätten sie so etwas ihr ganzes Leben schon gemacht. Hand in Hand, schnell und systematisch. Pia war Profi, aber Janet stand ihr in nichts nach. Eine halbe Stunde später trafen sie sich in der Küche. Janet steckte sich eine Zigarette an.

»Nichts. Außer, dass er ein mittelmäßiger Fotograf war, mit künstlerischen Ambitionen. Ziemlich hausbacken. Er bekam ab und zu Aufträge, oder man kaufte ihm eins seiner Fotos ab. Sein sogenanntes Spezialgebiet waren wohl Promis und lokale Skandalgeschichten.«

»Er war ein Ferkel, außer in der Arbeit. Da ist alles brav und sauber geordnet und aufgelistet. Er lebte allein. Aber in all dem Chaos taucht schon auch ab und zu mal ein Damenslip auf oder eine leere Kondompackung.«

»Und jede Menge angebrochenes Kosmetikzeug. Der übliche Pillenkram, viele homöopathische Mittel weit über dem Ablaufdatum, auch da schlampig aber unauffällig.«

»Er hat aber dieses Foto von Lídia gemacht. Er war also im Hotel. Kurz vor ihrem Tod.«

»Er hat dort möglicherweise den Mörder gesehen.«

»Seine kleine Fixerfreundin sagt, er habe nie etwas stärkeres als Hasch oder Alk genommen.«

»Und das Zeug hier auf dem Küchentisch, Löffel, Kerze, Zitrone und der Gürtel da, das ist wohl ihr Besteck.«

»Das Gurtband, mit dem der Arm des Jungen abgebunden wurde, war schneeweiß und nagelneu.«

»Die sind zum Abbinden von Arterien bei einem Unfall. Eine ist in jedem Erste-Hilfe-Set.«

Sie sahen sich an.

Janet warf ihre Zigarette zu Boden und trat sie aus. Eine seltsame Geste für eine englische Lady mit Stil und Lebensart. Pia nahm ihr Telefon heraus und drückte die Handynummer von Josep. Er meldete sich sofort.

»Si?«

»Pia. Wo bist du?«

»Bei Paco & Lola im Cordobés. Sie haben frische *chipirónes.*«

»Wir kommen.«

»Wer wir?«

»Janet und ich.«

»Beeilt euch.«

Pia sah zu Janet hinüber, die jetzt die ganze Wohnung aus allen möglichen Blickwinkeln mit ihrer winzigen Digikamera fotografierte. Janet war die Einzige ihrer vier Freundinnen, die Josep voll akzeptierte. Die er mochte, mit der er sogar flirtete.

Zu Fuß vom *Raval* ins *barrio gótico* wäre es knapp eine Viertelstunde gewesen. Mit dem Taxi brauchten sie gut zwanzig Minuten. Aber Janet war gut gelaunt, und das war viel wert.

Um die Tageszeit war die kleine Kneipe voll. Knoblauchdämpfe und Zigarettenrauch vermischten sich. Paco begrüßte sie, Lola winkte aus der Küche. Josep saß hinter der Treppe unter einem der alten Stierkampfposter. Vor sich das El Pais, eine Flasche trockenen Weißwein, drei Gläser, einen Korb mit frischem Brot und ein Schälchen *all i oli.* »Ich hab mit dem Essen auf euch gewartet.« Er strahlte Pia an und zog einen Stuhl für Janet vor. Goss ihnen Wein ein und schob den Aschenbecher zu ihr hinüber. »Die *chipirónes* von Lola sind unglaublich. Kleine Kalmare in ihrer Tinte mit Olivenöl, Knoblauch, Chili und etwas Tomatenmark im Ofen gegart. Absolut göttlich!« Josep legte voller Vorfreude die Zeitung weg.

»Hm.« Janet steckte sich eine Zigarette an. Essen gehörte nicht zu ihren Prioritäten. Pia nahm die Zeitung und blätterte sie durch.

»Die Zeitungen berichten kaum über den Fall.«

»Schon gar nicht die seriösen.« Josep stippte eine Brotscheibe in die *all i oli.* »Und bald werden auch die anderen Medien das Interesse verlieren. Es gibt nämlich keinen Fall.«

»Was soll das heißen?!« Pia kannte die Antwort als sie das betont gleichgültige Gesicht von Josep sah. »Sag bloß, sie haben dir den Fall entzogen!«

»Es gibt keinen Fall. Es gibt nur den tragischen Myokardinfarkt einer wunderbaren spanischen Chemikerin. Anweisung von ganz oben. Ich vermute, der edle Don Jaime war mal wieder mit unserem *jefe* auf dem Golfplatz. Im Auftrag eines sehr einflussreichen Klienten.«

»Professor Rubén Morales!«

»Oder so.«

»Aber Luis hat doch eindeutig Verätzungen gefunden.«

»Kann aber leider nicht beweisen, dass sie von einem Giftgas stammen. Zu winzig, zu unauffällig.«

Lola brachte die duftend dampfenden Keramikschälchen, und Josep wandte sich ostentativ ihr und dem Essen zu.

Pia begrüßte Lola und wartete, bis sie wieder außer Hörweite war. »Es gibt aber einen Fall. Und es gibt einen Mörder. Der ist gerade dabei, alle Zeugen aus dem Weg zu räumen. Zum Beispiel den Fotografen Xavier Guijarro.«

»Ah ja, ich hab davon gehört.« Josep hätte sich gern den *chipirónes* gewidmet, aber sie waren noch viel zu heiß.

»Toni, das Genie war am Tatort. Und hat nicht mal das Minimum an Spuren gesichert.«

»Soweit ich verstanden habe, ging es um den goldenen Schuss.«

»Seit wann traust du Toni Botía?«

»Mein Gott, Pia«, Josep war sauer, weil der Sud mit seinen *chipirónes* immer noch leicht brodelte, »selbst ein Trottel wie Toni kann erkennen, wenn sich ein Fixer den letzten Schuss setzt.«

»Guijarro war aber kein Fixer. Er war ein Zeuge.«

22.

Die Hausnummern waren so verwittert, dass Anna Mühe hatte, die richtige zu finden. Unten in dem Haus war ein verstaubtes Schaufenster mit Heiligenbildchen, golden verzierten Kerzen und Kreuzen in allen Größen und Materialien, mit leidenden Jesusfiguren, verzückt betenden Marias und fluoreszierenden Bildnissen von Mutter und Kind. Es gab richtige kleine Altäre, Lichterketten in Kreuzform und eine sehr realistische Darstellung vom blutig gefolterten Sebastian, oder wie dieser Heilige auch immer hieß.

Anna war mit der Kirche nie wirklich in Berührung gekommen. Auf Ibiza war sie manchmal mitgegangen, wenn ihre Freunde zur Beichte mussten oder Kommunion feierten. Sie mochte die bunten Fenster, das viele Gold, die feierliche Inszenierung und den weihevollen Geruch. Sonst verband sie nichts damit, und sie konnte es auch nicht richtig verstehen.

Als plötzlich der alte Mann aus dem Laden kam, war sie nicht darauf gefasst, übel beschimpft zu werden.

»Verschwinde von meinem Laden du kleine Nutte, du mieses Stück fleischgewordener Sünde, du Bastard …«

Sie erschrak und wich zurück.

Der Mann musste über hundert Jahre alt sein, sein Gesicht war von Falten zusammengezogen wie eine alte Backpflaume, seine Augen waren milchig weiß. Er hatte einen Stock und schwang ihn drohend gegen sie. Zum Glück war die Tür offen, und Anna konnte ins Haus flüchten.

Auf den steilen Treppen nach oben überlegte sie sich eine Geschichte für die *abuela*. Wenn die auch so war wie dieser Mann, dann kam sie mit der Wahrheit nicht viel weiter.

Sie läutete an der Tür. Die Frau, die ihr aufmachte, war keine hundert, aber auch nicht viel jünger. Sie trug ein schwarzes Kleid mit einer schwarzen Strickjacke darüber und hatte die Haare so straff nach hinten gebunden, dass die Falten in ihrem Gesicht schon zu den Ohren zeigten.

Anna blieb ernst. »Guten Tag. Ich bin die Anna. Ist Júlia da?«

Die alte Frau starrte Anna an, als hätte sie kein Wort verstanden. Schwerhörig, dachte Anna und brüllte: »Ist Júlia da?«

»Schrei mich nicht an!«, brüllte die Alte zurück. »Ich bin ja nicht taub!« Sie wandte sich um und ging wieder in die Wohnung. Anna folgte ihr. »Mach die Tür hinter dir zu!«, fauchte die Frau. Blieb dann plötzlich vor einer Zimmertür im Flur stehen und stieß sie auf. »Kommst du von der Schule?«

»Ja«, sagte Anna vorsichtig.

»Wieso kannst du reden? Wieso bist du nicht taubstumm?«

»Ich …« Anna wusste nicht weiter. »Wo ist Júlia denn? Wir waren verabredet.« Sie hatte eine Idee. »Wir wollten zusammen Schularbeiten machen.«

»Ha!« Die alte Frau stieß einen höhnischen Laut aus und zeigte ein brüchiges Gebiss. »Schularbeiten. Júlia weiß nicht mal, wie man das Wort schreibt.«

»Die Lehrerin schickt mich.« Sie konnte hinter der Tür einen Tisch sehen und den Teil eines Graffitis an der Wand. Sie musste unbedingt da rein. »Die *maestra* Àngela.« Irgendeine Àngela gab's an jeder Schule. »Ich kann sprechen und hören. Ich bin die Nichte von Àngela. Ich helfe nur aus. Ich soll Júlias Hefte abholen.«

Die Alte zögerte.

Anna nutzte die Chance. Sie lächelte so lieb sie nur konnte und schob sich in das Zimmer mit den Graffitis. »Bemühen Sie sich nicht. Ich komm schon allein zurecht. Vielen Dank …« Sie war drin.

Ein düsteres Zimmer, eng und grau wie eine Gefängniszelle. Nur eine bunte Decke und die Graffitis an der Wand deuteten an, dass ein junger Mensch von heute hier drin lebte. Alles andere wirkte verstaubt wie in einem Museum. Anna spürte die Augen der Alten im Rücken und begann in den Papieren auf dem Tisch herumzukramen. Skizzen und Zeichnungen, die meisten nur in Schwarz. Anna war beeindruckt, und hätte die Alte fast vergessen.

»Da wirst du wenig Schulhefte finden.«

Anna fand Hefte, aber sie alle waren voller Zeichnungen und Entwürfe. Tiere, schwarze Vögel, Phantasiewesen. Hingekritzelte Ideen und genau ausgeführte Bilder. Und immer wieder kleine *tags* in den Ecken und am Rand. **ju** oder **ToN**, ein Ohr, noch ein Ohr. Dann ein Auge. Immer wieder Augen. Groß, klein, übergenau, langwimprig, knapp stilisiert. Das Letzte bestand aus fast nur einem Schwung, mit einer grünen Iris in der Mitte.

Endlich fand Anna ein Schulheft mit Rechenaufgaben und hielt es triumphierend hoch. »Ich hab's, unser Matheheft!«

»Das glaube, wer will!« Die Alte machte eine Bewegung, als wollte sie Anna das Heft wegnehmen, Anna hielt es offen hoch und klemmte es sich dann unter den Arm. Sie war ja eigentlich hergekommen, weil sie die *abuela* ausfragen sollte, aber jetzt wollte sie nur noch weg.

Die Alte stand in der Tür und machte keine Anstalten, sie vorbeizulassen.

»Tut mir Leid, aber ich muss zurück in die Schule.«

Die Alte bewegte sich nicht. Sie hatte ein schwarzes Band mit einem silbernen Kreuz um den Hals.

»Du lügst.«

Anna überlegte, wie sie mit Gewalt vorbeikommen konnte. Sie war zwar größer als die Frau, aber nur ein Strich gegen ihre Massen.

»Júlia war seit Monaten nicht mehr in der Schule. Falls du wirklich ein Rechenheft gefunden hast, dann ist das ganz sicher nicht mehr aktuell.« Die Alte versperrte die Tür wie ein Korken. »Also, wer bist du?«

»Okay. Ich heiße Anna. Das stimmt schon. Aber ich komme nicht von der Schule.« Anna legte das Heft zurück. »Ich bin eine Freundin von Júlia. Und ich mache mir Sorgen, weil sie nicht zu unserer Verabredung gekommen ist.«

Die Alte schwieg.

Anna versuchte, treuherzig und aufrichtig zu wirken. »Ich mag Júlia. Und jetzt habe ich sie schon seit zwei Tagen nicht mehr gesehen. Ich mache mir Sorgen.« Das zumindest war nicht gelogen. Dieses Mädchen, das in so einem Loch mit einer so lieblosen Großmutter leben musste, konnte einem nur Leid tun.

»Die Polizei ist hinter ihr her«, stellte die Alte fest, es klang fast zufrieden. »Sie ist schwachsinnig, aber der Herr könnte auch ihr helfen.«

»Sie ist gehörlos.« Anna hatte das Gefühl, Júlia verteidigen zu müssen.

»Sie treibt sich rum.« Die Stimme stieg an. »Mit allerlei Gesindel. Sie lügt, sie stiehlt, sie beschmiert die Wände. Ich wusste immer, dass sie sie eines Tages erwischen würden.« Ein verächtlicher Blick auf Anna, dann gab sie endlich die Tür frei.

Hastig schob sich Anna an ihr vorbei. Mit so einer keifenden Großmutter war Gehörlosigkeit vermutlich nicht die schlechteste Option. »Die Polizei?«

»Ja, erst vor einer halben Stunde war wieder einer hier. Der hat sich auch ihr Zimmer angesehen. Der verstand sein Handwerk. Ich musste ihm kaum helfen. Aber ich kenne die Verstecke hier drin. Mein Sohn hat früher hier gelebt.«

»Júlias Vater?«

»Ich helfe der Polizei gern. Ich habe ihm ihr Tagebuch gegeben. Sie werden sie in ein Erziehungsheim stecken, und dann kann ich endlich hier sauber machen.«

Anna war so wütend, dass sie sich kaum noch beherrschen konnte. Aber sie war Detektivin, sie war jetzt eine von Llimona 5. Sie holte tief Luft und setzte die Kleinmädchenstimme ein. »Mein Papa ist auch Polizist. Capitán bei der Kripo in der Laietana. Vielleicht war er das. Wie sah der Polizist denn aus?«

Wieder ein forschender Blick, diesmal etwas irritiert. »Sehr gut. Ein richtiger *señor*. Groß und schlank, mit einem Mantel, wie ihn die Detektive im Fernsehen auch tragen. Das war ganz bestimmt nicht dein Vater!«

Anna huschte zur Tür, die Alte gab ihr noch eins mit auf den Weg: »Du lügst doch, wenn du nur den Mund aufmachst. Vermutlich kennst du deinen Vater nicht mal. Und er ist garantiert nicht bei der Polizei. Aber ich werde ihnen melden, dass du hier warst, Anna!«

Anna rannte die Treppen hinunter, an dem Laden mit den Kreuzen und Kerzen und dem alten Stockschwinger vorbei weiter bis zur Santa Maria Del Mar. Sie blieb atemlos stehen. Ging auf die Rückseite der wuchtigen Kirche und setzte sich auf eine der runden Seitenstempen. Im Sommer und bei schönem Wetter übten und spielten hier junge Musiker, es gab Stadtfeste mit Gauklern, Zauberern und Malern, Sangria und Paella für alle. Von innen hatte Anna die Kirche nie gesehen, und sie ging auch jetzt nicht hinein.

Diese bösartige alte Hexe. Wie konnte sie es wagen, so von ihrem Vater zu sprechen! Die Wolken zogen sich wieder zusammen, der Wind frischte auf und wirbelte eine leere Pappschachtel vor sich her. Zwei Frauen mit

Kopftüchern kamen an Anna vorbei, ohne zu ihr herzuschauen.

Sie wischte sich die Tränen weg. Ihr Vater war tot. Aber sie war seine Tochter. Und sie hatte ihn sehr wohl gekannt. Sie stand auf und begann wieder zu laufen. Direkt hinüber zum *barrio gótico* und der Plaça de Llimona. Sie musste sofort mit den anderen sprechen, sie durften keine Zeit verlieren.

Sie mussten Júlia finden.

22.

In dem behäbigen Eckhaus an der Simó Oller war wieder eine Apotheke. Die achte heute. Barbara hatte bereits einen Jahresvorrat an Tempotaschentüchern, Hustenpastillen, Augentropfen und Hautcremes. Sie stieß die Tür auf. Ein helles Glöckchen erklang und hieß sie willkommen in einer riesigen Puppenhausapotheke. Goldbeknopfte Mahagonischubladen bis unter die stuckverzierte Decke, ein alter Apotheker im weißen Kittel, der aussah wie die Karikatur eines Missionars in Afrika, mit randloser Brille und einem weißen Haarkranz um die Tonsur, und zwei Frauen. Eine junge, etwas schläfrige mit dunklen Haaren, die ihr ins Gesicht hingen, und eine ältere mit auf Figur geschneidertem Kittel, blonden Strähnchen, Lidschatten und Lipgloss.

Außer Barbara gab es keine Kunden, also stürzten sich alle drei auf sie. Zwei, um genau zu sein. Das junge Mädchen blieb im Hintergrund und lehnte sich zu einer Art Larventiefschlaf gegen eins der Regale.

»Womit kann ich dienen?« Der Missionar hatte gewonnen, Miss Lipgloss zog sich wieder zurück und weckte die Larve zu Putz- und Räumdiensten.

»Ich hoffe, dass Sie mir helfen können. Vor zwei Tagen war hier ein Kunde. Ein Mann mit Hut. Meine Kollegen von der Polizei haben schon mit Ihnen gesprochen …«

»Aber ja«, der Missionar fragte nicht nach, verlangte keinen Ausweis. Er war erfreut, behilflich sein zu können. »Das habe ich Ihren Kollegen schon gesagt. Das kam mir komisch vor. Der Mann fragte nach MEPE. Das ist Monofluorphosphoethanol. Aber nur ein Chemiker würde die Abkürzung kennen. Und dann wollte er Aktivkohle. Ich hab mir gleich gedacht, dass er zu diesem Linus-Pauling-Kongress gehört. Dass er das irgendwie für ein Präparat zur Hautstraffung braucht. Also Aktivkohle. Ich habe ihm das Pulver angeboten, ich dachte, er wollte so eine Maske entwickeln, oder so. Aber er verlangte ausdrücklich gekörntes Granulat. Das kann ich mir nun gar nicht vorstellen.«

»Wie sah der Mann denn aus?«

Der Missionar zuckte die Schultern. »Ein Mann eben. Groß, gebildet.«

»Er sah gut aus«, Lipgloss kam wieder nach vorn. »Richtig gut. Mantel und Hut. Vorgestern war sehr schlechtes Wetter. Und Handschuhe. Es war kalt.«

»Wie alt etwa?«

»Jung, so an die vierzig«, meinte der Missionar.

»Niemals«, Lipgloss verdrehte die grünlidrigen Augen. »Mindestens fünfzig.«

»Sechzig«, mischte sich die Larve ein. Der Missionar versuchte auszugleichen.

»Er hatte den Hut wegen des Windes tief ins Gesicht gezogen und den Kragen hochgeschlagen. Man konnte ja kaum etwas erkennen.«

»Aber es gab doch noch eine Kundin. Ein junges Mädchen?«

»Ach die, ja.« Der Missionar lachte milde. »Die hatte so ein winziges Röckchen an mit nacktem Bauchnabel. Bei der Kälte!«

»Und dann hat sie noch das ganze Regal mit den homöopathischen Gläsern umgestoßen.« Lipgloss konnte sich jetzt noch empören.

»Die haben sich angesehen«, sagte plötzlich die Larve leise aus dem Hintergrund.

»Wer?« fragte Barbara.

»Der Mann mit Hut und das Mädchen. Und dann ist sie weggerannt. Ich glaube, die hatte Angst.«

»Ach was!«

»Du siehst zu viele Telenovelas!«

»Räum endlich die Regale fertig auf.«

Missionar und Lipgloss waren sich da einig. Lipgloss passte auf, dass die Larve wieder im Hintergrund verschwand, Missionar wandte sich Barbara zu. »Können wir Ihnen sonst noch irgendwie helfen?«

»Danke nein, Sie haben uns schon sehr geholfen!« Barbara ging hinaus, ohne etwas zu kaufen. Sie sah auf die Uhr. Halb sechs. Sie lief zurück zur Llimona 5, allein kam sie jetzt nicht weiter.

Auf ihr Klingelsignal rührte sich nichts, aber als sie aufschloss, kam ihr Fritz entgegen und wickelte sich schnurrend um ihre Beine. Er schien sich immer ganz besonders zu freuen, wenn er Barbara in dieser Wohnung traf. Sie kraulte ihn. »Na du, ganz allein zu Haus?«

Como tú tönte es in voller Lautstärke aus den Büroräumen. Rosario. Das klang nach Anna.

Barbara sah, dass der Napf von Fritz noch halb voll war und ging weiter in den hinteren Teil der Wohnung. Pia hatte die verfallene Dachwohnung damals relativ günstig bekommen und nur den vorderen Teil renoviert und bewohnt. Dann hatten sie alle sich kennen gelernt und zusammen mit der Hilfe von Freunden und einer kleinen Geldspritze von Janet die hinteren Räume ausgebaut und eingerichtet. Vorzimmer, Büro mit Telefon, Fax, Kopierer, Scanner, einem PC und vier Laptops. Eigener Eingang, hinteres Treppenhaus. Kein Lift auf dieser Seite. Sie waren eine eingetragene Detektei. Llimona 5.

Manchmal konnte Barbara es noch immer nicht so richtig glauben. Dass sie jetzt hierher gehörte, dass sie eine der fünf Llimonas war.

Anna saß hinten, am großen Flachbildschirm. Das war eigentlich Janets Tisch, aber es war der beste Computer im Haus. »Schau dir das an!«, sagte sie, ohne sich umzudrehen. Barbara drehte die Musik leiser und beugte sich über Annas Schulter.

Ein grellbuntes Graffiti. Rot und gelb. Mit einbezogen die schmalen Streifen der katalanischen Fahne.

Schwarze Gesichter, Wortfetzen. Klick. Ein tiefes Blau, darin zwei Menschen, die sich küssten, eingekreist von näher kommenden Haifischflossen. Klick. Eine Farbenexplosion, in der man erst mit etwas Abstand eine Stadt erkennen konnte, einen Hafen, Palmen. Und unendlich viele Polizeiautos, weich ineinander verschlungen und größer als die Häuser, nur an ihren blauen Signalleuchten zu erkennen. Anna zoomte die unterste Ecke näher. Ein verschlungenes ***sí***. »Das ist sein *tag*, seine Signatur sozusagen.«

»Aber das ist irre!« Barbara war von der Gewalt der Bilder beeindruckt. »Ich hab das schon gesehen. Irgendwo in der Stadt ...«

»Hier«, Anna fuhr zurück, die verschiedenen Bilder waren jetzt in ihrer Umgebung zu erkennen. Auf der Mauer eines Bürohauses, am Hafenquai, an einem U-Bahn-Eingang.

»Ein Sprayer.«

»Es gibt da verschiedene Foren und Seiten, auf denen die Graffitikünstler sich und ihre *pieces*, die Bilder, vorstellen. Sie sprayen, nehmen es mit ihrer Digikamera auf und stellen es ins Internet. So können sie mit den Jungs in Paris, Berlin, Tokio, Rio, Nairobi oder San Francisco konkurrieren, auch von Barcelona aus. International. Global. Und ihre Werke sind verewigt, auch wenn schon nach einer halben Stunde die Räumungswagen mit ihren Stahlbürsten und chemischen Keulen kommen.«

»Júlia. Das Mädchen, das den Mörder beim Kaufen seiner Zutaten in den Apotheken gesehen hat. Die Polizei hat jede Menge Farbdosen bei ihr gefunden.«

»Gefunden haben die gar nichts. Diese bösartige Großmutter hat ihnen das Versteck gezeigt. Wenn du solche Verwandten hast, brauchst du dich um Feinde nicht mehr zu sorgen.«

»Die Polizei ist hinter ihr her.«

»Und nicht nur die. Da war ein Mann, der hat sich als Bulle ausgegeben. Aber keiner von denen, die wir kennen, sieht so aus.«

»Du meinst …«

»Ich meine, die Beschreibung passt genau auf diesen verdammten Mann mit Hut, den sie den Apotheken und im Hotel gesehen haben.«

23.

Tagsüber war der Bahnhof okay. Man durfte nur nicht zu lange an einem Platz bleiben, musste sich immer wieder unter die Reisenden mischen, musste beweglich bleiben.

Júlia fühlte sich mit ihrem neuen Outfit relativ sicher. Jeans, Parka, Basecap. Für die Polizei konnte sie auch als Junge durchgehen. Gefahr drohte da eher von den Jungsbanden, die das Bahnhofsareal unermüdlich nach leichter Beute durchstreiften.

Sie schwitzte. Für hier drin, in dieser feuchten Wärme, war sie viel zu warm angezogen. Und sie war so unendlich müde.

Sie setzte sich auf eine der Bänke beim Infoschalter. Mit dem Rücken zur Wand, sodass sie den Eingangsbereich im Auge hatte. Ein Stück weiter saß eine junge Frau mit Rollkoffer und las in einem Taschenbuch.

Jetzt im November gab es nur wenige Reisende und Wintertouristen, im Sommer wimmelte es hier von Menschen. Aber dann waren auch mehr Polizeistreifen unterwegs. Bis jetzt hatte sie zweimal Leute von einem privaten Sicherheitsdienst gesehen, noch keine richtige Uniform.

Severí hatte ihr eingeschärft, den Kiosk am Hafen unter allen Umständen zu verlassen, wenn es hell wurde. Und er hatte ihr einen Zehner gegeben. Viel war das nicht. Sie hatte schon eine Flasche Wasser und ein Croissant gekauft, aber sie hatte immer noch Hunger. Und sie hätte gern ein Buch gehabt, die Zeitung hatte sie längst durchgelesen, sie nützte nur noch als Sichtschutz.

Auf breiten Rolltafeln über den Durchgängen wurden die Züge mit Abfahrtszeiten und Bahnsteigen angezeigt. Es gab offenbar auch Lautsprecherdurchsagen, denn die Frau neben ihr sah immer wieder auf und lauschte angestrengt nach oben.

Sie sah auf die große Uhr. Fünf vor fünf. Die Zeiger bewegten sich nicht. Noch immer gut sechs Stunden, bevor sie zurück in den Kiosk konnte. Den Vormittag hatte sie sich in den Hallen der nahen Märkte herumgedrückt, Boquería und Santa Caterina. Und hatte einen Apfel geklaut. Die Hand voll Zuckermandeln verlor sie, als die Marktfrau vom Nebenstand sie erwischte. Dass die Frau schrie, hatte sie nicht gehört, sie merkte es erst, als sie am Arm gepackt wurde, und sah dann auch die anderen Frauen herlaufen. Sie konnte sich gerade noch losreißen.

Das war das Allerschlimmste. Sie konnte nicht mehr richtig klauen. Erst vorgestern hatte sie einen ganzen Packen Rezepte geklaut und den Rock. Und heute bezahlte sie sogar die Wasserflasche.

Júlia hatte Angst. Es fiel ihr schwer, das zuzugeben, aber so war es. Sie hatte ihre spielerische Sicherheit verloren. Dass sie keine Thaipillen mehr hatte, war nur teilweise schuld daran. Klar, die gaben einem so ein Gefühl von Unverwundbarkeit und Kraft. Aber dieser fette alte Kerl am Kolumbusdenkmal hatte sie trotzdem fast überwältigt.

Da hatte sie sich vorgenommen, das Zeug nicht mehr zu nehmen, und nicht mehr zu stehlen. Sie hatte es sich geschworen. Aber so einen Schwur konnte man auch wieder brechen.

Nur, sie schaffte das nicht.

Es war der Verrat der *abuela.* Der einzige Mensch auf dieser Welt, ihre letzte Verwandte, hatte sie ohne auch nur zu zögern den Bullen ausgeliefert. Hatte triumphierend das Versteck im Boden preisgegeben.

Als Júlia nach Barcelona kam und sich im alten Jugendzimmer ihres Vaters wiederfand, hatte sie alle Winkel und Ecken genau untersucht. In der Hoffnung, ein Stückchen Erinnerung an ihren Vater zu finden. Er musste eine grauenhafte Kindheit gehabt haben, mit dieser Mutter. Júlia hatte die beiden Verstecke gefunden. Den Hohlraum unter der Bodendiele und den losen Stein unter dem Fensterbrett. Beide waren leer gewesen. Júlia hatte geglaubt, ihr Vater habe mit seiner Kindheit aufgeräumt, aber jetzt wusste sie, dass die *abuela* die Verstecke gefunden hatte. Immer gekannt hatte. Ihr wurde plötzlich schlecht.

Das Tagebuch.

Bestimmt hatte sie das auch gefunden und so schnell sie konnte den Bullen ausgeliefert. Júlia begann zu frieren, dann wieder zu schwitzen. Versuchte, sich zu erinnern, was alles drin stand. Hatte sie die Namen von Severí und Roger genannt. Oder nur ihre *tags*?

Roger hatte sich auch seltsam verhalten. Völlig passiv. Sie hätte gedacht, dass in einer Notsituation eher Roger einspringen würde. Aber es war Severí gewesen. Der ihr den Tipp mit dem Kiosk gab. Der ihr Geld lieh. Der versprach, sie am Abend hier zu treffen.

Severí war ein Freund. Ihm konnte sie trauen, er war stark. Sie hatte ihm von ihrem Ausbruch in der Laietana erzählt, das hatte ihm imponiert. Er fand es nur blöd, dass sie die Pistole weggeworfen hatte. Extrem blöd.

Die Frau neben ihr packte ihr Buch weg und stand auf. Jetzt war Júlia ganz allein auf der Reihe von Bänken. Zwei Typen kamen auf sie zu. Oversizejeans und das Haar so kurz rasiert, dass die Kopfhaut durchschimmerte. Setzten sich direkt neben sie, redeten. Nicht mit ihr, aber eindeutig über sie.

In dem Moment kamen zwei Polizisten herein. Blaue Uniformen, Mützen mit blauweißem Rand. Schlagstöcke, Pistolen. Júlia stand auf und schlenderte davon. Schaute zur Rollanzeige hinauf und begann schneller zu gehen. Sah sich nicht um.

Vor dem Laden mit Backwaren standen eine ganze

Menge Leute. Júlia schob sich unauffällig dazwischen und sah zurück. Sowohl die Polizisten als auch die beiden Typen waren verschwunden.

Die Angst blieb.

Aber noch stärker war der verlockende Duft von warmem Brot und zerlaufendem Käse. Sie deutete auf ein *bocadillo* mit Tomaten, Schinken und Käse. Als sie in den Jeanstaschen nach dem restlichen Geld kramte, fand sie die Karte der Frau. Die runde Frau mit dem Krusselhaar, die ihr im Polizeipräsidium geholfen hatte zu fliehen. Aus was für Gründen auch immer. Aus Versehen vermutlich.

Die Karte war verkrumpelt und kaum noch zu lesen. Dagmar Warwin oder -witz oder -wie. Anwältin. Na bravo. So viel also zur selbstlosen Hilfe. Da waren sie doch alle gleich.

Júlia zahlte das dicke lange Brötchen, bei dem der Käse goldgelb über die Papiermanschette lief. Die Karte ließ sie achtlos zu Boden fallen.

24.

Die kleine holzgetäfelte Teestube am Passeig de Gràcia hatte Marcel ausgesucht. Und Dagmar konnte punkten, als Pepe sie als Stammgast begrüßte. Sie hatte Marcel gesagt, dass ihre Kanzlei gleich hier nebenan war, und sie hatte ihm auch das beeindruckende Jugendstilgebäude mit seinen Balkonen und Ornamenten gezeigt. In ihr winziges Besenkammerbüro wollte sie ihn nicht mitnehmen.

Marcel bestellte für sie beide Kräutertee mit braunem Kandis, und sie ließ es zu, obwohl sie viel lieber den Eistee von frischer Minze getrunken hätte. Es ärgerte sie. Es machte sie richtig wütend. Wieso fühlte sie sich so hilflos in seiner Gegenwart. Sie hasste es, sich so entmündigt zu fühlen.

»Du bist sehr schön. Weißt du das?«

Sie lächelte verkrampft. Das war einfach eine Nummer zu dick aufgetragen. Schön, meine Güte! »Wir müssen noch mal über den Fall sprechen …«

»Ach was, eingestellt. Das hat Rubén mir gesagt. Er hat einen Superanwalt. Der muss seine Kanzlei übrigens auch hier irgendwo haben.« Er saß sehr nah neben ihr.

Sie schwieg.

»Und bei Gil und Garry haben sich die Botschaften eingeschaltet.«

Sie lächelte hilflos.

»Und du hast mich gerettet. Komm, wir gehen woanders hin und bestellen Champagner!«

»Tut mir Leid, ich …«, sie begann zu stottern. »Heute Abend vielleicht?« Sie hätte sich selber ohrfeigen können. Marcel kam noch näher und nahm ihre Hand.

»Leider! Heute Abend kann ich nicht. Eine Veranstaltung im *colegio médico*, die ich nicht auch noch versäumen darf.« Seine Stimme schmeichelte. »Morgen?«

»Wir telefonieren.« Dagmar zog ihre Hand zurück und sprang ruckhaft auf. Marcel fing den Stuhl hinter ihr auf, bevor er zu Boden krachte.

»Du willst doch nicht etwa schon gehen!«

»Ich habe einen Termin, tut mir Leid. Ich ruf dich an!« Sie packte ihre Tasche und eilte hinaus, als Pepe gerade den dampfenden Tee auf einem silbernen Tablett zu ihrem Tisch brachte.

Jetzt hatte Marcel gleich zwei Gläser mit diesem widerlich bitteren Tee an der Backe, dachte sie nicht ohne Schadenfreude. Sie atmete tief die frische Luft ein. Sobald sie sich aus seiner körperlichen Nähe entfernte, war sie frei. Die großzügige Allee, die breit verzierten Bürgersteige, die hohen Bürgerhäuser, die Gaudíbauten, Dagmar fühlte sich hier schon lange nicht mehr fremd und eingeschüchtert.

Sie fuhr in dem gläsernen Jugendstillift hinauf in die Kanzlei. Aber sie bekam keine Chance, unauffällig in ihrem Büro zu verschwinden. Die wie immer perfekte Mercedes im Vorzimmer schien nur auf sie gewartet zu haben. »Der Chef wartet auf Sie.«

»Wessen Chef?«

»Äh, mein Chef, entschuldigen Sie. Ihr Seniorpartner. Es ist sehr wichtig.«

Mercedes hatte wirklich das Gefühl, Fusté sei der gottgleiche Chef, die Juniorpartner nur so eine Art Domestiken. Sie war sicher über vierzig, nahe an die fünfzig und sah immer aus wie aus einem Modejournal gehüpft. Püppchen-Make-up, Haare wie aus einer Gussform, Kostümchen, und die Schuhe passten zum Seidentuch. Zitronengelb heute. Humor hatte sie nicht. Wenn sie sagte, es sei sehr wichtig, dann brannte das Dach.

Dagmar klopfte nur kurz an die schwere Tür und ging hinein. Mercedes hatte sie längst angekündigt. Fusté saß hinter seinem gewaltigen Schreibtisch und erwartete sie.

Das Büro nahm die halbe Hausbreite ein. Altes Mahagoni und flauschige Perserteppiche. Gewaltige Bücherschränke mit ledergebundenen Folianten aus hundert Jahren. Schon Fustés Großvater hatte hier residiert und für Recht und Ordnung gesorgt.

Als Dagmar die Distanz fast durchquert hatte, sprang er auf. »Meine liebe Daggi!« Er trug einen floridablauen Anzug über einem Hemd mit gewaltigen Rosenblüten. Das faltenlose Gesicht unter dem weißen Haar war golfplatzgebräunt. »Bitte, setz dich doch.« Heute per Du. Also wollte er etwas.

Der Besucherstuhl war tiefer als sein lederner Drehsessel. Er setzte sich und schaute wohlwollend über die aufgeräumte Tischplatte hinweg zu ihr herunter. »Kaffee?«

»Nein, danke. Sie wollten mich sprechen?« Sie siezte ihn grundsätzlich.

»Nun ja, es geht um diese unglückliche Sache im Gran Hotel. Du vertrittst Marcel Gutiérrez.« Fusté nahm ein Stück Alufolie von einem Papierstapel und riss eine kleine Ecke ab. »Und Professor Dr. Rubén Morales-Álvarez ist mein Klient.«

»Wo liegt das Problem?«

»Nein, nein, kein Problem.« Er begann, sehr sorgfältig aus der Aluecke ein Kügelchen zu formen. »Du hast zwar ein Büro und eine Juniorpartnerschaft in meiner Kanzlei, aber natürlich bist du eine völlig selbstständige Anwältin.«

»Eben.«

»Es kann auch nicht die Rede davon sein, gegeneinander anzutreten. Ganz im Gegenteil.« Er drückte und rollte das Kügelchen zwischen den Fingern und auf der Tischplatte. »Ich meine, in diesem Fall wäre es vielleicht opportun, sich zusammenzuschließen.«

»Wie sollte das denn funktionieren? Ihr Klient wird, soviel ich weiß, lediglich als Zeuge befragt. Meinen hingegen verdächtigt die Polizei des Mordes. Wo ist da die Gemeinsamkeit?«

»Ein Gläschen Sherry vielleicht?«

»Nein, danke.«

»Tja ...«, Fusté nahm einen kleinen silbernen Brieföffner-Golfschläger und legte sich das Alukügelchen zurecht. »Diese ganze Geschichte ist äußerst unerfreulich. Für Barcelona ist der Linus-Pauling-Kongress sehr wichtig.« Ein kurzer Schlag, und das Kügelchen flog in den Teppich. »Spanien steht nicht schlecht da auf dem Gebiet der Pharmaindustrie. Es hat sich viel getan in den letzten Jahren. Wir haben die Nase ziemlich weit vorn. Nicht nur in Europa. Weltweit. Und, dass diesmal nicht Madrid sondern Barcelona im Blickpunkt steht ...« Blablabla. Fusté konnte noch stundenlang so weiterschwafeln, er hörte sich gerne reden. Aber irgendetwas bezweckte er mit dieser Wortwolke.

»Das ist mir alles bekannt«, unterbrach sie ihn. Er stockte kurz, lächelte dann und bastelte sich ein neues Alukügelchen.

»Dann verstehen Sie sicher auch«, wieder Sie, aha, »weshalb wir uns absolut keinen Skandal leisten können.«

Er schlug das neue Bällchen weit ins Zimmer hinein. »Nicht mal den Hauch eines Skandals. Denn irgendetwas würde hängen bleiben. An uns allen.«

»Aber es ist doch schon geschehen. Lídia Pastor ist tot. Und …«

»Und nichts weiter.« Er legte den Golfschläger wieder in die Bleistiftschale zurück. »Absolut nichts. Die arme Frau ist tragischerweise an einem Herzinfarkt gestorben. Es gibt absolut keinen Beweis für Fremdeinwirken. Sogar Luis Llobet musste das zugeben. Das waren alles nur Vermutungen, Unterstellungen, Hypothesen. Es gibt keinen Mord. Es gibt nur einen tragischen Todesfall.«

»Ja aber …« Dagmar fühlte sich überfahren. Sie hasste diese joviale Art, mit der hier manchmal Tatsachen verdreht wurden. Fusté winkte ab.

»Kein Aber. Was gab es denn. Diesen mysteriösen Mann mit Hut? Mein guter Freund, der *comandante* Ignacio Sanchez-García und seine Leute, haben sehr genau ermittelt. Dieser Mann wurde angeblich in drei Apotheken gesehen. Es wurden dort Fotos von allen Verdächtigen vorgezeigt. In drei Apotheken bekamen wir fünf verschiedene Identifizierungen.«

»Hat es auch eine Gegenüberstellung gegeben?«

»Dagmar, werden Sie jetzt nicht spitzfindig. Ein Mann mit Hut, ich bitte Sie. Schauen Sie mal aus dem Fenster. Wir haben November. Ich habe auch einen Trenchcoat und mindestens vier Hüte. Jede Wette, dass mindestens eine dieser Apothekerinnen mich wiedererkennen würde, wenn ich da reinginge.«

Sie schwieg. Was sollte sie dazu sagen? Sind Sie wirklich so groß? Auch äußerlich? Er strahlte und rollte sich einen neuen Golfball. »Sehen Sie. Und was hat dieser Mann denn da gekauft? Völlig harmlosen Kram. Sonst hätte er ihn doch nicht so einfach ohne Rezept in einer Apotheke bekommen, oder?«

Dagmar merkte wie schon oft, dass sie hier so nicht gegen ihn ankam. »Und was heißt das alles im Klartext?«

»Dieser Gutiérrez hat Ihnen ja nicht nur ein Mandat übertragen«, er legte den Kopf zur Seite und visierte sein Ziel. »Er hat auch Ihre komische Detektei beauftragt, den so genannten Mörder zu finden.« Er fummelte den Golfschläger wieder aus seiner Ablage, ohne den Kopf zu heben. »Und das ist ja nun auch völlig überflüssig. Richtig?« Er schnippte den Schläger gegen das Kügelchen, es flog weit über den Teppich und traf weit hinten an der Wand in ein ganzes Nest von Silberkügelchen.

»Sie meinen Llimona 5?«

»Ha.« Er räumte Golfschläger und Alufolie wieder weg. »Pfeifen sie die zurück. Aber sofort.« Sein Lächeln war so warm und freundlich wie der Eisberg, dem die Titanic in die Quere gekommen war.

25.

»*Hola*, Kofi«, grüßte Pia den Hotelportier in seiner blinkenden Uniform. Er verneigte sich leicht.

»Señora, es ist uns ein Vergnügen.«

Pias aufrechte Kämpferseele litt. »Geht dir dieses Gebuckel nicht massiv auf die Eier?«

Der junge Afrikaner sah sich sichernd um, beugte sich dann leicht vor. Verschwörerisch: »Im Gegenteil. Das brauch ich alles fürs nächste Casting. Übrigens, ein Freund filmt uns gerade für meine Demo-DVD.«

Pia widerstand dem heftigen Impuls, sich umzudrehen, und eilte an ihm vorbei durch die goldgerahmten Glastüren, sein Kichern folgte ihr. Sie nahm sich vor, ihn zur nächsten Party von Llimona 5 einzuladen.

Der funkelnde Luxus der riesigen Lobby irritierte sie heute nicht mehr. Sie hatte ihr übliches Outfit aus Jeans, T-Shirt und Weste an, heute mit einer Lederjacke darüber. Sie war die Ermittlerin. Sie war beruflich hier. Hinter dem Empfang hatte wieder der hübsche Javi Dienst. »Du weißt, wer ich bin.«

Javi pumpte, man konnte sehen, wie sein Gehirn wund lief. Dann ein erleichtertes Grinsen. »Aber ja, *claro*, du bist die Maus, äh, die Freundin vom Dr. Llobet.« Er grinste breiter. »Aber um ganz ehrlich zu sein, der rosa Pulli sah viel besser aus. Eleganter, weiblicher. Du hast so ein schönes Gesicht. Und ich liebe rote Haare. Du musst wirklich nicht immer nur Blau und Grün und Schwarz tragen!«

Es war der ideale Moment für einen spontanen Mord. Pia atmete dreimal tief durch, bis der Moment vorüber war. »Danke, Javi, sehr freundlich. Aber mal was ganz anderes, du bist doch hier der, der alles sieht.«

»Na ja, schon …« Er reckte sich stolz und zeigte ihr seine Schokoladenseite.

»Dann sag mir doch mal, wer heute alles im Hotel war, und wer war unterwegs. Der alte Rubén Morales, der hübsche Marcel Gutiérrez, der schlunzige Ricard Manrique.«

»Und die deutsche Gisela Erken, der große Kanadier DeVille und der kleine Franzose Gil Barnabás. Richtig?«

»Du hast ein gutes Gedächtnis, Javi.«

»Das ist das A und O in unserem Job. Ohne kommen Sie hier nie weiter.«

»Das versteh ich. Und?«

»Sie waren weg. Alle miteinander. Den ganzen Tag. Erst Montjuich oben, Halle sieben auf der Messe, dann eine Veranstaltung im *colegio médico*. Ich hab den Kongressplan hier, falls es dich interessiert.«

Das war der zweite Moment, einen notwendigen Mord zu begehen, Pia ließ auch den verstreichen. »Du meinst, sie waren alle den ganzen Tag unterwegs.«

»Die Erste ist zurück. Die Deutsche. Mit der hast du eine Verabredung. Sie ist in der Bar.«

Pia verzichtete auch auf den dritten idealen Moment für einen Mord, merkte sich Javi aber für spätere Gelegenheiten vor.

Gisela Erken-Henniger saß nicht an der Bar sondern an einem der kleinen Tische unter den bunten Jugendstilfenstern. Sie trug einen weiten Rock mit breitem Gürtel und eine mädchenhafte Bluse. Schöne Beine, schmale Fesseln, hätte Pias Mutter festgestellt. Sie sah gut aus, aber durch diese betont mädchenhafte Aufmachung wirkte sie eher älter.

»Pia Cortes. Schön, dass Sie Zeit hatten!«

»Oh«, Lächeln, »ich hätte Sie fast nicht erkannt.«

»Kann ich Ihnen etwas bestellen?« Pia sah das leere Coñacglas auf dem Tisch. »Cava vielleicht?«

»Ja, gern.« Ihr Spanisch war korrekt, hatte aber einen schweren deutschen Akzent.

»Sie haben in Madrid studiert?«

»Ja. Ich habe lange in Spanien gelebt. In Madrid, Barcelona und in Valencia.«

»Zwei *copas de cava*«, bestellte Pia beim Bartender. Er nickte. Sie wandte sich wieder Gisela zu. »Sie kannten Lídia Pastor gut?«

Zögern.

Der Bartender kam mit einem Tablett, einer Flasche Freixenet brut im Eiseimer und zwei Gläsern. Schenkte ein. Ließ die Flasche stehen. Pia nahm ihr Glas und hob es, Gisela nickte, trank ihr Glas halb leer.

»Wir waren einmal beste Freundinnen. Nicht nur Kommilitoninnen und Kolleginnen am gleichen Institut. Wir haben uns eine Bude geteilt. Und auch ein paar Männer.« Sie lachte und schenkte sich selber nach. »Das ist lange her.«

»Sie meinen, heute sind Sie nicht mehr die besten Freundinnen?«

»Wir haben uns in völlig verschiedene Richtungen entwickelt.«

»Und die Richtung, die Lídia eingeschlagen hat, mögen Sie nicht besonders?«

»Wissen Sie, damals, als wir zusammen studiert haben, da hatten wir noch Träume. Wir wollten die Welt erobern, verbessern.«

»Soviel ich weiß, haben Sie damals beide bei Professor Morales studiert, war er auch einer dieser gemeinsamen Männer?»

»Leider nicht. Der Prof hatte nur Augen für seine hochbegabte Lidí. Das muss ich neidlos zugeben, sie war brillant.« Plötzliches Lachen und ein langer Schluck Cava. »Nicht neidlos. Nein. Ich war eifersüchtig. Ihr flog alles zu, ich musste mich abrackern. Aber alle liebten Lídia. Sie war so fair, so rundum freundlich und hilfsbereit. Um Ihnen noch ein Geständnis zu machen, die Abschlussarbeit haben wir zusammen gemacht, und ohne Lídia hätte ich es nicht geschafft.«

»Sie haben sich ja dann auch beide auf dasselbe Gebiet spezialisiert, Anti-Aging.«

»Das hat Morales ihr nie wirklich verziehen. Sie war seine beste Studentin, und er hatte sich erhofft, dass sie sich auch für die Gerontologie entscheiden würde. Dieses ganze Anti-Aging hält er für eine besser Art von Kosmetik, für Augenwischerei und Mumpitz.«

»Aber damit ist heute viel Geld zu verdienen.«

»Das macht es in seinen Augen nicht besser, im Gegenteil. Huren der Wissenschaft nennt er uns, wenn wir nicht dabei sind.« Ein kurzes Lachen und der Griff nach der Flasche im Eiskübel.

»Und? Sind Sie wenigstens reich?«

»Ehrliche Antwort?« Gisela sah Pia an und lächelte

resigniert. »Ich verdiene nicht schlecht. Ich leite die Forschungsabteilung von DeBeDe-Datafarm. Aber Lídia hat den Absprung geschafft und sich selbstständig gemacht. Sie ist Teilhaberin von Laboratorios Gutiérrez S. A. Und, wenn ihr Tretino-A wirklich so einschlägt, dann … ach Scheiße!« Sie starrte ihr frisch gefülltes Glas an und stellte es plötzlich ab. Putzte sich ausgiebig die Nase, aber Pia hatte die feuchten Augen schon bemerkt.

Als Gisela wieder aufsah, war davon nichts mehr zu sehen. »Der da«, sie nickte mit dem Kopf zur Halle hinüber, »der war einer von unseren gemeinsamen Kerlen.«

Im Eingang zur Bar stand lang und schlaksig Ricard Manrique. Gisela senkte die Stimme. »Aber vor zwanzig Jahren war er noch nicht so ein Schmuddel.« Sie winkte ihm zu. »Er war feurig und leidenschaftlich.«

Manrique blieb an ihrem Tisch stehen, beachtete Gisela nicht weiter, sondern wandte sich direkt an Pia. »Sie arbeiten für die Polizei?«

»Nein. Bitte setzen Sie sich doch.« Manrique blieb stehen. Starrte jetzt Gisela an, sprach aber immer noch mit Pia.

»Soll das ein Dreiergeschwätz werden?«

»Ich bin schon weg.« Gisela stand auf. »Rufen Sie mich an, Pia. Wann immer Sie wollen.« Und ganz leise im Gehen zu Manrique. »Arschloch.«

Manrique sah ihr nach und setzte sich erst, als sie nicht mehr zu sehen war. »Entschuldigen Sie, aber ich kann diese Frau nicht ertragen.«

»Ein Glas Cava?«

»Nein«, er winkte dem Bartender. »Einen *manzanilla.*«

Pia versuchte, sich vorzustellen, dass sich auch nur irgendeine Frau für diesen Mann interessieren könnte. Er war ja nicht nur hässlich und ungepflegt, er war auch extrem uncharmant und unhöflich. Aber das war ihm vor zwanzig Jahren vielleicht als autoritätsunabhängig ausgelegt worden, sein schütterstrahniges Haar war damals noch dicht und gelockt, seine Schlabberkleidung Mode und Zeichen von Konsumverweigerung. Trotzdem, er war deutlich älter als Lídia und Gisela.

Der Bartender brachte einen Sherry, goldgelb in einem kleinen Tulpenglas. Manrique pfiff ihn richtig an. »Ich wollte einen Kamillentee!«

»Señor, Sie haben *manzanilla* …«

»Ja. Kamillentee. Nicht Sherry.«

»Verzeihen Sie.« Der Barmann drehte sich um und nahm den Sherry wieder mit. Pia musterte Manrique. Diese Verwechslung war nicht ungewöhnlich, vielleicht war der Kellner Andalusier, kein Grund jedenfalls, gleich so auszuflippen.

»Sie kennen Gisela schon lange, stimmt's?«

»Aus Madrid. Ich war Dozent, da fing sie gerade mit dem Studium an.«

»Und Sie hatten eine Affäre?«

»Ach Gott, ja. Damals gehörte das dazu. Es war die Zeit der großen Befreiung in Spanien. Und sie war Deutsche, sie traute sich einfach mehr, als die spanischen Mädchen.«

Pia sah die Szene vor sich. Die mutige Deutsche und die schöne Spanierin. Liebling des Profs. Was für eine

Herausforderung. »Aber dann lernten Sie Lídia kennen«, sagte sie.

Der Barmann brachte ein dampfendes Teekännchen mit einem Teebeutel drin. Pia wartete auf erneuten Widerspruch, aber diesmal schien Manrique nichts auszusetzen zu haben. Er nahm den Deckel des Kännchens hoch, zog den Teebeutel hoch, stippte ihn ein paar Mal ins heiße Wasser, legte ihn über den Teelöffel und drehte sorgfältig die Schnur drum herum, um auch den letzten Tropfen herauszupressen.

Pia wartete geduldig.

Manrique wickelte den Löffel wieder frei, legte das kleine Beutelpäckchen neben die Tasse. Den Löffel daneben.

Blies in den goldgelben Tee.

Schwieg.

Pia trank einen Schluck Cava und goss sich frischen nach. »Lídia Pastor. Sie kannten Sie?«

»Ja. Natürlich kannte ich sie. Aber da war nie was. Niemals, meine Güte!«

»Sie war doch sehr schön, oder? Und sehr beliebt?«

»Ja, aber auch keusch bis dort hinaus.« Er trank einen Schluck und verbrannte sich den Mund.

»Sie hatte aber sicher viele Verehrer.«

»Alle. Jeder war hinter ihr her. Aber sie war keine von diesen Ausländerinnen.« Wie Nutten sprach er das aus.

Pia bemerkte einen sehr schmalen Ehering an seinem Finger. Also, eine Frau gab es jedenfalls. »Sie sind verheiratet?«

»Wollten Sie darüber mit mir reden? Über Poppen

und Ehe? Ich dachte, Ihnen geht es um die Ökologie. Um die Kosmetik und die Verbrechen, die damit begangen werden.«

»Um Verbrechen geht es mir, da haben Sie Recht.«

»Es sind ja nicht nur die Tierversuche!« Er hob die Stimme und setzte offenbar zu einem längeren Vortrag an. »Es ist ja auch ...« Pia unterbrach ihn hastig.

»Mord. Mir geht es um Mord.«

Er machte ein paar letzte Leerbewegungen mit dem Mund, die noch im Hirn programmiert waren, dann widmete er sich wieder seinem Tee. »Davon weiß ich nichts. Lídia hatte einen Herzinfarkt. Sollte mir Leid tun. Tut es aber nicht.«

»Sie mochten Lídia Pastor nicht?«

»Ich mochte nicht, was sie tat. Sie war eine hochbegabte Chemikerin, und sie hatte nichts Besseres zu tun, als eine neue Hautcreme zu entwickeln.«

»Aber dafür mussten keine Kaninchen sterben.«

»Wollen Sie mich verarschen?!«

»Nein!« Pia hob abwehrend beide Hände, Manrique hatte gar nicht zugehört. Er beugte sich über den Tisch.

»Die Kaninchen sterben nicht. Sie werden blind und leiden unendlich, aber sie sterben nicht. Aber hier geht es um viel mehr. Eine gewaltige Industrie verdient sich goldene Nasen an der Verblödung von Millionen von jungen Mädchen und Frauen. Es geht um die ungeheuerliche Rücksichtslosigkeit, mit der ...«

»Ja. Verstehe.« Wieder unterbrach ihn Pia. »Nur noch eine Frage zum Abschluss. Wo waren Sie heute zwischen elf und sechzehn Uhr?«

Er starrte sie an. Schien sie nicht verstanden zu haben.

»Das wissen Sie doch sicher noch. Heute, tagsüber zwischen elf und vier Uhr nachmittags.«

»Warum wollen Sie das wissen?« Er stellte seine Teetasse ab.

»Sagt Ihnen der Name Xavier Guijarro etwas?«

»Nie gehört.« Das kam sehr schnell. Manrique machte sich bereit, aufzustehen.

»Erinnern Sie sich an das Foto von Lídia. Heute morgen in der Zeitung. Sie steht in der Tür ihres Hotelzimmers und sieht nicht sehr erfreut aus.«

»Ich lese nur El Pais. Grundsätzlich.«

»Das Foto muss ganz kurz vor ihrem Tod aufgenommen worden sein.«

»Und was hab ich damit zu tun?«

»Ich glaube nicht an einen Herzinfarkt. Ich denke, es war Mord.«

»Blödsinn!« Er stand auf. Pia blieb sitzen.

»Und vielleicht hat dieser Fotograf den Mörder im Hotelflur gesehen. Er wurde jedenfalls heute auch ermordet.«

»Das ist doch lachhaft!« Manrique ging, ohne noch einmal zu ihr zurückzusehen. Aber Pia konnte durch den Schlabbermantel sehen, wie sich seine Schultern verkrampften.

26.

Der Franzose schien geschmeichelt, als Janet ihn anrief, ihren Namen nannte und um ein Interview bat. Sie beschrieb ihm den Weg über die Avinyó in die Ferran, zum *Café Schilling*. Also konnte sie im *barrio gótico* bleiben, und vielleicht traf sie auch noch Eric oder einen seiner Freunde.

Um diese Zeit war die Bar voll. Die Leute trafen sich auf einen Aperitif vor dem Abendessen. Es war ein ganz anderes Publikum als am Vormittag. Rauchschwaden zogen an den deckenhohen Weinregalen vorbei.

Janet entdeckte, dass gerade ein Fenstertisch frei wurde und schob sich hin. Der große Raum hallte wieder von Stimmen und den klaren Tönen der Tenorsaxophone von Coleman Hawkins und Ben Webster. Wenn um diese Tageszeit Jazz gespielt wurde, musste ein ganz bestimmter Gast da sein. Sie entdeckte ihn an der Bar. Miguel, der Fotograf. Weißer Hemingwaybart, Jeans, Jeanshemd und rote Hosenträger. Sie lächelte ihm zu, und er hob sein Bierglas. Dann sprach er kurz mit dem jungen Mädchen an der Bar, sie nickte und kam gleich darauf mit einem J&B auf Eis zu ihrem Tisch.

Janet steckte sich eine Zigarette an, trank einen Schluck Whisky und sah sich um. Der katalanische Dichter und seine sehr junge Muse, vier alte Männer mit Baskenmützen, die von den guten alten Zeiten des politischen Kampfes erzählten, der bärtige Pfeifenraucher, der den gelangweilten Studenten am Nebentisch aus einem esoterischen Büchlein vorlas, zwei nicht mehr ganz schlanke und nicht mehr ganz junge Frauen, die sich offenbar gerade ineinander verliebten, ein lärmender Tisch mit jungen Männern, die sich für eine heiße Nacht aufgebrezelt hatten. Sie liebte diese Kneipe. Zu jeder Tageszeit.

Der Franzose verspätete sich. Erst um halb neun blieb er vor den Fenstern stehen.

Janet winkte, er winkte erleichtert zurück und kam herein. Er war kleiner und zierlicher als sie ihn in Erinnerung hatte. Volles, dunkles Haar, das scharfkantige Gesicht mit der imposanten Hakennase. Trenchcoat mit hochgestelltem Kragen. »Madame Howard?« Er verbeugte sich, nahm ihre Hand und deutete einen Handkuss an. »Gil Barnabás. Verzeihen Sie meine Verspätung. Aber ich habe mich in diesen kleinen Gassen erst mal völlig verlaufen.« Sein Englisch war fehlerfrei, aber akzentbeladen wie bei fast allen Franzosen.

»Sie sprechen sehr gut Englisch«, sagte sie auf Französisch. Janets Erziehung in Schweizer Internaten hatte ihr außer ein paar heimlichen Liebschaften auch sehr gute Sprachkenntnisse gebracht.

»Ja«, er lachte, antwortete wieder in Englisch. »Zwei Jahre Oxford. Im zweiten Jahr habe ich für uns die Meisterschaft im Degenfechten geholt.«

»Glückwunsch.«

Er hängte seinen Mantel über die Stuhllehne. »Darf ich Ihnen noch einen Whisky bringen?«

»J & B. Danke.« Sie sah ihm nach, wie er durch den

vollen Raum zur Bar in der Mitte ging. Jeans, weißer Rolli, schwarzer Blazer. Er wirkte jünger als vierundfünfzig, und er bewegte sich leicht und elegant. Verglichen mit vielen Spaniern war er gar nicht so klein. Und er kannte sich hier aus, er bewegte sich völlig sicher.

Kleine Gassen! Die Ferran ging breit und gerade direkt von den Ramblas ab, und die Avinyó war etwas kleiner aber alles andere als eine Gasse. Janet hatte keine Lust auf lange Spielchen.

»Ich muss mich bei Ihnen entschuldigen«, begann sie, als er mit den Getränken an den Tisch zurückkam. »Ich bin zwar Journalistin, und ich möchte auch gern mit Ihnen sprechen. Aber es geht nicht nur um ein Interview. Es geht mir vor allem um den Mord an Lídia Pastor.«

»Oh, ich weiß, wer Sie sind!« Er hatte für sich ein Glas Rotwein mitgebracht. »Ich habe ein wenig im Internet nachgesehen. Über Ihren Namen bin ich an Llimona5.com geraten. Fünf Detektivinnen.«

Er freute sich. Trank noch einen Schluck. »Es gibt ein paar Rotweine hier, dieser Ribera de Duera zum Beispiel, die können sich wirklich mit unserem Bordeaux messen. Nun, stellen Sie Ihre Fragen, Miss Marple.« Er lachte, und ein feiner Strahlenfächer aus Falten überzog sein Gesicht.

»Wo waren Sie heute Mittag zwischen elf und vier?«

Die Falten verschwanden mit dem Lachen. »Meinen Sie das ernst? Wollen Sie von mir ein Alibi? Warum, weshalb, wofür?«

»Ein weiterer Mord.«

»Und was wäre der erste gewesen?« Sein hübscher Mund wurde schmal.

»Lídia Pastor. Das wissen Sie doch selbst am besten. Sie haben Sie sehr gut gekannt, oder?«

»Ah, ich verstehe. Mein charmanter Kollege Marcel Gutiérrez hat Sie ja beauftragt, einen anderen Verdächtigen statt seiner zu finden.«

»Und? Kommen Sie in Frage?«

»Hören Sie, was soll das Ganze? Lídia ist nicht erst heute Mittag gestorben. Und es war ein tragischer aber eindeutiger Infarkt. Obwohl ich absolut nichts dagegen hätte, Marcel hinter Gittern zu sehen.«

»Sie mögen ihn nicht.«

»Er ist ein Schleimer, ein Defraudant, ein Betrüger.«

»Er hatte ein Verhältnis mit Lídia Pastor?«

»Er hat sich an sie ran geklemmt. Sie ist, sie war brillant. Genial. Er hat eine Zeit lang mit ihr Bett und Labor geteilt. Aber hier wie dort ist er eine Null.«

»Hat sie Ihnen das erzählt? Bei welcher Gelegenheit?«

»Ja, wir kannten uns recht gut«, er lächelte ein bescheidenes Gentlemanlächeln, aber die Augen verrieten ihn. Stolz. Machostolz. Ha, seht her! Ich hatte sie nach ihm, und bei mir hat sie mehr gestöhnt. Er lauerte auf die nächste Frage. Janet enttäuschte ihn.

»Sie arbeiten auf demselben Gebiet?«

»Nicht wirklich.« Er schaltete schnell. »Lídia hat sich vor allem mit dem Peelen beschäftigt. Mein Gebiet ist das Unterspritzen der Haut mit Botulin. Das hat eine große Zukunft. Weil man die Wirkung sofort sieht. Allerdings ist die Anwendung noch nicht so ganz problemfrei. Ich habe jahrelang die internationalen Forschungsergebnisse, vor allem in Nordamerika, analysiert, ich habe selbst Versuche angestellt und ausgewertet, ich habe schlussendlich ein Computerprogramm zur Bestimmung der richtigen Menge erarbeitet, das es auch dem weniger erfahrenen Kollegen ermöglicht, die richtige Dosierung zu bestimmen.«

»Wir reden hier von Botox.«

»Richtig.«

»Leichengift.«

Das Wort lähmte ihn erst mal. Janet freute sich an dem kleinen Wortspiel, aber wieder fing er sich sofort. »Aber nein, so platt kann man das wirklich nicht sagen! Botulin wird vom Bakterium Clostritium botulinum produziert, entsteht aber auch bei der Zersetzung von tierischem Eiweiß …«

»Sag ich doch, Botox, Leichengift. Und das spritzen Sie unter die Falten und lähmen so die Nerven, die für unsere Mimik zuständig sind. Nur zum Beispiel.«

»Aber die Anwendungen sind ja noch viel …«

»… vielfältiger. Genau. Aber immer geht es um Lähmen. Und manchmal wird auch etwas gelähmt, das man gar nicht lähmen wollte. Ein Augenlid, eine Gesichtshälfte, die Atmung?«

Schweigen.

Er starrte sie an, presste die Lippen zusammen. Seine Nasenflügel wurden weiß. Janet beugte sich zu ihm über den Tisch, lächelte und legte Schmalz in die Stimme: »Sie haben das niemals im Selbstversuch ausprobiert, richtig? Das wäre auch ein Jammer, Gil. Ich finde Ihre Falten gerade besonders attraktiv.«

Er sah sie an. Schluckte, sein Adamsapfel hopste unter dem weißen Rollkragen. Dann öffnete er langsam den Mund wieder zu einem Lächeln, seine Adlernase bekam ihre normale Farbe zurück. »Respekt, Janet. Sie können einem ganz schön einheizen.«

»Und dieser Preis?« Sie strahlte ihn nach wie vor bewundernd an, »die Linus-Pauling-Medaille, die eigentlich Lídia bekommen sollte. Werden Sie die jetzt bekommen?«

»Was wollen Sie mir da eigentlich unterstellen?!« Sein Charme verschwand, seine Stimme wurde zu einem Zischen. »Dass ich neidisch auf Lídia war? Eifersüchtig? Dass ich sie getötet habe, um selbst den Preis einzuheimsen?«

»Und? Haben Sie?«

»Nein!« Er sprang plötzlich auf, lehnte sich halb über den Tisch, der unter ihm zu kippen begann, packte Janet an ihrer Bluse, ein Knopf sprang ab. Janet reagierte im Reflex und hielt ihm ihre brennende Zigarette an das Handgelenk. Er brüllte auf und riss die Arme hoch. Im gleichen Augenblick wurde er von hinten gegriffen und festgehalten.

Eric und sein Freund Bertran hielten ihn im Polizeigriff, drehten ihn grob um und bugsierten ihn zur Tür. Miguel nahm den Trench und trug ihn hinterher, nicht ohne vorher noch einen interessierten Blick in ihr unfreiwillig freigelegtes Dekolleté zu werfen.

Janet nahm einen Schluck und steckte sich eine neue Zigarette an. Sie konnte durch das Fenster sehen, wie der Franzose auf die Straße stolperte und sein Mantel hinterherflog.

Sie kamen zurück wie die drei siegreichen Gladiatoren, setzten sich zu Janet an den Tisch, ließen sich bewundern, und sie bestellte die Getränke.

»Was war das denn für ein Vogel?«, fragte Miguel.

»Ein Franzose!« Bertran nickte zu dem fast leeren Rotweinglas. »Wir hätten ihm das Geld für seinen Wein aus der Tasche nehmen sollen.« Und Eric ergänzte voller Abscheu:

»Ist das etwa einer deiner Lover?!«

»Eric, du kannst mir ganz bestimmt unendlich viele Versäumnisse als Mutter vorhalten. Aber Geschmacklosigkeit bei der Auswahl meiner Freunde kann kaum dazu gehören.«

»*Touché*, wie der Franzose sagt«, Eric grinste. »Was wollte er dann von dir?«

»Ihr habt vielleicht von dem Todesfall im Gran Hotel gehört.«

»Lídia Pastor«, sagte Miguel.

»Und das war Mord?«, fragte Bertran.

Eric liebte Mordgeschichten. »Und du und deine Llimonas, ihr ermittelt?«

»Ich habe diesen Gil Barnabás nur befragt. Nichts weiter. Aber weil ich euch gerade so schön beisammen habe. Hat einer von euch irgendwelche Kontakte zur Sprayerszene?«

Das Mädchen kam mit den Getränken, und Miguel kümmerte sich um die Verteilung. Eric sah Bertran an, Bertran schwieg.

»Leute. Ich brauche eure Hilfe. Es gibt eine Zeugin, ein junges Mädchen, knapp vierzehn. Sie hat vermutlich den Mörder gesehen. Sie ist gehörlos. Die

Polizei hat sie vernommen, aber sie hat sich stur gestellt. Hat keinen Ton von sich gegeben. Und hat es dann irgendwie geschafft, dem dämlichen Toni die Waffe wegzunehmen und ist durchs Klofenster abgehauen.«

Jetzt hörten sie ihr alle zu, vergaßen sogar ihre frisch gefüllten Gläser.

»Dieses Mädchen gehört irgendwie zur Graffitiszene. Sie hat Angst vor der Polizei. Aber nicht nur die Polizei sucht sie, ich vermute, auch der Mörder. Und das weiß sie möglicherweise nicht einmal.«

»Scheiße!«

»Könnte man so formulieren. Wir müssen sie vorher finden. Ihr müsst mir helfen. Wir haben zwei *tags*. ***sí*** und **rEg**. Könnt ihr euch bitte mal umhören?«

»Du wirst es nicht glauben, Mom, aber auch dein Sohn wird älter. Diese Szene, das sind Kids.«

Bertran zögerte, kurzer Blick zu Janet, dann entschlossen:

»Coco der Dealer. Sitzt im Can Briants. Ich glaube, er hat einen Bruder, der mit Graffiti arbeitet. Saïd kennt ihn.« Er sah Janet an, ernst. »Dieses Mädchen, wie heißt sie?«

»Júlia.«

27.

Der Bahnhof war nicht mehr sicher.

Der Berufsverkehr war vorbei, es wurde dunkel. Die ersten Läden hatten schon geschlossen. Jetzt kamen die Leute, die weder verreisen noch etwas kaufen wollten, die nur ein warmes Plätzchen suchten. Und mit ihnen verstärkte Polizeistreifen.

Júlia hatte Bauchschmerzen. Zu viel Wasser und gebackener Käse. Sie zwang sich, noch einmal auf das stinkende Klo zu gehen. Kleine obszöne Zeichnungen und verzweifelte Liebesbotschaften. Sie hätte gern eine Farbdose dagehabt oder wenigstens einen breiten Filzer. Sie streifte ein letztes Mal durch die halogenhellen Hallen.

Severí war nicht gekommen.

Es regnete nicht, und der Wind hatte sich gelegt, aber nach der schwülen Wärme des Bahnhofs war es draußen kalt. Unschlüssig blieb sie stehen.

Die lange steinerne Bank bot keinen Platz für richtige *pieces*. Nur ein paar *tags* waren da hingequetscht. **DRZ** oder ein kleines **z** in einem Kreis. Die Hochhäuser hatten verglaste Fassaden, nur das rote links hatte eine riesige rote Ziegelfläche, die förmlich nach Graffiti schrie. Dummerweise sprang sie vor und begann erst über dem zweiten Stock, darunter waren Läden. Von dieser Wand träumte Severí. »Eines Nachts«, so plante er, »werde ich mich vom Dach aus abseilen und mir die Wand vornehmen.«

»Vorausgesetzt, es gibt einen Stromausfall im ganzen *barrio*«, warf Roger ein.

Severí wischte den Einwand mit einem Schulterzucken weg. »Dafür könnte man sorgen. Du bringst mich auf eine Idee.« Er grinste. »Ich kenne einen, Ismael, der ist Elektriker und arbeitet bei der FECSA. Der weiß sicher, wie man so was dreht.«

Es war nicht ernst gemeint, es war ein Traum. Severí hatte einige solcher Träume. Júlia setzte sich in Bewegung. Es war ein weiter Weg bis hinunter zum Hafen. Sie begann zu laufen. An der einen Hand löste sich flatternd der Verband. Schmutzig grau. Sie sah sich nach einer Apotheke um. Hier waren nicht so viele wie in der Altstadt am Hafen. Endlich sah sie das grün-weiße Kreuz blinken. Unten drin in einem der sterilen Hochhausblocks. Neonneu.

Júlia wusste nicht, ob sie schon Fotos von ihr im Fernsehen gebracht hatten, möglich war es. Immerhin hatte sie einen Bullen ausgetrickst und hatte seine Waffe genommen. Aber von den aufgerissenen Handflächen hatten sie vielleicht nichts bemerkt. Sie zog die Basecap tiefer ins Gesicht und stieß die Tür auf.

Ein etwas übergewichtiges junges Mädchen im weißen Kittel. Júlia legte ihre verbundenen Hände auf die Theke und hoffte, dass ihre Stimme überzeugend klang.

»Bitte. Hilf mir.«

Das Mädchen wich erschrocken zurück. Sie war wirklich noch sehr jung. Aber, wenn sie hier arbeitete, musste sie mindestens neunzehn sein.

»Bitte!« Júlia wollte nicht zu viel sprechen, sie

wusste, dass ihre Stimme nicht so klang wie bei einem Hörenden. »Schmerzen. Verbrannt!«

»Du musst ins Krankenhaus!«

Júlia nickte und begann den Verband an der linken Hand zu lösen. Nun, beweg dich doch schon! Dachte sie. Wenn jetzt einer reinkam, ein später Kunde, oder noch schlimmer der Chef. Bitte! Sie bewegte die Lippen, ohne ein Wort hervorzubringen. Der erste Verband war ab, Júlia wagte es kaum auf ihre Hand zu schauen. Sie spürte Tränen hochkommen.

Das Mädchen nahm die Hand, fuhr leicht mit dem Finger über den Rand, schaute auf. »Sieht nicht mal so schlimm aus!« Sie holte Salben und neue Verbände. Júlia vermied es, auf ihre Hände zu schauen. Das Mädchen hatte sich die Haare blondiert und dunkle Strähnen übrig gelassen. Sie war jetzt ganz auf ihre Arbeit konzentriert. Glaubte, einem armen weinenden Jungen zu helfen. Florence Nightingale bei ihrem ersten Einsatz. Sie verklebte den zweiten Verband mit einem Stück Leukoplast. »Ist schon so gut wie verheilt.«

Júlia drehte sich um und rannte hinaus, noch bevor das Mädchen den Preis für das Verbandsmaterial hatte nennen können. Sie schämte sich, aber je länger sie blieb, umso mehr von sich verriet sie.

Die neuen Verbände spannten, fühlten sich aber auch frisch und gut an. Bald verheilt. Sie begann wieder zu laufen.

Sie spielte den Jogger am Straßenrand. Wäre es noch heller gewesen, hätte sie einen anderen Weg genommen. So aber vermied sie den Parc Miró und die Nebenstraßen, blieb auf der Tarragona bis zur Plaça de

España und nahm dann die Corts Catalanes bis zur Universität und zur Plaça de Catalunya. Als sie auf den Ramblas ankam, war ihr warm geworden, und sie fühlte sich richtig gut.

Es war noch nicht spät genug. Viel zu viele Menschen unterwegs. Autoschlangen auf beiden Seiten der Allee.

An der U-Bahn-Station sah es nicht viel besser aus. Immer noch kamen sie in Pulks die Treppen hoch. Eine Gruppe junger Leute stand herum, plante den Abend. Zwei Rucksacktouristen fragten nach dem Weg und wurden kichernd in die falsche Richtung geschickt. Der blinde Losverkäufer und seine Frau zogen langsam weiter.

Dann sah sie Roger.

Roger hockte ein Stück weiter neben einem Container. Seinen Rucksack neben sich. Es war verrückt, es war unvernünftig, aber Júlia konnte nicht anders. Sie musste mit jemandem reden. »Roger.«

Er starrte auf den Boden zwischen seinen Füßen. »*Hola.*«

»Hast du Severí gesehen?«

Er sagte etwas, aber sie konnte es nicht erkennen. Sie berührte ihn an der Schulter. Er sah auf. Schien sich wieder an sie zu erinnern. »Júlia.«

»Wo ist Severí?«

»Ja, der!« Roger musste sich zwingen, sie beim Sprechen anzusehen. Er war wütend. Traurig und wütend zugleich. »Der hat wieder mal den Joker gezogen. Scheiß drauf. Immer er. Und wenn dann einer daherkommt und ihm eine Fassade anbietet, dann vergisst er auch ganz schnell alle seine großen Ideale, mit denen er im Internet rumprotzt. Dann lässt er sich eben mieten wie auch sonst. Von dem, der am besten zahlt!« Er sprach schnell und undeutlich.

Júlia verstand nicht alles. »Wer hat ihm eine Fassade angeboten?«

»Die ziehen durch die Stadt. Dem Freund von meinem kleinen Bruder hat heute so eine Tante zwei Zehner gegeben. Und von einem neuen Bürogebäude gefaselt, für das sie Graffitikünstler suchen.«

»Und bei der ist Severí?«

»Quatsch. Nein. Das war ein Mann. Ein *señor*, verstehst du. Manager. Kohle ohne Ende.«

»Was hat er gesagt?«

»Mit mir hat er ja nicht gesprochen. Ich hab ihn nur noch von hinten gesehen.«

»Aber was wollte er von Severí?«

»Pssst, schrei nicht so!« Roger sah sich hastig um, stand auf und nahm seinen Rucksack. »Ist heute keine gute Atmo zum Arbeiten. Die Bullen waren auch schon da. Ich verzieh mich.«

»Roger!«

Er reagierte nicht, Júlia musste hinter ihm herrennen. Er drehte sich noch einmal um, und sie sah, dass er weinte. »Meine Mutter ist krank. Zuerst haben sie gedacht, sie sei schwanger. Aber das ist kein Baby. Es ist Krebs.«

»Tut mir Leid …« Júlia wusste nicht, ob er sie gehört hatte, er hatte sich schon wieder abgewandt und ging weiter.

Severí hatte sich immer zu den freien Sprayern gezählt und die verachtet, die sich für Bauzäune und Fassaden kaufen ließen. Aber Júlia verstand ihn. Wenn da wirklich einer kam und ihm viel Geld für eine ganze Hauswand bot. Roger hatte eine kranke Mutter, das war schlimm. Aber Severí hatte niemanden.

IV.

Und früher Tod

28.

Spät abends füllte sich die Wohnung wieder. Anna stand unter der Dusche, Janet und Pia kramten im Internet, Barbara druckte aus und markierte die wichtigsten Ergebnisse.

Dagmar war allein in der Küche und bereitete das Essen vor. Später sollten noch Josep und Luis kommen.

Ursprünglich hatte sie ein einfaches Essen geplant, Zitronenhühnchen mit *baguette*, Salat dazu. Schluss. Es ging schließlich um ein Arbeitsgespräch und keine Völlerei. Dann kam Pia nach Hause. Und natürlich war sie vorher noch in der Boquería vorbeigekommen und hatte Berge von Obst, Gemüse und auch noch frische *gambas* vom Markt mitgebracht. Normalerweise freute sich Dagmar über diese Art von Herausforderungen, aber heute hatte sie keine Lust zu kochen, schon gar nicht so ganz allein hier in der Küche.

Nicht mal Fritz war da, er stromerte irgendwo in der Nacht über die Dächer. Dagmar packte das Gemüse in den Kühlschrank und ließ nur die Ananas draußen, eine Mango, die Frühlingszwiebeln und die *gambas*. Stellte den Curry dazu. Die *gambas* mussten gegessen werden, und eine kleine Vorspeise ließ sich noch einbauen. Dazu dann das *baguette*, und zu dem Zitronenhühnchen Reis. Sie hackte heftig auf die Zwiebeln ein.

Dagmar war unzufrieden. Mit sich und der Welt. Sie hatte ein Mandat, und sie hatte alles für Marcel getan, was möglich war. Sie wollte ihn nicht mehr treffen. Er sah gut aus, und er war charmant. Aber nur, wenn sie ihn nicht sah, bekam sie wieder Luft. Das hatte sie alles schon einmal erlebt. Mit Warwitz, ihrem Ex.

Sie dachte an ihre Kinder, Jochen und Sarah. Quim und Sara, wie sie heute hießen. In Mallorca, wo Warwitz sie untergebracht hatte und wie ein Höllenhund bewachte. Plötzlich schien ihr der Vorschlag von Janet gar nicht mehr so abwegig.

›Du hast doch keine Chance gegen ihn‹, hatte Janet argumentiert. ›Er ist ein in Deutschland sehr angesehener Anwalt, und ihm sind die Kinder damals zugesprochen worden.‹

›Weil er mich unter Drogen gesetzt und für verrückt erklärt hatte. Weil er die Hilfe vom Leiter der Anstalt hatte, in die er mich einweisen ließ.‹

›Der sein Freund war. Und sicher noch ist. Und seine damalige Diagnose garantiert nicht ändern wird. Das wäre das Ende seiner Karriere. Ein Skandal. Die Sorgerechtsentscheidung von vor drei Jahren ist längst festgeschrieben und Gesetz. Wenn du deine Kinder auf Dauer und unangreifbar zurück haben willst, dann musst du zu seinen Mitteln greifen.‹

›Ich könnte nachweisen, dass der Gerichtsgutachter von Warwitz Geld bekommen hat. Und dass sie Studienfreunde waren.‹

Janet hatte nur gelacht.

Warwitz hatte jede Menge Einfluss und Geld.

Sie nicht. Gerade mal ein Auskommen seit kurzer Zeit. »Und keine stabile Familiensituation.« Janet hatte nicht locker gelassen. »Rein rechtlich hast du absolut keine Chance. Glaub mir. Aber es gibt ja auch noch andere Möglichkeiten, ein Ziel zu erreichen …«

Dagmar hatte Janets Idee sofort emphatisch abgelehnt, aber je länger sie darüber nachdachte, desto mehr erschien sie ihr als einzige Rettung aus ihrer Lage.

Warwitz war alt, inzwischen fast siebzig. Aber er arbeitete immer noch als Staranwalt in München. Zumindest, wenn sich interessante Fälle mit großem Medienecho ergaben. Währenddessen wurden Jochen und Sarah von Helen, dieser englischen Nurse, versorgt und erzogen. Dieser blassen, blonden, dünnen Helen, mit der Warwitz seit Jahren ein Verhältnis hatte. Das er schon völlig ungeniert direkt vor ihren Augen begonnen hatte.

Janets Idee war, einen jungen, charmanten und von ihnen bezahlten *lover* auf Helen anzusetzen. Sie zu verführen, von ihren Pflichten abzulenken und aus dem Haus zu locken. In dem die Kinder währenddessen ganz allein und ungeschützt zurückblieben. Vielleicht noch eine zusätzliche Inszenierung, eine kleine kontrollierte Gefahr.

Dann konnten sie Warwitz Pflichtversäumnis nachweisen und sie selber als makellos und geläutert darstellen. Wenn alles klappte. Meinte Janet.

Das Risiko war nicht einzuschätzen. Viel zu viele Unbekannte. An diese sogenannte kalkulierte Gefahr wagte Dagmar gar nicht erst zu denken. Janet liebte

Geschichten, und sie liebte die Gefahr. Und Manel, einer der besten Detektive Barcelonas, der normalerweise für Fusté arbeitete, war ein Macho, wie er im Buche stand. Manel war in Ordnung. Er mochte sie gern, er hatte auf ihren Entschluss, bei Llimona 5 mitzumachen und Detektivin zu werden, weder mit Arroganz noch mit Eifersucht reagiert. Im Gegenteil, wann immer es sich ergab, half er ihr mit kleinen Profitricks weiter. Er hatte für sie in Mallorca ermittelt und, wann immer er oder einer seiner Männer dort zu tun hatte, sah er nach Quim und Sara und berichtete ihr. Schulfeste, Geburtstage, Freunde, Ausflüge. Er hatte sie mit Informationen und wenn möglich mit Fotos versorgt.

Es ging den Kindern gut, so schien es.

Aber. Sie lebten fast ohne Vater und völlig ohne Mutter. Und sie musste ohne ihre Kinder überleben. Mehr als alles wünschte sie sich, die beiden endlich wieder zu sehen und in die Arme zu schließen. Bei sich zu haben. Für immer. Dafür war jedes Mittel recht.

Dagmar beschloss, gleich morgen Manel anzurufen.

Und dann fiel ihr wieder dieses Mädchen ein. Die kleine Júlia.

Die nicht hören konnte. Der sie geholfen hatte, aus dem Polizeipräsidium zu fliehen. Die jetzt da draußen in der Nacht von Barcelona umherirrte. Und nicht ahnte, dass ein Mörder hinter ihr her war.

Sie ging nach hinten zum Büro. Im Flur traf sie Anna, die mit noch feuchtem Haar aus ihrem Zimmer kam. Im Wohnzimmer lag Pia unter einem Stapel Computerausdrucke auf dem roten Sofa und telefonierte. Ihr Ton war leicht genervt, wie immer, wenn sie mit ihrer Mutter sprach. »Ja, Mutter, ich besorge dir diese Wunderlotion! ... Ja, Mutter, diese Leute sind hochinteressant. Übrigens vor allem einer, ein Verehrer aus deiner Jugendzeit. Rubèn Morales. Er ist heute ... bitte, Mama, ich wollte dir doch nichts unterstellen, um Gottes willen! Ich weiß doch, dass ihr damals alle Heilige und Jungfrauen wart ... was meinst du mit Skandal! ...«

Sie ging weiter. Im Büro saß Janet am Flachbildschirm, Barbara hockte mit ihrem Drehstuhl neben ihr. Dagmar blieb in der Tür stehen, sodass sie von allen gehört werden konnte.

»Wir müssen etwas unternehmen!«

Janet und Barbara schauten fragend hoch. Im gleichen Augenblick läutete es vorn an der Wohnungstür. Dagmar wandte sich um. »Bitte, kommt in die Küche«, drängte sie, »alles andere hat Zeit.«

Sie öffnete die Tür, Josep. Er hatte eine Mappe mit Papieren dabei, hinter ihm stand Luis mit einer Flasche Wein.

Pia, Janet, Barbara und Anna kamen nacheinander in die Küche, große Begrüßung. Dann machten Pia und Luis je eine Flasche Rotwein und einen Cava auf. Janet holte den Whisky und das Eis, Anna und Barbara stellten Teller und Bestecke für später in die Mitte des großen runden Tisches. Und wie immer blieben sie alle erst mal an der Theke stehen.

Dagmar kümmerte sich um das Essen, war aber nicht bei der Sache, sie ließ fast die Ölflasche fallen. Pia warf ihr einen fragenden Blick zu. Aber jetzt konnte sie nicht mehr offen reden. Nicht in Joseps Gegenwart. Über das Mädchen. Dem sie geholfen hatte. Und das jetzt ihretwegen ganz allein in der Stadt umherirrte.

»Wir müssen dieses Mädchen finden«, platzte sie heraus. »Diese Júlia!«

»Könnte nicht schaden«, Janet nickte, »könnte gut sein, dass der Mörder auch sie auf der Liste hat.«

»Mein Gott, mir kommen die Tränen!«, fuhr Josep auf. »Dieses arme verfolgte Mädchen ist mit einer geladenen Polizeipistole bewaffnet. Wir haben eine Fahndung laufen, aber sie ist wie vom Erdboden verschluckt. Die kann sich sehr gut selber helfen.«

Dagmar sah die Wut in Joseps Augen und schwieg.

»Dass der Mörder sie auf der Liste hat!« Josep sah nicht zu Janet hin. »Dir hätte ich so eine Melodramatik nun wirklich nicht zugetraut. Was ist denn los mit euch allen?«

»Wenn es Mord war«, Luis hatte den Wein offen und schenkte sich und Josep ein, »und ich bin nach wie vor überzeugt davon, auch, wenn ich es nicht wirklich beweisen kann, dann gibt es auch einen Mörder.«

»Und dieser Mörder ist womöglich gesehen worden.« Pia verteilte Cava und holte eine Wasserflasche aus dem Kühlschrank.

»Pia, bitte nicht auch du noch!« Josep knallte die Mappe auf die Theke. »Hier. Ich kann in den Ramblas Lose verkaufen, wenn das rauskommt. Ich habe die Untersuchungsprotokolle kopiert. Toni Botía ist fraglos ein Trottel, aber an dem Fall von diesem Fotografen gibt es nichts zu deuteln. Er hat allein gelebt, er hatte zwei Tütchen sauberes H bei sich liegen und zwei leere. Und die Spritze steckte noch in seinem Arm. Was wollt ihr denn noch?«

»Einstiche«, sagte Luis leise. »Er hatte keine Einstiche außer dem einen. Weder an den Armen noch sonst wo an seinem Körper.«

»Woher weißt du das?« Josep starrte ihn an, Luis nahm eine Olive.

»Woher schon. Ich bin Gerichtsmediziner. Ich hab ihn untersucht.«

»Du hattest keine Order dafür.«

»Nein? Ach. Ich dachte, wenn da so ein junger Mann im Leichenschauhaus auftaucht, dann wird die Autopsie automatisch angeordnet. Der Papierkram kann sich da schon mal verzögern. Und ich hatte gerade Zeit …« Luis probierte den Wein. War zufrieden und nahm sich noch eine Olive.

»Du hattest gerade Zeit.« Josep packte seine Papiere wieder zusammen. »Zeit! Das wäre aber auch das erste Mal, seit ich dich kenne, dass du Zeit hast, einfach so!« Er drehte sein Glas in den Fingern. Es kostete ihn sichtbar große Mühe, nachzugeben. Aber er war ein Ermittler aus Berufung, einer der besten. Er konnte schon mal eine Spur übersehen, aber er würde nie eine unterdrücken. »Verdammte Scheiße! Also, was habt ihr noch rausgefunden?«

»Gehen wir rüber, da haben wir mehr Platz.« Pia nahm die Papiere, und sie setzten sich an den Tisch. Jeder nahm sein Glas mit, und Dagmar stellte das Wasser dazu, Brot, Nüsse, Oliven und die Platte mit den Vorspeisen. Sie war sicher, dass der Tag noch lange nicht zu Ende war.

Pia kam gleich zur Sache, professionell wie immer: »Wir haben inzwischen einiges mehr an Hintergründen. Wir haben, soweit uns das möglich war, alle anderen Kongressteilnehmer überprüft, die auch nur annähernd mit Lídia oder ihrem Spezialgebiet zu tun hatten. Wir konnten keine Verbindung feststellen. Also haben wir uns noch einmal den ihr nahen Kreis vorgenommen.

1. Dr. Marcel Gutiérrez, unser Klient. Ihr habt ihn verdächtigt, weil er an dem Abend zu spät zur Feier kam. Weil die Beschreibung der Apotheker vom Mann mit Hut auf ihn zutraf. Und weil er kein Alibi hatte. Aber die Sache mit dem Alibi ist sowieso sehr schwammig, weil wir nicht genau wissen, wann der Täter das Gas in Lídias Laptop praktiziert hat.«

»Wenn da überhaupt einer etwas praktiziert hat.« sagte Josep.

»Ach bitte«, Luis hob nicht einmal die Stimme, »du hast doch selbst diese Glassplitter gefunden. Was sollte das denn sonst sein? Eine zerbissene Haftschale?«

»Jedenfalls hatte er stundenlang Zeit«, fuhr Pia fort. »Irgendwann zwischen ihrem vorherigen und ihrem letzten Aufenthalt im Zimmer. Darüber weiß keiner etwas Genaues. Nicht mal Javi am Empfang, der jeden ihrer Schritte belauert hat. Sie kam direkt aus der Stadt zurück, hat dann aber mindestens zwei Stunden unten in der Hotelhalle gesessen. Mit Kollegen zusammen. Und die gingen immer wieder mal, und dafür kamen neue. Absolut kein verlässlicher Überblick.«

»Du verdächtigst deinen Klienten?« Josep grinste. Pia verdrehte die Augen.

»Im Gegenteil, ich entlaste ihn.«

»Tja, er sieht gut aus. Glatt und charmant.«

»Eifersüchtig?«

»Vergiss es!« Joseps Laune wurde nicht besser. Pia ging nicht weiter darauf ein.

»Also.

2. Professor Dr. Rubén Morales. Er war offensichtlich schon in früher Jugend den Damen sehr zugetan.« Sie nahm einen tiefen Schluck von ihrem *cava.* »Soweit wir feststellen konnten, kommt er aus einer sehr wohlhabendem Familie. Ist heute als sogenannter Papst der präventiven Gerontologie hoch angesehen und hat keinerlei krumme Geschäftsverbindungen laufen oder verschleierte finanzielle Interessen. Vor zwanzig Jahren war er vierzig, Lídia, seine Lieblingsstudentin zwanzig. Die Zeiten waren nicht danach, aber ich denke mal, die beiden hatten eine Affäre. Das ist allerdings lange her, und ich sehe kein Motiv. Die Beschreibung würde auch auf ihn passen. Ihn habt ihr nicht mal mit in die Laietana bestellt. Er hatte sich schon vorher mit Staranwalt Fusté kurzgeschlossen.«

»Tut mir Leid«, Josep bestrich ein Brot mit *all i oli.* »Wir haben sie allesamt vorgeladen. Als Zeugen. Da kannst du mir leider nichts vorwerfen. Nur dieser Morales rief sofort Fusté an, und der lochte vermutlich gerade mit *comandante* Sanchez ein. Keine Ahnung, jedenfalls kennen die sich, und der Professor blieb nur kurz. Die Nächsten waren Gil Barnabas, der Franzose und Garry DeVille, der Kanadier. Da haben sich die Botschaften eingeschaltet. Wir hatten außer eurem Klienten noch die Deutsche, Gisela Erken-Henniger, deren Konsulat war vorübergehend nicht besetzt, und unseren lieben Landsmann Dr. Ricard Manrique. Der wiederum hat ein Vorstrafenregister, das bis in seine frühe Jugend zurückreicht.«

»Er hat doch nur Versuchstiere aus den Labors befreit!«, empörte sich Anna.

»Damals, als Schüler!«, ergänzte Barbara.

»Und Student«, relativierte Janet. Sie konnte diese ganze Hysterie um Tiere nicht nachvollziehen. Aber sie war doch der Meinung, dass einer, der Mäuse und Kaninchen befreit, nicht unbedingt zum heimtückischen Mörder werden muss.

»Und er hat gelogen. Er oder diese Gisela. Sie behauptet, sie und Lídia haben sich früher mal Schmuddel-Manrique als *lover* geteilt. Er streitet das ab. Aber auch Gil, der Franzose hat gelogen.«

»Irgendwie habe ich das Gefühl, dass die alle lügen.«

»Heute kann man sich das kaum noch vorstellen«, sagte Pia leise, »wir haben ein paar neue Gesetze, wie die Homoehe oder die Legalisierung der Abtreibung, die sind für ganz Europa beispielgebend. Aber vor zwanzig Jahren, da war die Lage hier in Spanien noch völlig anders. Bigott. Wir hatten erst seit kurzem das Ende einer vierzigjährigen Diktatur hinter uns. Wir machten zaghaft die ersten Schritte in Freiheit und Demokratie. Franco war tot, aber die Kirche lebte noch. Wir sahen ausländische Filme und spielten sie nach. Aber wir waren immer noch ziemlich verklemmt.«

»Verklemmt?« Josep grinste sie an. »Du? Niemals!«

»Ich hab nur schlau kompensiert.« Pia blieb ernst. »Und glaub bloß nicht, dass es für mich als Frau leicht war, bei der Polizei. Trotz meines Polizistenvaters. Es war schweineschwer.«

»Ich weiß, Kleine.« Josep beugte sich zu ihr hinüber und drückte sie kurz. »Und ich war von Anfang an dein Fan. Du bist die geborene Ermittlerin. Und darum traue ich deinem Instinkt mindestens ebenso wie deinen Recherchen.« Breites Grinsen. »Und was hast du jetzt noch gegen euren Klienten gefunden?«

»Ach, bitte!« Pia rückte von ihm ab, aber irgendwie schien ihr seine Eifersucht auch zu gefallen.

»Was ist eigentlich mit Lídias Familie?«, fragte Anna in die Pause hinein.

»Nichts.« Josep war wieder auf sicherem Boden. »Sie kommt ursprünglich aus Salamanca. Die Eltern sind tot, keine Geschwister.«

»Nur ein Ehemann«, sagte Barbara. Alle starrten sie an, sie erschrak über das plötzliche Interesse. »Ich dachte, das ist euch längst bekannt!«

Betretenes Schweigen.

»Na gut«, sie konnte sich etwas Großmut leisten, »es war der reinste Zufall, der mich darauf gebracht hat. Wir haben im Internet nach den Seiten mit Graffitikünstlern gesucht. Und sind dabei auf einen Fernsehfilm von 1998 gestoßen, den Tele 5 produziert hatte. Halb dokumentarisch. Graffiti, Schmutz oder Kunst. Und der Autor für die Spielszenen heißt Llorenç Molina. Sechsundvierzig Jahre alt. Er lebt auf Mallorca und hat eine eigene *website*. Ein mittelmäßig erfolgreicher Drehbuchautor für Krimiserien. Er hat in den Jahren 1986 bis 90 als Grundschullehrer in Madrid gelebt. Auf einem der Fotos steht neben ihm eine sehr junge Lídia Pastor.«

»Also kannten sie sich, na und?« Josep versuchte, das Versäumnis zu überspielen. Pia hatte sich den Namen notiert. Anna reckte sich stolz.

»Wir haben bei den Standesämtern von Madrid nachgecheckt. Molina und Lídia haben am 14. April 1984 geheiratet, haben sich schon ein halbes Jahr später getrennt und sind vier Jahre später geschieden worden.«

»Seit 1992 ist Molina wieder verheiratet«, fuhr Barbara fort, »und hat drei Kinder. Nach einem Schlaganfall 2001 ist er halbseitig gelähmt und hat Mallorca seitdem nicht mehr verlassen.«

»Donnerwetter«, sagte Pia anerkennend, »das ist saubere Arbeit.«

Josep konnte das nicht so stehen lassen. »Na ja, von mir aus. Aber so ein Drehbuchschreiber kommt sowieso nicht in Frage. Weil er erstens gelähmt ist und zweitens nicht das nötige Fachwissen hat.«

Dagmar stand auf und holte das restliche Essen. »Er hätte recherchieren und jemanden beauftragen können.«

»Ach du liebe Zeit!« Josep schenkte sich und Luis Rotwein nach. »Ein Profikiller. Aber selbst wenn, der wäre ja dann wohl etwas vorsichtiger vorgegangen und hätte den Kram nicht gleich hier um die Ecke besorgt.«

»Das war an sich völlig ungefährlich.« Luis nahm

sich hastig die letzten *gambas*, bevor der Teller verschwand.

»Er konnte weder annehmen, dass ich diese minimalen Verätzungen bei Lídia feststellen würde, noch dass er in den Apotheken beobachtet wurde. Dass ausgerechnet zur gleichen Zeit ein Mädchen mit geklauten Rezepten in den diversen Apotheken zu Gange war.« Er kaute, trank, sprach weiter. »Noch dazu ein gehörloses Mädchen mit extrem geschärfter Beobachtungsgabe.«

29.

Das Raval, das frühere *barrio chino*, war keine Gegend, in die sich Júlia normalerweise nachts gewagt hätte. Eng, dunkel und verwinkelt. Und ein für sie völlig undurchschaubares Netz von Prostitution, Drogendeals und Straßengangs. Tagsüber waren hier Touristen wie überall und viele verschleierte Frauen. Nachts sah man fast nur noch Männer. Flackernde Lichter und Bewegungen, die nicht zu der Stille um sie herum passen wollten.

Severí hatte sie eindringlich gewarnt, allein hier herzukommen. Aber in dem Kiosk hatte sie es nicht mehr ausgehalten. Eingesperrt in Dunkelheit, und keine Möglichkeit, näher kommende Gefahr zu erkennen. Sie musste Severí finden. Nur er konnte ihr helfen.

Er hatte ihr sein ganz privates Geheimversteck verraten. Hatte ihr eingeschärft, es nur im alleräußersten Notfall aufzusuchen.

So ein Notfall war jetzt.

Eine Gruppe Nordafrikaner stand an einer Straßenecke und sah ihr entgegen. Finster. Junge Mädchen liefen hier nachts nicht mehr herum. Es sei denn, sie wohnten oder sie arbeiteten hier. Júlia blieb vor einem kleinen Laden mit verstaubten Elektrogeräten stehen. Sah ihr Spiegelbild und erinnerte sich daran, dass sie jetzt ein Junge war. Noch schlimmer. Sie war ein gehörloser Junge im fremden Revier. Und sie kannte die Spielregeln nicht.

Sie drehte sich um und rannte los. Um die Ecke, noch einmal und hinein in einen niedrigen Durchgang. Hier war es sogar tagsüber dunkel. Feuchtes Kopfsteinpflaster, Steinbögen und halbrunde Eckpfosten. Kahle Wände voller Graffitis. Auch die *tags* von Roger und Severí tauchten immer wieder auf. Sie schob sich hinter einen Mauervorsprung und wartete.

Sie kamen nicht.

Vorsichtig schaute sie hinaus. Der Durchgang war leer. Sie hastete weiter. Bis auf die nächste Straße. Ein offenes Quadrat mitten im Mauerwerk, dahinter Licht und übereinander gestapelte Obstkisten. Tomaten, Paprika, Zwiebeln, Auberginen und Orangen. Dann zwei verschlossene Eingänge, ein Glasladen, in dem offenbar auch Kaffee angeboten wurde. Carrer dels Tallers. Das bis oben hin mit Preisschildern und Sonderangeboten voll geklebte Schaufenster einer Bodega, daneben wieder ein schmaler Durchgang.

Der Mann, dem die Bodega gehörte, war laut Severí in Ordnung. Angeblich hatte er sich im Bürgerkrieg jahrelang versteckt und seitdem einen Dachschaden. Und er hasste die Polizei. Júlia war froh, dass niemand sie bemerkte, als sie in dem Durchgang verschwand. Ein halbrunder Eingang mit einem Rollgitter aus Eisen verschlossen. Abplatzende rote Farbe.

Júlia sah sich nach allen Seiten um. Niemand. Oben, hinter der Wäsche auf den eisernen Balkonen, blinkte blaues Fernsehlicht. Die Fenster waren geschlossen.

Sie tastete über die Pflastersteine links neben dem Bogen. Sie schienen alle gleich fest. Schmierig glatt. Sie tastete noch einmal genauer, drückte auf die Ecken, fand den richtigen Stein.

Ihre Fingernägel waren zu kurz, dann fand sie die Lasche einer Bierdose und schob sie in den Zwischenraum. Der Stein bewegte sich und gab den Schlüssel darunter frei.

Júlia schaute sich noch einmal sorgfältig um, dann schob sie den Schlüssel in das Bodenschloss, drehte ihn zweimal, hob das Rollo ein Stück hoch, schlüpfte hindurch und zog es hinter sich sofort wieder herunter.

Vollkommene Dunkelheit. Sie tastete nach rechts, fand den kleinen Mauervorsprung und den Lichtschalter. Hier gab es keine Fenster. Sie schaltete das Licht an.

Und hielt überrascht die Luft an.

Kein kahler Garagenraum, und nicht die nackte Birne an der Decke. Sondern eine Tiffany-Buntglaslampe und eine Stehlampe mit gelbem Stoffschirm. Etwa sechs mal vier Meter, niedrige Wände mit einer

Bogendecke, alles schneeweiß überstrichen. Bunte Kelims an den Wänden und auf dem Boden. Marokkanische Sitzkissen aus rotem Leder, kleine Tische mit bunten Intarsien, eine Liege mit bestickten Kissen und Felldecken, ein Elektroheizer. Ein schmaler Tisch aus poliertem Holz und eine Staffelei. Stapel von Papier und prallvolle Künstlermappen.

Júlia begann zu blättern und wich vor der Gewalt der Bilder zurück. Kohlezeichnungen, hingewischte Skizzen, mit dem breiten Pinsel über das Blatt geknallte Szenen. Männer. Allein oder zu zweit. Verzerrt, gekrümmt, verschlungen. Keine Farben. Kaum erträgliche Spannung, Gewalt, Angst und immer wieder Schmerz.

Júlia klappte die Mappe vorsichtig zu.

Alles hier war sauber und ordentlich. Extrem privat. Intim. Sie kam sich wie ein Eindringling vor, sie gehörte hier nicht hin. Absolut nicht. Sie zog sich langsam wieder zurück. Schaltete das Licht aus und schob das Rolltor vorsichtig ein Stück hoch. Wusste nicht, ob nicht ein rostiges Quietschen sie verriet. Aber sie spürte kein Ruckeln, kein Vibrieren, alles schien gut geölt zu laufen. Sie sah niemanden, schlüpfte hinaus, zog das Tor wieder zu, ließ das Schloss einrasten, hob den Pflasterstein hoch, legte den Schlüssel an seinen Platz und setzte den Stein wieder ein.

Sie rannte los, ohne sich noch einmal umzusehen. Direkt hinüber zu den Ramblas, wo auch spät nachts noch Leute unterwegs waren, und dann weiter, vorbei am Kolumbusdenkmal, hinunter zum Hafen.

Auf den Straßen staute sich noch der nächtliche Verkehr der Barbesucher, aber hier oben in den Anlagen am Hafen gab es nur noch ein paar Liebespaare und letzte Spaziergänger.

Kurz vor den Quais sah sie den blinden Losverkäufer und seine Frau, die auch hinüber in die belebte Altstadt mit ihren Cafés und Restaurants gingen. Sie waren spät dran. Júlia war froh, endlich ein bekanntes Gesicht zu sehen. »*Hola*«, grüßte sie.

Der Losverkäufer horchte auf, seine Frau sagte etwas zu ihm und zog ihn mit. Sie schaute nicht her zu Júlia. Sie gingen schneller.

Júlia sah ihnen nach.

Sie hatte Angst.

Tief einatmen. Ausatmen. Sie drehte sich einmal um sich selbst. Nichts Bedrohliches in Sicht. Ganz ruhig. Auf der rechten Seite war der Kiosk unter der alten Pinie. Immerhin. Ein winzigkleines Stückchen Vertrautheit.

Júlia ging über den Platz, hinüber zu dem Kiosk. Der vordere Teil war durch die Bogenlampe hell erleuchtet, im Schatten hinter dem Baum bemerkte sie eine Bewegung. Blieb stehen. Zwei Männer, die sich küssten. Sie schauten zu ihr herüber und riefen ihr etwas zu. Sie war ja immer noch ein Junge. Sie wandte sich ab und ging weiter bis zu den Quais hinunter. Die geschwungene Brücke und das Maremagnum waren zwar noch erleuchtet, aber menschenleer um diese Zeit. Grüne, rote und weiße Lichter spiegelten sich im kaum bewegten Hafenwasser. Vorn am Quai war das Wasser dunkel. Kleine Wellen schlugen träge gegen die Befestigung. Júlia wandte sich wieder ab.

Und bemerkte den Rucksack.

Er lag hinter einem der Abfallbehälter, flach zwischen die Rollen gedrückt. Er war grau und wäre ihr in der Dunkelheit kaum aufgefallen, wenn sie den kleinen gelben Plüschtiger nicht erkannt hätte.

Sie hatte ihn Severí einmal geschenkt. Und er hatte gegrinst und ihn an der Seitenlasche seines Rucksacks festgemacht. Und hatte ihn seitdem dran baumeln, so wie die Unterstufenschüler ihre verschiedensten Plüschtierchen an den Schulmappen trugen. Júlia war gerührt gewesen. Das passte so gar nicht zum coolen Severí.

Sie bückte sich und zog den Rucksack heraus. Er war voller Farbdosen und verhakte sich hinter einer Verstrebung. Júlia stopfte ihn zurück und richtete sich wieder auf. Gegeneinander schlagende Dosen machten sicher ein Geräusch. Sie sah sich um. Sie war allein.

Im Sommer lagerten die Leute bis spät in die Nacht auf der Wiese, auf dem breiten Quai flanierten Händchen haltend die Paare und die Jungen in Pulks auf der Suche nach hübschen *chicas*.

Der Abfallbehälter stand am Rand der Wiese, gut zwanzig Meter vom Quai entfernt. Falls Severí jetzt mitten im November auf die Idee gekommen sein sollte, ein *piece* unten, direkt über der Wasserlinie, an die Quaimauer zu setzen, dann hätte er den Rucksack bei sich gehabt. Im Sommer tauchte er ins Wasser und sprayte von unten, aber bei der Kälte konnte er sich höchstens von oben nach unten runterhängen lassen. Und wenn er mit einen Mann mitging, dann nahm er seine Sachen mit.

Er würde seinen Rucksack niemals zurücklassen.

Júlia wandte sich wieder dem Quai zu und ging mit steifen Knien zum Rand. Die Lichter der fernen Bogenbrücke ließen die Dunkelheit hier am Quai nur noch schwärzer erscheinen. Angeblich rauschte das Meer. Angeblich machten auch die Wellen ein Geräusch, wenn sie sich an den Betonquadern brachen. Der Wind hatte wieder zugenommen, erste kleine weiße Schaumkrönchen blinkten auf.

Als sie ihn sah, war sie nicht mehr überrascht. Die Angst und das Entsetzen hatten den Höhepunkt bereits erreicht. Sie sah zuerst den matten Fleck im glänzenden Hafenwasser, dann erkannte sie das helle Logo auf der Basecap, die daneben schwamm.

Sie schrie. Vermutlich schrie sie.

30.

Ein Moment der Stille. Auf dem Tisch die leeren Flaschen und abgegessenen Platten. Janet verscheuchte Fritz mit dem Fuß und klopfte sich eine Zigarette aus der Packung, Josep gab ihr Feuer. Dagmar und Anna begannen, den Tisch abzuräumen, Pia und Barbara stellten die Teller zusammen und reichten sie ihr hinüber. Luis stand auf, um hinter der Theke Pias Rotweinvorrat zu prüfen. Er fand eine Flasche, die ihm gefiel, brachte sie an den Tisch und setzte den Korkenzieher an.

Janet fischte den letzten Eiswürfel aus der Kühlbox und schenkte sich einen kleinen Whisky ein. »Es gibt eine direkte Verbindung zur Sprayerszene. Und es ist mehr als ungewöhnlich, dass da ein Mädchen mitmacht. Hier in Barcelona ist sie die absolute Ausnahme. Es muss möglich sein, ihre Spur zu verfolgen!«

Plötzlich quäkte der seriell vorgegebene Nokia-Rufton auf, und sofort darauf die Internationale. Josep und Luis kramten ihre Handys hervor und meldeten sich. Josep stand auf und stellte sich etwas abseits von den anderen, sprach gedämpft, stellte Fragen. Luis schenkte sich ein Glas von dem neuen Rotwein ein. Hörte zu. Nickte. Bestätigte.

Mord? Janet sah zu Pia hinüber, Pia erwiderte kurz ihren Blick, beide schauten zu Josep.

»Ungeklärter Todesfall«, sagte er.

»Ein junges Mädchen?« Dagmars Stimme war schrill. Josep winkte ab.

»Ein Mann. Tut mir Leid, ich muss los.«

»Ja, schade.« Luis nahm einen langen Schluck, stand auf und lächelte Pia zu.

»Du auch?«

»Hab Bereitschaft als Polizeiarzt. Danke noch mal.« Er folgte Josep. »Wir melden uns.«

»Halt, halt, halt!« Pia stopfte Geld, Minireceiver, Handy und Schlüssel in ihre Westentaschen. »Ich komme mit!« Sie hakte sich bei Josep und Luis ein, die drei hatten Mühe, so durch den Flur hinauszukommen. Aber keiner widersprach.

»Der hat doch mit einem Kollegen getauscht.« Janet rechnete nach. »Als wir den toten Xavier Guijarro gefunden haben, hatte er jedenfalls noch keinen Dienst.«

Dagmar hatte schon begonnen, das Geschirr abzuwaschen. Sie hörte damit auf und starrte in den leeren Flur. »Haben Sie gesagt, wer und wo?«

»Nein«, Barbara sprang hoch und lief zur Tür. »Aber das finde ich raus!«

Anna zögerte eine Sekunde, dann rannte sie hinterher. Ein Stuhl kippte um und fiel fast auf Fritz, der entsetzt floh. Sie hob ihn nicht auf. »Ich ruf an, sobald wir etwas erfahren!«

Janet nahm einen Schluck von dem inzwischen etwas verwässerten Whisky und beobachtete Dagmar, die mit hektisch wütenden Bewegungen die Platten und Teller abwusch. »Und wieso sind die jetzt da draußen, und wir beide bleiben zurück und waschen Geschirr ab?!«

»Lass das Geschirr stehen und lauf hinterher.« Janet beteiligte sich grundsätzlich nur sehr sporadisch an der Hausarbeit. »Keiner hindert dich.«

»Und dann?«

»Genau. Nichts. Wir warten auf den ersten Anruf. Ob dieser Tote überhaupt etwas mit unserem Fall zu tun hat.«

»Diese ewige Warterei ist das Schlimmste.« Dagmar ließ die Geschirrbürste ins heiße Wasser fallen und setzte sich wieder zu Janet an den Tisch. »Das macht mich wahnsinnig. Ich habe immer das Gefühl, mir rennt die Zeit weg. Ich habe einfach keine Geduld.«

»Und das sagst ausgerechnet du?« Janet lachte. Sie hätte Dagmar gern umarmt, aber das schaffte sie nicht. Sie schob den Wein zu ihr hinüber. Sie mochte

Dagmar gern. Sie sah den brillanten Verstand hinter dem etwas behäbigen Verhalten, den Mut hinter der Zurückhaltung, die absolute Loyalität hinter der Harmoniesucht. »Von uns allen hast du doch am meisten Geduld.«

»Was hast du damit gemeint, ihre Spur muss zu finden sein?«

»Die internationale Graffitiszene ist seltsamerweise eine reine Männerdomäne. Hier ist das nicht anders. Júlia ist eindeutig das einzige Mädchen. Das heißt, sie ist bekannt. Und jemand muss sie beschützen. Jemand, der etwas gilt bei den Sprayern.«

»Ich mach mir eben Sorgen.«

»Du fühlst dich verantwortlich.«

»Bin ich ja auch. Wenn ich ihr bei der Polizei nicht geholfen hätte, wär sie ja jetzt nicht da draußen, ganz allein.«

»Josep hat Recht, sie ist smart, sie ist clever, sie kann ganz gut selber auf sich aufpassen. Und«, Janet sah auf die Uhr, »in zwei oder drei Stunden werden diese Graffitijungs aktiv. Dann ziehen wir los und hören uns ein bisschen um.«

»Janet. Da ist ein Mörder unterwegs, der in ihr eine Zeugin sieht, eine Gefahr. Sie ist doch noch ein Kind. Und sie kann nichts hören!«

Janet setzte gerade zu einer Erwiderung an, als das Telefon läutete. Dagmar sprang auf und riss den Hörer von der Gabel. »Llimona *cinco, dígame!* Hallo?« Dann eine Pause. »Ja, ich bin's selber.« Dagmar hörte zu, sagte nur ab und zu noch Ja ja, und hörte wieder zu. Sie hatte sich von Janet weggedreht, Janet konnte ihr Gesicht nicht sehen, aber sie sah ihre verkrampften Schultern. »Gut. Danke. Vielen Dank. Ich ... ich danke Ihnen wirklich.« Sie legte auf. Blieb noch einen Moment so stehen und drehte sich dann langsam um.

»Das war ... das war Karl Mellwig, der frühere Freund und Kollege meines Mannes.«

»Ja und?« Janet war sofort alarmiert. »Was sagt er?«

Dagmar setzte sich langsam. Schwieg.

»Das ist doch einer der wenigen, die deinem Ex, diesem berühmten Warwitz, nicht die Stiefel lecken, richtig?«

»Er ist zusammengebrochen.« Dagmar sah auf. »Warwitz. Mitten in der Verhandlung. Er liegt in der Intensivstation.«

»Gut.« Janet griff nach dem Telefon und wählte. »Iberia? Mein Name ist Janet Howard, ich möchte gern einen Platz für den ersten Flug morgen Früh von Barcelona nach Palma buchen. Geht das okay? ... Ja. Danke.«

»Was soll das?!« Dagmar starrte sie entsetzt an, »Nein! Ich will das nicht!«

Janet wählte neu. »Manel? Janet hier. Wo bist du? Vor Ort? Sehr gut. Ich komme morgen Früh mit der ersten Maschine. Zugriff!« Sie legte auf und hinderte Dagmar daran, aufzustehen. Packte sie viel zu fest. Dagmar wehrte sich nicht. Wollte gar nicht aufstehen. Weinte.

»Wenn er so krank ist, dann ...«

»Nein«, unterbrach Janet sie scharf. »So darfst du nicht mal denken. Selbst wenn das ein Infarkt und richtig ernst sein sollte, der nächste Gegner danach ist das Jugendamt. Und das ist viel schwerer zu knacken.«

»Aber ich …«, begann Dagmar, Janet unterbrach sie wieder.

»Du nicht. Du bleibst hier. Falls irgendetwas schief geht, musst du ein bombensicheres Alibi haben. Versuch, immer mit den anderen in Kontakt zu bleiben.«

»Wenn etwas schief geht!« Dagmar war sofort wieder in Panik. »Was hast du vor? Das sind meine Kinder! Was verheimlichst du mir? Scheiße, Janet, wir sind Freundinnen. Lüg mich nicht an!«

»Ist ja gut, ich sag's ja schon. Ich fliege nach Mallorca und treffe dort Manel.«

»Und wen noch?«

Das war die Kernfrage. Janet zögerte, aber Dagmar würde jetzt nicht mehr locker lassen. Und sie konnte Lügen und Ausflüchte riechen.

Janet steckte sich eine neue Zigarette an. Wich Dagmars inquisitorischen Blick aus. »Er heißt Boris.«

Dagmar zog sich etwas von Janet zurück, sagte aber nichts. Janet sprach hastig weiter. »Er ist halb Spanier, halb Brite, Ende dreißig, ein Freund von Geoffrey. Kein Callboy oder so was. Er ist eigentlich Schauspieler, hat früher in B-Filmchen und in Serien mitgespielt. Er war zum Beispiel der kleine Johnny in der *Coronation Street*. Oder Jimmy? Jedenfalls arbeitet er heute als Bildhauer. Bei Kennern nicht ganz unbekannt. Lebt in einer kleinen Finca an der Steilküste von Port d'Antratx. Er sieht nicht übertrieben gut aus. Aber markant. Groß, hager, *upperclass*-Englisch, beste Umgangsformen, Bildung, Charme und Einfühlungsvermögen.

Ein richtiger Frauenversteher.« Janet lachte kurz auf, aber Dagmar hatte jetzt keinen Sinn für Humor.

»Und den habt ihr auf Helen angesetzt?«

»Na ja …«

»Ohne mit mir zu sprechen, ohne mich zu fragen oder auch nur zu informieren?«

»Es war nicht so schwer …«

»Ihr habt ihn dafür bezahlt. Wofür? Und wie viel?«

»Er wird schweigen. Das ist das Wichtigste.«

»Ach ja?«

Janet hasste es, so ausgequetscht zu werden, andererseits hatte sie mit leichten Modifikationen der Wahrheit, wie sie das nannte, noch nie ein Problem gehabt. »Er hat sie auf einer Party von gemeinsamen Freunden getroffen. Völlig unverdächtig, ein Kindergeburtstag.«

»Ein Kindergeburtstag! Ihr wollt meine Kinder da in irgendetwas reinziehen. Da mach ich nicht mit! Verdammt noch mal, Janet, Aquim und Sara darf nichts passieren!«

»Das wird es nicht.« Janet drehte Dagmar zu sich herüber, fixierte sie. »Dagmar. Du kennst mich.«

»Ja, eben!«

»Ich habe selber drei Kinder. Ich schwöre dir, deine beiden werden keine Sekunde in Gefahr sein. Vertrau mir!«

Dagmar schwieg und rutschte von Janet weg. Nach Vertrauen sah das nicht aus.

31.

Grelle Scheinwerfer rissen ein Loch in die Dunkelheit. Rund um den Jungen hatte sich ein großer Wasserfleck gebildet. Er selbst schien kaum vorhanden unter seinen klatschnassen Klamotten. Zwischen den Haaren schimmerte rosig die Kopfhaut, sein Gesicht war zur Seite gedreht, der Mund stand ein Stück offen. Er war noch ein Kind.

Es hatte das übliche Kompetenzgerangel zwischen Grün und Blau gegeben. Verschiedene Zeugen hatten die Polizei gerufen. Die *guardia civil* waren als Erste am Tatort erschienen und hatten den Toten aus dem Wasser gefischt. Er war als Sprayer und Strichjunge bekannt und schon mehrmals festgenommen und verwarnt worden. Und er hatte schon öfter vom Wasser aus die äußeren Quaimauern voll gesprayt.

Die Kollegen aus der Laietana kamen etwas später und konnten gerade noch verhindern, dass die Leiche übereilt abtransportiert wurde. Pia sah erfreut, dass der besonnene Víctor Genaro die Leitung hatte und nicht der dämliche Toni.

Als sie ankamen, hatte man sich schon geeinigt. Die Spurensucher bauten ihre Scheinwerfer auf, und die *guardias* drängten die Neugierigen zurück.

Pia versuchte, unauffällig hinter Josep zu bleiben. Aber Víctor entdeckte sie sofort, strahlte und umarmte sie. »Heißt das, du bist wieder dabei?«

»Nur am Rande.« Pia grinste. Víctor war ihr Nachfolger als *inspector* bei der Mordkommission. Sie kannten und mochten sich von früher, als er noch bei Drogen und Organisiertem Verbrechen war. Er begrüßte Luis und Josep und ging mit ihnen zum Quai.

Pia blieb zurück. Sie wollte Josep und Víctor nicht in einen Loyalitätskonflikt bringen. Dass Pia den Dienst in der Laietana quittiert hatte und jetzt mit Llimona 5 als Privatdetektivin arbeitete, hatte bei den Kollegen weiß Gott nicht nur Sympathie und Verständnis ausgelöst.

In der Polizeikette, die die Gaffer zurückhielt, erkannte sie das rote Bauerngesicht von Jaime. Einer der Ältesten in der Reihe. Er stammte aus einem winzigen Dorf in Estremadura und sah in der *guardia civil* seine wahre Familie. In den vergangenen Jahren hatte es ab und zu kurze Berührungspunkte gegeben, aber absolut keine Sympathien, keine Gemeinsamkeiten. Umso überraschter war Pia gewesen, als ihr Jaime einmal bei einem ähnlichen Einsatz zu ihrem ›mutigen‹ Ausstieg gratuliert hatte. »Jetzt bist du dein eigener *jefe*, das ist gut«, hatte er gesagt und sie mit ehrlicher Bewunderung angelacht. Er bemerkte ihre Verwirrung und setzte nach. »Man spricht über dich. Und viele sind neidisch. Weil sie selbst nie den Mut hätten.«

»Aber ich habe auch viel aufgegeben. Die Sicherheit, die Kollegen …«

»Du bist frei«, hatte er leise gesagt und sich abgewandt. Vermutlich wollte er nicht, dass seine Kollegen ihn in einem längeren Gespräch mit ihr sahen. Pia verstand. Jaime kam aus einer armen kinderreichen Familie, und vielleicht war schon sein Vater bei der *guar-*

dia gewesen. Vermutlich hatte er nie regelmäßig eine Schule besucht. Vor dreißig Jahren hatte es für ihn kaum eine andere Möglichkeit gegeben.

Seit diesem kurzen Gespräch nickten sie sich zu, wenn sie sich trafen, und Jaime zeigte ihr den hochgereckten Daumen.

Pia ging zu ihm hinüber, blieb ein Stück vor ihm stehen. Er schaute hastig weg, ließ aber die Hand seines Nachbarn los, um sich die Nase zu putzen. Eine kleine Lücke. Pia schlüpfte hindurch und war bei den Gaffern.

Der Kordon war relativ knapp gezogen, offenbar ging niemand von etwas anderem als einem Unglücksfall aus. Pia schob sich durch die Menschen und schnappte Gesprächsfetzen auf.

»Geschieht denen ganz recht …«

»Die verschandeln die ganze Stadt!«

»In Amerika ist das Kunst!«

»Der arme Junge!«

»Der hat so laut geschrien, das haben wir bis zur Straße hin gehört …«

»Wie ein Mädchen. Der war noch ganz jung!«

Pia blieb stehen. »Habt ihr die Polizei gerufen?«

»Nein, die da drüben.«

Zwei junge Männer standen etwas abseits der anderen. Ein hoch gewachsener, weißblonder Skandinavier von etwa vierzig Jahren und ein viel jüngerer, etwas kompakter Nordafrikaner. Pia ging langsam näher und glaubte in ihm einen Freund von Eric, Janets Sohn, zu erkennen. Mustaf? Nein, das war Saïd. Genau, Saïd. Aktenkundig und immer gut für kleine oder auch größere Gaunereien. Erstaunlich, dass er die Polizei gerufen haben sollte, und noch erstaunlicher, dass er hier stehen blieb.

»*Hola*, Saïd«, sagte sie und erwartete seine sofortige Flucht. Aber Saïd blieb. Lächelte sogar und stellte sie vor. Nicht ohne Stolz und in einem holprigen aber verständlichen Englisch:

»Das ist Pia, eine Freundin von Erics Mutter. Sie war früher selber bei der Polizei. *Inspectóra* bei der Mordkommission. Und das ist Sven, er kommt aus Stockholm und ist dort auch bei der Polizei, so wie Kommissar Wallander!«

Sie gaben sich die Hand. Sven wirkte keineswegs verlegen. »Nicht ganz so spektakulär«, offenes Lachen, »ich bringe den Schulkindern die Verkehrsregeln bei. Und hier bin ich im Urlaub. Barcelona ist eine wundervolle Stadt!«

»Freut mich, dich kennen zu lernen. Ich habe gehört, ihr wart hier in der Nähe und habt die Kollegen gerufen?«

»Ja, wir …«, Sven legte Saïd locker die Hand über die Schulter, »wir waren hier ganz in der Nähe, als wir den Schrei hörten. Schrill und irgendwie unmenschlich. Wir sind zum Quai gelaufen. Und da haben wir den Jungen wegrennen sehen … Und erst später den anderen im Wasser …«

»Wir haben mit der *guardia* gesprochen«, Saïd reckte sich stolz im Arm von Sven, »ich habe übersetzt. Und wir stehen auch weiter zur Verfügung.«

»Dieser Junge, der geschrien hat und weggerannt ist, wie sah der aus?« Pia wandte sich an Sven, aber Saïd antwortete.

»Sehr jung. Klein, dünn, Parka, Basecap und Jeans. Keiner, den man kennt. Einer von den Sprayerkids, denk ich mal.«

»Und der Junge im Wasser?«

Saïd schwieg.

Sven nahm seinen Arm zurück. »Weißt du etwas? Kennst du den Jungen?« Saïd sah weder Sven noch Pia an.

»Ein Stricher. Severí oder so.«

Pia insistierte nicht weiter, sie nickte den beiden zu und schlenderte weiter. Hörte auf die Leute und zog einen Kreis um die Menge herum. Sie achtete genau auf das Verhalten der Menschen und auf die Kleinigkeiten am Rand des Geschehens. Sie war gut geschult und sehr erfahren. Und doch war es reiner Zufall, dass sie den Rucksack entdeckte.

Nur ein Schatten unter einem der Müllcontainer, ein dunkler Streifen im Licht der Straßenlampe, die direkt daneben stand. Hier war niemand, alle standen zum Hafen hin gewandt. Zu dem Toten und zu den Aktivitäten der Polizei.

Pia bückte sich und zog den Rucksack hervor. Farbdosen klapperten gegeneinander. Sie zögerte kurz, dann zog sie die Schnüre auf. Sie hatte immer noch die Plastikhandschuhe an. Das Licht der Halogenlampe war hell genug. Mehr als ein halbes Dutzend teuerster Farbdosen. Einige zusammengerollte Papiere mit Skizzen. Keine war signiert, aber Pia wusste, wem sie gehörten. ***sí.***

Sie schloss den Rucksack wieder und fasste automatisch auch in die Seitentasche. Sie fand ein paar kleine zerknüllte Papiere. Computerquittungen von den Läden, in denen ***si*** die Farben gekauft hatte. Und eine von einem anderen Laden. Kaum noch lesbar, aber es ging eindeutig nicht um Farben, es ging um Tomaten, Zwiebeln und Käse. *Bodega Alimentation Mateo – carrer dels Tallers.*

V.

Das Auge

32.

Auf der Rampe vor dem Museum schlugen die Skater ihre halsbrecherischen Volten. Der Platz war voll, viele Jungen aber auch ein paar Mädchen. Sie standen in Grüppchen zusammen und kicherten. Zwei von ihnen tanzten ausgelassen. In einer Ecke stand ein Ghettoblaster, vermutlich voll aufgedreht. Wenn sie ihn berührte, könnte sie vielleicht die Schwingungen spüren.

Aber Júlia wagte sich nicht näher heran. Sie blieb mit dem Rücken zum Bauzaun stehen und versuchte, sich unsichtbar zu machen. Einmal glaubte sie sogar, den Mann mit dem Hut zu sehen. Die Panik hatte sie fest im Griff.

Es war zu viel. Sie wusste nicht mehr weiter. Bisher war sie ganz gut zurecht gekommen, hatte vor nichts und niemandem Angst gehabt. Sie konnte sich selber helfen. So wie bei der Flucht aus der Laietana. Sie hatte sich sicher gefühlt.

Sie hatte sich ein Netz gebaut aus Routine und vertrauten Plätzen. Und ein paar Freunden. Aber jetzt war ihre Welt zerbrochen. Wenn einer wie Severí ertrinken konnte, dann war alles möglich. Der große, starke Severí, der sich überall auskannte, der Bescheid wusste, der hören konnte, Severí war tot.

Jetzt hatte sie nur noch Roger. Sie hatte ihn länger

nicht mehr gesehen, wusste aber, dass er hier irgendwo wohnte. Und dass er einen kleinen Bruder hatte, der mit seinem Skateboard spanischer Jugendmeister werden wollte. Fernando, genannt Ferro, war zehn oder elf, und jetzt, kurz nach Mitternacht, waren die meisten *kids* hier älter. Aber unter den geschicktesten Skatern waren auch ein paar von den Kleinen. Sie erkannte Rocco, einen Freund von Ferro.

Júlia überlegte, wie sie am besten an Rocco herankam, um ihn nach der Adresse von Ferro und Roger zu fragen. Sie konnte relativ klar sprechen, das wusste sie, und sie konnte von den Lippen ablesen, wenn jemand deutlich sprach und sie ansah. Aber jetzt war sie nervös und hatte Angst. Und eins war klar, wenn die Jungs hier herausfanden, dass sie ein Mädchen und gehörlos war, dann gab es keine Gnade. Sie hielten sie für einen Jungen, sie sah aus wie ein Junge, und jetzt war es zu spät, etwas daran zu ändern.

Und dann sah sie Roger. Er wirkte anders als sonst. Er hatte die Haare blondiert und hochgegelt, trug schwarze Jeans und eine Lederjacke, die sehr neu aussah. Er kam von der anderen Seite auf den Museumsplatz geschlendert und blieb bei den Mädchen stehen. Eine von ihnen wandte sich ihm lächelnd zu, und im ersten Moment dachte Júlia, es wäre einer seiner Schwestern. Aber dann küsste er sie auf den Mund, und Júlia verstand.

Sie wäre gern im Boden versunken. Aber sie blieb stehen. Roger nahm sie plötzlich wahr, stutzte eine Sekunde, dann erkannte er sie. Sagte etwas zu dem Mädchen und kam herüber zu ihr.

»*Hola*, Júl. Was machst du hier?«

Sie hob die Schultern. Versuchte, zu lächeln, aber es gelang ihr nicht. Roger schaute kurz zu der Gruppe der Mädchen zurück. Lachte.

»Du siehst aus wie ein Junge. Ist das Absicht?«

»Severí ist tot.«

»Was hast du gesagt? Severí? Entschuldige, ich hab dich nicht verstanden.«

»Severí ist tot«, wiederholte sie überdeutlich. Aber ihr war klar, dass er sie schon beim ersten Mal verstanden hatte. Ich brauche Hilfe, wollte sie noch sagen, ich brauche einen Platz zum Schlafen. Jemand, mit dem ich reden kann. Aber sie schwieg. Roger würde ihr nicht helfen.

»Lo siento«, sagte er. »Sorry. Ich mach da nicht mehr mit. Hab jetzt andere Pläne. Und Severí ist ein Arsch. Halt dich fern von ihm! Okay?« Er knuffte sie leicht gegen den Oberarm und grinste schief. »Ich muss wieder zurück zu den anderen. Man sieht sich.«

Júlia blieb an dem Bauzaun stehen. Stundenlang, so kam es ihr vor. Aber vermutlich waren es nur wenige Minuten. Der freundliche Roger, der für seine Geschwister sorgte, der schöne Roger, von dem sie manchmal geträumt hatte, der großartige Roger, der so wunderbar zeichnen konnte, der kluge Roger, der Bücher las und sich Gedanken über die Gesellschaft, die Kunst, die Liebe und das Leben machte. Dieser Roger, der noch nie gestohlen hatte, war plötzlich zu Geld gekommen. Derselbe Roger hatte die Nachricht über den Tod seines besten Freundes einfach so abgetan und hatte sie stehen gelassen wie einen alten Regenschirm.

Sie war schon zwei Straßen weiter, als sie merkte, wohin sie überhaupt ging. Das Versteck von Severí war ganz in der Nähe. Und er würde es nicht mehr brauchen, so viel stand fest.

Die Tränen liefen, ohne dass sie es verhindern konnte. Es war ihr egal. Sie rannte jetzt, wollte nur noch weg von der Straße, weg von allem. Sich verstecken, sich verkriechen.

Das einzige Licht in dem engen Durchgang kam von der Straßenlampe am anderen Ende. Zwei Männer kamen ihr entgegen. Ein Hund, schwarz wie ein Wolf, fletschte die Zähne. Der Laden mit den vielen Preisschildern war geschlossen.

Bevor sie den Schlüssel für das Rolltor aus der Mauer holte, sah sie sich um. Zwei Araber sahen einer langen dürren Frau im Minirock nach, die so übertrieben weiblich stöckelte, dass sie vermutlich ein Mann war. Es war kalt. Und spät, sicher schon nach zwei. In den Häusern rundherum waren die Fenster geschlossen, hinter einigen flackerte noch Fernsehlicht, die meisten waren dunkel. Tote Augen.

33.

Es stank aufdringlich nach billigem Raumspray. Das Verstrebungsrohr des durchgesessenen Sessels drückte sie in den Rücken, der Gurt klemmte und ließ sich nicht mehr eng stellen. Vor ihr hatte hier offenbar ein Zweihundertkilomann gesessen. An den zerkratzten Plastikfenstern lief das Kondenswasser herunter. In der Nacht dahinter blinkte verloren das Positionslämpchen am linken Tragflügel. Janet gierte nach einer Zigarette.

Zehn vor sieben, das war unmenschlich. Um die Frühmaschine zu bekommen, hatte Janet den Wecker auf fünf gestellt und das Taxi für kurz vor sechs bestellt. Zwei Stunden Schlaf und ein Becher kochendheißer Kaffee am Flughafen. Entschieden zu wenig. Sie bat die Stewardess um ein Kissen, zog das kleine Rollo herunter, lehnte sich dagegen und verschlief den kurzen Flug mitsamt Start und Landung.

Die Frühmaschine am Freitag war nie sehr voll. Ein paar Geschäftsleute und Vertreter, Mallorquiner, die in Barcelona arbeiteten und schon jetzt für das Wochenende zurückflogen, ein paar junge Leute, Schüler, Studenten. Zwei amerikanische Rucksacktouristen. Ein älterer Mann mit einem nässenden Augenverband, der anscheinend aus der Klinik geflohen war. Und Janet. Neben den Stewardessen die einzige Frau an Bord.

Sie blieb in ihr Kissen gelehnt sitzen und sah müde zum Gang hinüber, in dem sie jetzt alle standen wie die Schafe und warteten, bis die Treppen herangerollt und die Türen aufgeklappt wurden. Nein, der frühe Morgen war wirklich nicht ihre Zeit.

Gestern Nacht um halb drei hingegen hatte sie sich noch topfit gefühlt und musste sich zwingen, in ihre Wohnung in Barceloneta hinüberzufahren, um wenigstens etwas zu schlafen.

Dagmar sorgte sich im Moment vor allem um diese Júlia. Sie war in Gefahr, keine Frage, aber sie war auch sehr schlau. Schlau und zäh. Sie hatte sich perfekt unsichtbar gemacht. Pia und die anderen Llimonas würden sie allerdings finden. Vor dem Mörder. Und auch Josep hatte endlich kapiert, um was es ging.

Der andere Punkt war, dass Dagmar geradezu panische Angst davor hatte, etwas Illegales zu tun. Etwas, das sie möglicherweise nicht nur ihre Zulassung als Anwältin kosten konnte, sondern auch ihre Kinder.

Janet hatte durchaus einen moralischen Kodex, sogar einen ziemlich hohen, wie sie meinte; aber die vorgegebenen Gesetze und die Spielregeln der Gesellschaft gaben den Maßstab nicht vor. Sie hatte sich ihr ganzes Leben über nicht davon einengen lassen. Und hier ging es doch um einen ganz einfachen Sachverhalt. Warwitz, der wohlhabende und einflussreiche Exmann von Dagmar, hatte sie und ihre Loyalität ausgenutzt, hatte sie unter Drogen gesetzt, hatte sie mit Hilfe eines befreundeten Psychiaters aus dem Verkehr gezogen und hatte ihr die Kinder weggenommen.

Dagmar hatte sich aus seinem Einfluss befreit und hatte jetzt alles Recht dieser Welt, ihre Kinder zurückzufordern.

Rein rechtlich und legal war das aber nicht so einfach. Wenn nicht sogar unmöglich.

Anders schon.

Janet hatte Dagmar dazu gebracht, Fusté anzurufen und sich seiner Mithilfe zu versichern. Sie würden einen sehr guten spanischen Anwalt brauchen. Natürlich hatte er seine Unterstützung nicht einfach so zugesagt. Dagmar schuldete ihm jetzt einen Gefallen. Einen sehr großen Gefallen, so wie Janet die Situation einschätzte.

Dann hatte sie sich noch einmal alle verfügbaren Infos über Lorenç Molino aus dem Internet geholt. Er wohnte in der Nähe von Peguera.

Um halb zwei kam Pia zurück, und kurz nach ihr auch Anna und Barbara.

Die News waren nicht sehr ermunternd.

Der tote Junge hieß Severí Tejedor, war sechzehn Jahre alt und aktenkundig als Stricher und Dealer. Mutter Prostituierte, die sich den goldenen Schuss gesetzt hatte, als der Junge acht Jahre alt war. Vater unbekannt. Keine weiteren Angehörigen. Severí war aus diversen Heimen immer wieder ausgebrochen. Hatte sich mit kleinen Gaunereien durchgeschlagen, hatte aber immer ältere Gönner gefunden, die ihn rauskauften, wenn es wirklich brenzlig wurde. In der Sprayerszene stand er ganz oben. ***sí.***

Der Tod war vermutlich durch Ertrinken eingetreten, Luis hatte aber auch eine Einstichstelle gefunden, die er noch näher untersuchen wollte, und Hämatome am Hals und an beiden Unterarmen, was auf einen Kampf hindeutete. Und offenbar hatte er ein

Kettchen um den Hals getragen, das ihm abgerissen wurde.

Anna und Barbara hatten sich getrennt und alle bekannten Plätze nach Sprayern abgesucht, aber nichts und niemanden gefunden. Die Nachricht von Severís Tod hatte sich wie ein Lauffeuer verbreitet, keiner wagte sich in dieser Nacht heraus.

Bis auf einen. Ein Deutscher. Er war etwas älter, achtzehn oder neunzehn, nannte sich ***rom*** nach seinem *tag* und kam aus Berlin. Einer Stadt, in der sie seit kurzem mit scharfen Gesetzen gegen Graffitikünstler vorgingen. Er hatte Severí über das Internet kennen gelernt und zweimal getroffen. Severí hatte ihm ein paar Plätze gezeigt, aber die Verständigung war schwierig, ***rom*** sprach nicht Spanisch, und sein und Severís Englisch war mehr als kümmerlich.

Von Severís Tod erfuhr er erst durch Anna. Aber statt zu fliehen, sprayte er einen riesigen Totenkopf auf die Wand und setzte ein ***4 sí*** darunter, was wohl *für Severí* bedeuten sollte, und sein ***rom***.

Anna bekam zwar seinen eigentlichen Namen nicht, aber doch einige interessante Informationen. Severí warf Pillen ein und sniffte auch mal eine *line*, aber er würde sich nie einen Schuss setzen. Er hasste Spritzen. Irgendwo in der Stadt hatte Severí ein luxuriöses Versteck, aber niemand wusste, wo. Und angeblich war sein bester Freund plötzlich zu Geld gekommen und aus der Szene ausgestiegen. Die Rede war von Verrat, aber niemand konnte wohl sagen, was verraten worden war und an wen.

Barbara war zum Museum gegangen und hatte dort

jede Menge Teenager angetroffen und trotz der späten, oder vielmehr schon frühen Stunde auch ein paar noch sehr junge Skater. Darunter ihr kleiner Freund Rocco.

Für zehn Euro hatte er die Adresse von ***rEg*** preisgegeben und auch noch die Mitteilung, dass der jetzt was Besseres war und alle Farbdosen Ferro, seinem kleinen Bruder, gegeben hatte. Schon im Weggehen hatte er noch den anderen Jungen erwähnt, der hier herumgelungert hatte.

Barbara kam nicht mehr dazu, nachzuhaken. Eine Gruppe von älteren Jungen, die sie schon die ganze Zeit über beobachteten, kam näher, und sie konnte nur noch wegrennen. Ein paar Volten um die Häuserecken und zurück in belebtere Straßen. Das Raval war keine Gegend für nächtliche Recherchen.

Die Schlange mit den Flugschafen begann sich zu bewegen, Janet blieb sitzen.

Josep wiegelte die Vermutungen, Hypothesen und Ermittlungsergebnisse zwar immer ab, hatte aber doch veranlasst, dass die Kongressteilnehmer überwacht wurden.

Irgendjemand von ganz oben mit viel Einfluss hatte es geschafft, die ganze Story aus den Fernsehberichten und Presseschlagzeilen ganz schnell wieder herauszubekommen. Janet hatte bei den Zeitungen, für die sie regelmäßig schrieb, angefragt, es bestand absolut kein Interesse an der Story um die tote Chemikerin.

Das Ende der Schlange. Janet stand auf, schob sich zum Gang hinüber und holte ihre Tasche aus dem Gepäckfach. Sie war die Letzte im Bus, aber die Erste beim Flughafengebäude.

Manel erwartete sie. Klein, rund und knubbelig, aber mit normalerweise hellwachen Augen. Im Moment sah er allerdings genauso müde aus wie sie sich fühlte. Sie umarmten sich.

»Ich brauch als Erstes ganz dringend einen starken Kaffee!«, sagte sie. Er ging nicht darauf ein, nahm ihr die Tasche ab und rannte los.

»Keine Zeit. Es brennt!«

34.

Angst.

Dagmar schlief seit vier Jahren schlecht und wachte früh auf, egal, wann sie ins Bett gekommen war. Aber heute hatte sie sich nur herumgewälzt, war höchstens kurz eingenickt und sofort wieder schweißgebadet aufgewacht. Um halb sechs hatte sie es nicht mehr ausgehalten. Sie duschte und überlegte lange, was sie anziehen sollte. Bequem? Schön? Elegant?

Damals in München war sie jünger und schlanker gewesen. Klassisch elegant gekleidet und extrem angepasst an die Gesellschaftsschicht ihres Mannes. Dr. Werner Warwitz, der Staranwalt. Der sie, die kleine unehelich geborene Dagmar mit dem jahrgangsbesten Staatsexamen, erst in seiner Kanzlei und dann in seinem Bett und Haus aufgenommen hatte. Und der ihr dann die Kinder geraubt hatte.

Panik.

Sarah und Jochen. Sara und Quim. Jetzt waren sie zehn und zwölf Jahre alt. Fast schon Teenager, für die sie eine Fremde war. Älter, dicker und eher nachlässig gekleidet. Sie war eine andere Frau.

Dagmar nahm den grauen Hosenanzug und die weinrote Jerseybluse, bequeme Schuhe. Sie hatte Angst um die gehörlose Júlia, für deren jetzige Situation sie sich verantwortlich fühlte. Sie hatte Angst um ihre Kinder, weil sie Janets abenteuerlichen Plänen misstraute. Sie hatte Angst, den Funken Hoffnung zuzulassen, der sich seit gestern immer stärker meldete. Sie zu sprengen drohte.

Janet war schlau und mutig. Und sie hatte Manel und den jungen Jordi dabei. Wenn irgendjemand es schaffte, dann Janet.

Die Panik. Dass sie die Kinder am Flughafen abholte und die sie nicht erkannten. Dass sie sie sehr wohl erkannten, aber hasserfüllt ablehnten. Dass sie unglücklich waren und zurück nach Mallorca wollten. Dass sie mittlerweile diese Helen als Mutter akzeptiert hatten.

Und liebten.

Dagmar zwang sich, wenigstens etwas Tee zu trinken. Sie ging durch die riesige Wohnung, in der sie auch nach dem Tod der alten Señora das Wohnrecht hatte. Der Charme längst vergangener Tage. Hohe Räume mit Stuckdecken, französische Fenster mit Jalousien und schmalen Balkonen, schwarz-weiß oder bunt glasierte Keramikfliesen auf den Böden. Und noch vier fast leere Zimmer. In ihrer Phantasie hatte Dagmar die beiden vorderen Zimmer immer als fröhliche Kinderzimmer eingerichtet. Aber getan hatte sie es nie.

Es gab Betten, Regale und zwei Schränke. Wenn die Kinder kamen und blieben, dann würden sie die Zimmer zusammen neu einrichten.

Dagmar ging in den größten und hellsten Raum, in dem sie ihr Arbeitszimmer eingerichtet hatte. Auch hier wirkten ihre paar Möbel klein und kümmerlich. Als sie hier anfing, hatte sie kein Geld übrig gehabt, aber immer die Hoffnung, die Kinder bald bei sich zu haben. Vielleicht blieben sie. Dagmar nahm sich ganz fest vor, sie nicht unter Druck zu setzen. Ihnen die Wahl zu lassen. Aber vielleicht fanden sie ja eine neue Basis zusammen. Vielleicht.

Dagmar nahm ihr Handy von der Ladestation und steckte es in die Jackentasche. Sie musste es unbedingt bei sich haben. Wenn Janet anrief.

Sie setzte sich an den Tisch und ordnete den Papierstapel mit den Notizen ihrer bisherigen Ermittlungen.

Der Mord an Lídia war extrem raffiniert und wäre fast nicht als Mord erkannt worden. Sie hatten es also mit einem sehr intelligenten Mörder zu tun. Andererseits hatte er ein enormes Risiko auf sich genommen, als er die Zutaten zu seinem Gas in den Apotheken nahe des Hotels zusammenkaufte, als er sich alle Zeit der Welt in Lídias Hotelzimmer nahm.

Wer immer der Mörder war, er hatte es nicht nur aus dem seiner Meinung nach berechtigten Motiv heraus getan, er hatte auch großen Spaß an der Inszenierung. Ein Psycho also. Intelligent, gebildet, gewandt. Nach außen hin nicht zu erkennen.

Aber er hatte nicht mit Zeugen gerechnet. Da war erst mal der Fotograf Xavier Guijarro auf dem Hotelflur. Auch sein Tod wäre normalerweise als goldener Schuss eines Junkies durchgegangen.

Und dann gab es Júlia.

Der Mörder suchte sie. Er hatte herausgefunden, wo sie wohnte, und dass sie zur Sprayerszene gehörte. Er fühlte sich sicher, er spielte Katz und Maus.

Er hatte sich an diesen Severí Tejedor herangemacht. Aber falls der etwas über Júlia wusste, hatte er es anscheinend nicht verraten.

Severí spielte eine große Rolle bei den Sprayern von Barcelona. Er hatte eine *domain* im Internet und korrespondierte mit Graffitikünstlern in der ganzen Welt.

Janet hatte ihr die *site* gezeigt. Sie war professionell aufgemacht, nicht schrill, sondern eher cool. Erstaunlich sinnlich und kraftvoll für einen erst sechzehnjährigen Jungen.

Laut Josep hatte er einige Vorstrafen. Drogen und Prostitution. Seine Mutter war tot, einen Vater gab es nicht. Diese Rolle hatten anscheinend wohlhabende Freier übernommen, denn laut Josep war er immer mit Hilfe von renommierten Rechtsanwälten freigekommen. Es gab verschiedene Adressen, unter keiner war er in den letzten Monaten gesichtet worden.

Pia hatte in seinem Rucksack den Zettel eines Supermarktes im Raval gefunden, Joseps Männer würden heute dort nachfragen, vielleicht ergab das eine Spur.

Irgendeine Unterkunft musste er haben. Er hatte einen Computer mit Modem. Er hatte ein Mobiltelefon neuester Bauart bei sich gehabt, und seine Kleidung war laut Luis sehr sauber und gepflegt.

Dagmar hatte erst in den letzten Tagen durch Janet, Anna und Barbara etwas mehr über die Graffiti- und Sprayerszene erfahren. Aber ihr war klar, dass Severí nicht wirklich auf der Straße gelebt hatte. Vielleicht war er bei einem seiner älteren Freier untergeschlüpft. Obwohl sie sich das nicht so recht vorstellen konnte. Sie hatte seine Bilder gesehen, seine *pieces*. Er liebte nicht Männer, sondern Frauen. Und ganz offensichtlich hatte er ja auch Júlia geholfen, dem einzigen Mädchen.

Josep hatte zwei seiner Leute abgestellt, die Kongressteilnehmer zu beobachten, und Luis war selbst bei den meisten Veranstaltungen dabei. Gestern hatten sie alle tagsüber an einem Symposium teilgenommen und den Abend mit einem Besuch in der Oper abgeschlossen. Aber unter hundert Männern in dunklen Anzügen konnte einem schon mal leicht einer für eine halbe Stunde entschlüpfen. Pia würde sich heute noch einmal mit jedem einzeln befassen.

Anna und Barbara wollten versuchen, mit Fotos von Júlia und Severí noch einmal diesen Deutschen ***rom*** und andere Sprayer zu befragen. Was vor Mitternacht nur sehr wenig Erfolg versprach.

Fotos. Dagmar kramte die Notizen von Janet hervor, ihren alten Artikel über Graffitikünstler, einen Ausdruck von Severís *website* und die von anderen Künstlern.

Es gab auch ein paar Fotos, die Janet mit ihrer Digikamera am Museum geschossen hatte. Der zugesprayte Bauzaun mit den verschiedenen *tags* und auch der kleine Junge. Rocco. Der große Bruder von seinem besten Freund war ja angeblich ein Sprayer.

Dagmar sprang auf. Schnappte ihre Tasche, prüfte kurz, ob sie alles dabei hatte, und tastete dreimal nach dem Telefon in ihrer Jacke.

35.

Die Apartmenthäuser, Feriensiedlungen, Discos und Strandbars waren tot. Leere Swimmingpools, abblätternde Farbe und verklebte Schaufenster.

Palma selbst begann gerade erst aufzuwachen, es war kurz nach acht. Die Straßen waren frei.

Und je weiter sie ins Innere der Insel kamen, desto unberührter schien die Landschaft links und rechts der breiten Straße. Alte *fincas* mit Windmühlen, niedrige Steinmauern, Feigen und Mandelbäume, Orangenplantagen.

»Im Sommer ist hier die Hölle los. Jetzt ist die beste Jahreszeit, kein Mensch unterwegs.« Manel holte das Letzte aus dem Seat heraus, aber Janet war das immer noch zu langsam.

»Das schaffen wir doch nie in einer Stunde!«

»Doch, schaffen wir. Autobahn. Um zehn sind wir dort.«

»Also, noch mal, was genau hast du vor?!«

»Hinter der Finca von diesem Wartwitz ist ein früherer Stall. Bis oben voll mit alten Gartenmöbeln, Werkzeugen, Farben und so. Dort haben wir einen Brandsatz versteckt, der um Punkt zehn losgeht. In der Gegend wird öfter mal gezündelt, und wenn niemand zu Schaden kommt, wird da auch nicht groß nachgeforscht.«

»Und die Kinder?«

»Da kann nichts passieren. Das Haus ist leer. Die Kinder sind in der Schule. Jordi, du kennst meinen Mitarbeiter? Also Jordi kommt ja von Mallorca. Er hat hier überall Familie. Ein Neffe geht auf dieselbe Schule wie Sara und Quim. Und Jordi hat sich in den letzten Wochen öfter mal in den Fahrdienst der Eltern eingeschaltet. Das heißt, heute hat er die Kinder abgeholt und in die Schule gebracht. Die geht freitags allerdings nur bis halb zwölf.«

»Und Helen?«

»Die war ein harter Brocken! Boris hat sie drei Wochen lang angebaggert. Er wollte zweimal hinschmeißen. Ich musste sein Honorar erhöhen. Diese Helen ist anscheinend völlig humorlos, furztrocken und abgrundtief frustriert. Sie klammert sich an die Kinder, nicht aus Liebe oder Pflichtbewusstsein, sondern aus Angst um den Job.

Boris war bisher dreimal mit ihr aus. Romantisches Candlelightdinner, ein Konzert mit Ana Belén und Miguel Ríos, eine Tanzbar. Boris hat mir die Rechnungen gegeben, er hat wirklich alle Register gezogen. Seit etwa zehn Tagen hat er sie so weit, wie er meint. Er hat sich aber *gentlemanlike* zurückgehalten, bis wir dein *Okay* bekommen haben.»

»Das lag wohl weniger an seiner guten Erziehung als an ihrem Aussehen, oder?«

»Ich hab sie mal gesehen«, Manel nahm eine Zigarre aus seiner Hemdtasche und steckte sie sich in den Mund, ohne sie anzuzünden. »Sie sieht nicht schlecht aus.« Er grinste. »Wenn man diesen englischen Typ mag.«

Janet ging nicht weiter darauf ein. Der dicke kleine Manel hätte mit Handkuss jede Frau genommen, die nicht schnell genug auf den nächsten Baum kam. Sie steckte sich eine Zigarette an und gab Manel das Feuerzeug für seine Zigarre. Sofort begann es in dem kleinen Auto nach nassem Schaffell zu stinken.

»Aber so schön wie du ist sie natürlich nicht«, bedankte sich Manel, leckte sich die Zigarre zurecht und wandte seine Aufmerksamkeit wieder der Straße zu.

»Also noch mal für mich zum Mitschreiben: Dieser Boris hat Helen heute Nacht bei sich zu Hause. Und behält sie auch dort?«

»Sie trinkt gern und viel. Und ich hab ihm eine Packung Diazepam mitgegeben.«

»Just in case.«

»Genau. Der Brandsatz ist auf zehn Uhr eingestellt.«

»Und vorher darf sie nicht in der *finca* auftauchen. Sehr gut. Am besten wäre es, wenn die Polizei sie aus dem Bett von Boris holt.«

»Jordi holt die Kinder von der Schule ab und fährt mit ihnen noch nach Calvía rüber. Da ist ein kleiner Jahrmarkt. Eis und Churritos essen, Ringe werfen und Plüschtiere schießen. Er hat auch einen Packen Geld von mir mitbekommen.«

»Das ist es wert, Manel. Wenn die Polizei Helen aus dem Bett eines Mannes holt, den sie erst seit drei Wochen kennt, während beinahe die ganze *finca* abfackelt, und dann noch nicht mal weiß, wo die Kinder sind, dann hat der alte Warwitz wirklich keine Chance.«

»Ich denke, der liegt mit einem Infarkt und an Schläuchen auf der Intensivstation in München?«

»Das kam hilfreich dazu. Deshalb der kurzfristige Zugriff. Warwitz kann im Moment gar nichts machen.«

Sie kamen zu einer Ausfahrt. Links ging es nach Port Antratx, rechts zu einer *urbanización* vor Peguera.

»Willst du nicht doch mitkommen?«

»Nein, besser, ich hab wenigstens so eine Art Alibi. Wer soll das Feuer entdecken?«

»Die Nachbarn. Der Stall ist voller Farben und Lösungsmittel, das wird ganz schön knallen. Und da komm ich zufällig vorbei.«

»Wenn die das genau untersuchen, finden die aber eine Menge Löcher.« Janet drückte ihre Zigarette aus.

»Werden sie nicht. Das ist alles so banal, wer sollte da nachfragen?!«

Die Straße stieg an, Manel fuhr durch den alten Ortskern und an der kleinen Kirche vorbei und bog noch einmal ab. Bremste vor einer modernen Bungalowsiedlung wie aus dem Ferienkatalog. Weiße Würfel mit roten Dächern, Terrassen und Swimmingpools. Kleine Vorgärten mit Yuccas, Geranien und Bogainvillea.

»Ruf mich sofort an!« Janet stieg aus, Manel nickte, wendete und raste wieder zurück.

Beim Näherkommen sah Janet, dass die Siedlung schon lange nicht mehr weiß und neu war. Die Fassaden hatten rote Regenstreifen, der Rasen war verwildert, die Blumen waren verholzt. Überquellende Müllcontainer, braungerostete Kinderfahrräder und Tretautos, die Pools leer oder algengrün, sogar der Rumpf eines bauchigen Fischerbootes, aufgebockt, abgebeizt und dann in der Sonne vergessen. Nummer 14 war nicht zu finden. 13, dann 17. Janet ging langsam an den Vorgärten vorbei, einmal bewegte sich eine Jalousie, ein Hund bellte hinter der Tür, eine magere schwarze Katze folgte ihr in respektvollem Abstand.

Vor zehn, fünfzehn Jahren, als der Bauboom hier so richtig aufblühte, als die Promis aus aller Welt ein Vermögen für jeden noch so kleinen Stall hinlegten, als Mallorca von den internationalen Medien ein neues Image als Insel der Reichen und Berühmten bekam, da hatte irgendein Schwachkopf versucht, sich an den Zug anzuhängen. Und hier oben, weit weg von Strand, Meer und Tourismus eine Feriensiedlung hochgezogen.

Vielleicht hatte er die Bungalows ja auch noch ganz gut verkauft. Nur die ersten Käufer waren nicht geblieben. Oder hatten nicht bezahlt. Jetzt herrschte hier jedenfalls keine fröhliche Ferienstimmung, sondern die graue Lethargie einer Bergarbeitersiedlung in Nordengland nach Schließung der letzten Zeche.

Das Wetter passte dazu. Dunkle Wolken und ein kalter Wind. Luftfeuchtigkeit fast bei hundert. Nummer 14 lag zwischen 23 und 29.

Der Bungalow schien größer, hatte einen Anbau und ein verglastes Gewächshaus. Rund um die Terrasse standen Steinkübel mit rotem Hibiskus und weiß blühenden Buschwindröschen, im Garten davor standen drei Mandelbäume, der Swimmingpool war sorgfältig mit einer blauen Plane abgedeckt.

Zur Haustür führte eine kleine Rampe hoch. Das Pinienholz war frisch gefirnisst. In Augenhöhe war ein Guckloch. Der Türknauf war sehr tief angesetzt. Eine Klingel gab es nicht, nur einen Klopfring mit Löwenkopf. Janet klopfte dreimal, wartete, klopfte dann noch mal. Dann hörte sie Schritte, hinter dem Guckloch bewegte sich etwas. Nichts. Janet klopfte erneut.

»*Hola*?«

Endlich wurde die Tür langsam einen Spalt weit geöffnet, eine Sperrkette in Knaufhöhe verhinderte mehr.

»Wer sind Sie? Was wollen Sie?«

Erst als Janet den Kopf senkte, bemerkte sie den Mann im Rollstuhl, ein dunkler Vollbart, funkelnde Brillengläser, viel mehr konnte sie nicht erkennen.

»Mein Name ist Janet Howard. Sind Sie Lorenç Molina?«

»Und wenn?!« Seine Stimme klang aggressiv. Janet verstärkte ihren englischen Akzent.

»Ich arbeite für die BBC. Ich habe Ihre *website* gesehen und Ihren Film über Graffitikünstler. Schmutz oder Kunst. Ich würde mich gern mit Ihnen unterhalten.«

»Oh«, der Mann hantierte geschickt den Rollstuhl aus dem Weg und öffnete die Tür. »Das ist etwas anderes. Ich dachte, sie kommen vom … egal.«

Vom Sozialamt, ergänzte Janet in Gedanken. Das wär jetzt schon das zweite Mal, dass man sie für eine Sozialtante hielt. Ausgerechnet.

»Kommen Sie!« Der Rollstuhl fuhr vor ihr her über einen rot gekachelten Flur. Es war düster. An der einen Wand stand eine schmale Kommode, an der anderen gab es Garderobehaken mit Jacken in verschiedenen Größen. Janet streifte einen Männerparka mit der Hand, er war feucht.

Sie zählte sechs Türen. Alle mit tiefer sitzenden Klinken. Die meisten offen oder nur angelehnt. Hinter der einen gab es eine Küche mit Arbeitsflächen in normaler Höhe, hinter einer Milchglastür das Bad, ein Kinderzimmer mit Stockbetten, bunten Mobiles und einem Piratenschiff aus Legosteinen auf dem Boden, ein Schlafzimmer mit einem gewaltigen Doppelbett und einer verspiegelten Schrankwand. Vor dem nächsten Zimmer zögerte der Rollstuhl, dann zog der Mann hastig die Tür zu, aber Janet hatte bereits eine übervolle Bücherwand, einen Schreibtisch mit Computer und einen Bürostuhl davor gesehen. Der Mann rollte auf die letzte, eine Glastür zu.

Das Wohnzimmer war relativ groß und ging auf die Terrasse hinaus. Auch hier war es trotz der deckenhohen Glastüren düster.

Bodenlange Vorhänge, roter Terrakottaboden, weiß gekalkte Wände mit gemauerten Regalen, ein Schrank mit eingebauter Bar, ein dunkler Esstisch mit sechs Stühlen, ein schwarzes Ledersofa mit drei Sesseln und zweigeschossigem Rauchglastisch und ein Eckschrank aus Stahl und Plexiglas mit einem gewaltigen Plasmafernseher, DVD-Receiver, dazu Lautsprecherboxen rundum im ganzen Raum.

»Schöne Anlage«, sagte Janet, um höflich zu sein. Der

Mann stoppte seinen Rollstuhl vor der Couch und wirbelte zu ihr herum. Er trug weite Jeans und einen blauen Pulli. Er lachte und sah plötzlich viel jünger aus.

»Bitte, setzen Sie sich doch. Darf ich Ihnen etwas zu trinken anbieten?«

»Danke, nein. Señor Molina …«

»Llorenç. Bitte nennen Sie mich Llorenç. Und Sie sind Janet? Einen Kaffee vielleicht? Wasser? Ein kleiner Whisky? Ich habe Scotch da.« Er hatte Charme, keine Frage.

»Danke, gern. Einen kleinen.«

Llorenç rollte zu der Schrankbar und kam mit zwei perfekt golden gefüllten Kristallgläsern auf einem kleinen Palettentablett zurück. »Rauchen Sie?« Er nahm eine Schachtel Camel vom Tisch, klopfte eine Zigarette heraus, hielt sie ihr hin und schob einen Aschenbecher aus Muranoglas zu ihr hinüber.

»Danke, ich hab meine eigenen.« Janet nahm ihre Ducados heraus, Llorenç gab ihr Feuer und steckte sich selbst eine Camel an. Mit der linken Hand, seine rechte schien etwas unbeholfen.

»Nur gut, dass meine Frau nicht da ist. Sie würde sofort wieder von Krebs und so anfangen. Als könnte mich das noch schrecken.« Wieder Charme und Lachen. Abgehalfterter Drehbuchautor schleimt sich an die vermeintlich große internationale Chance ran.

»Tut mir leid, Llorenç, aber das mit der BBC war gelogen. Ich wollte nur gern mit Ihnen reden.«

Er wurde bleich unter der Sonnenbräune. Hinter der Brille zogen sich die Augen zusammen. »Dann sind Sie … sind Sie …«

Von der Versicherung, wollte er vermutlich sagen, aber Janet ließ ihn auflaufen. Schwieg. Wartete. Seine Hände krallten sich in die Rädern des Rollstuhls, sein Fuß zuckte.

»Über Ihre Exfrau. Lídia Pastor.«

Schweigen.

»Sie erinnern sich doch an Lídia? Sie waren von 1984 bis achtundachtzig mit ihr verheiratet.«

Schweigen.

»Sie ist tot. Aber das haben Sie ja sicher gelesen oder im Fernsehen gehört.«

Schweigen.

»Warum haben Sie sich nie bei der Kripo in Barcelona gemeldet?«

»Weil ich nichts damit zu tun habe!« Er rollte ein Stück von ihr weg und schob sich in Fluchtposition. »Weil mich das alles nichts mehr angeht. Weil ich jetzt eine neue Familie habe.«

»Ah ja? Und die wissen nichts von ihrer früheren Ehe?«

»Was wollen Sie?!« Er sah nervös auf die Uhr, lauschte nach draußen.

»Ihre jetzige Frau und ihre Familie sind vielleicht streng katholisch«, begann Janet verständnisvoll. »Sie wissen nicht, dass Sie schon einmal verheiratet waren. Vierundachtzig haben Sie auch kirchlich geheiratet. So gesehen wäre ihre jetzige Ehe vor Gott ungültig. Das gilt dann bei Ihnen als Todsünde, oder?«

»Was wollen Sie, verdammt?!« Er wurde wütend. Janet blieb ruhig.

»Und was würden sie sagen, wenn sie wüssten, dass

Sie gar nicht gelähmt sind, dass Sie die Zuschüsse von Staat und Versicherungen unberechtigt beziehen? Oder wissen sie es und machen mit? Weil da doch einiges an Geld zusammen kommt. Monatlich? Aber was würden dann die Behörden dazu sagen?«

»Sie reden Scheiße!«

»Ich habe Sie vorhin an der Haustür am Guckloch gesehen. Ihr Parka war noch feucht, Sie waren also kurz vorher draußen, aber auf der Rampe waren keine frischen Rollstuhlspuren. Ich habe den Drehstuhl in ihrem Arbeitszimmer gesehen. Möglicherweise haben Sie noch leichte Lähmungserscheinungen in der rechten Hand, aber Ihre Beine sind kräftig, Ihre Füße bewegen sich. Ein Arzt braucht keine drei Minuten, um den Betrug auffliegen zu lassen.«

Er starrte sie hasserfüllt an.

»Sie könnten also problemlos für einen Tag nach Barcelona geflogen sein.«

Er schüttelte den Kopf. »Nein. Nein!«

Janet steckte sich eine neue Zigarette an, nahm einen Schluck und lehnte sich zurück. »Also, fangen wir an. Erzählen Sie mir von Lídia.«

»Im Fernsehen haben sie gesagt, dass sie an einem ganz normalen Herzversagen gestorben ist.«

»Hatte sie denn Herzprobleme?«

»Damals waren wir so jung …«

»Sie war immer noch jung. Viel zu jung, um an Herzversagen zu sterben.«

»Was … was wollen Sie damit sagen?« Seine Hände krampften sich immer heftiger in die Räder.

»Dass sie ermordet worden ist.«

Er starrte sie an, schüttelte wieder nur den Kopf. Fassungslos. Waren das Tränen in seinen Augen? Janet setzte nach.

»Und nicht nur sie. Der Mörder jagt und tötet alle Zeugen. Unter ihnen ein junges Mädchen, das nicht hören kann!«

36.

Sie war so müde. Der Hunger verging nach einiger Zeit, aber der Durst wurde schlimmer und schlimmer. Júlia rollte sich auf der bunten Decke zusammen und versuchte, zu schlafen. Es funktionierte nicht.

Als Erstes hatte sie Severís Versteck genau durchsucht. Sie fühlte sich relativ sicher. Severí hatte außer ihr niemandem von dieser Garage erzählt. Das hatte er oft genug erwähnt. Er war so einsam gewesen. Aber sie hatte er gern gehabt. Er war sogar in sie verliebt gewesen. Sie hatte seine Zeichnungen jetzt genauer angesehen. Sie hatte ihn überhaupt nicht gekannt.

Sie weinte. Für sie war Severí immer nur der große starke Severí gewesen, der schon alles wusste und kannte, der allein zurechtkam. Der Unnahbare, der über allem stand.

Stattdessen hatte sie sich in Roger verliebt. Weil er so sensibel war. Weil er so schön zeichnen konnte und so lieb für seine kleinen Geschwister sorgte.

Severí hätte seine Freunde niemals verraten. Für kein Geld der Welt.

Sie suchte weiter. Kleidung, Wäsche, Bücher. Sie brauchte nicht lange, um den lockeren Stein in der Mauer zu finden, sie kannte sich aus mit Geheimverstecken. Sie fand eine kleine Blechschachtel mit Rosen und einem altmodischen Mädchengesicht darauf. Innen waren keine Liebesbriefe oder andere Schätze. Nur Tüten. Jede Menge kleiner Plastiktüten. Bunte Pillen und weißes Pulver. Sie klappte die Dose hastig zu und schob sie in das Versteck zurück.

Nein.

Alles wäre einfacher.

Nein.

Sie fror und schwitzte gleichzeitig. Es gab nichts zu essen hier. Kein Wasser, keinen Wein, keinen Schnaps, nichts.

Sie dachte an das Yaba, das sie weggeworfen hatte. Es hätte die Müdigkeit vertrieben und die Angst.

Nein.

Sie hatte aufgehört. Sie hatte es sich geschworen. Sie wollte raus aus diesem Leben.

Aber nicht so wie Severí.

Wenn es aber sowieso keinen Ausweg mehr gab …

Nein. Nein. Nein.

Sie musste nachdenken. Und das konnte sie viel besser, wenn sie sich stark fühlte, wenn sie keine Angst hatte.

NEIN!

Lieber zurück zur *abuela*. Wieder in die Schule gehen. Ganz normal leben. Die blöden Lehrer ertragen.

Den verdammten Stoff pauken. Einen Abschluss machen. Auf die Akademie gehen. Oder Design studieren. Plakate entwerfen. Oder Bücher illustrieren. Kinderbücher. Die Geschichten von Mara und Moro, die Mama sich ausgedacht hatte und ihnen abends immer erzählt hatte. Deutlich betont und in Gebärdensprache.

Sie versuchte, zu schlafen.

Ihr achter Geburtstag. Die Sonne schien. Über der Terrassentür eine bunte Buchstabenkette. Happy Birthday. Mama brachte die riesige Torte heraus. Acht Kerzen. Sie blies sie alle in einem Zug aus. Der Papa hob sie hoch und wirbelte sie durch die Luft. Er sprach immer spanisch mit ihr. Aber seine Gebärden waren oft unverständlich. Marc hatte ein Bild für sie gemalt. Einen blauen Elefanten. *Felíz cumpleaño!*

Auf dem zweiten Tisch stand die Limonade. Eine bauchige Glasschüssel, bis oben hin gefüllt. Hellgelb mit Zitronenschnitzen, Minzeblättchen und ganz vielen Eiswürfeln. Der Geschmack auf der Zunge. Süß und sauer und frisch. Frisch.

Sie setzte sich mit einem Ruck auf. Die Zunge klebte am Gaumen, sie bekam kaum noch Luft. Es war kurz vor elf, heller Tag, keine gute Zeit, um rauszugehen. Aber sie konnte nicht länger warten.

Vorsichtig hob sie das Rolltor hoch und schlüpfte hinaus. Schaute sich vorsichtig im Hof um und an den Häuserfassaden hoch. Hier war niemand. Auch der dunkle, schmale Durchgang zur Straße hinaus war leer. Es roch nach feuchtem Stein, Bier und Pisse.

Vorn an der Tallers gleißend helles Sonnenlicht.

Júlia ging dicht an der Wand entlang. Langsam. Sie wusste, dass sogar Gummisohlen Geräusche machen konnten.

Erstaunlich viele Menschen für einen Freitag Vormittag. Júlia blinzelte im hellen Licht. Vor der Bodega stand der Getränkewagen. Fanta, Cola, Bier. Innen waren der dicke Besitzer und ein paar Kunden, da konnte sie jetzt unmöglich rein.

Ein junger Mann hob ein paar Kisten vom Wagen und stapelte sie auf eine Rollkarre, fuhr sie durch die Glastür.

Júlia war so auf die Getränkekisten fixiert, dass sie den Mann mit dem Hut auf der anderen Straßenseite nicht bemerkte. Sie ging langsam aber unbeirrbar auf den Wagen zu. Vorn an der Rampe standen zwei rote Plastikträger. Júlia griff nach einer Colaflasche.

Da sah sie den grauen Renault. Er stand quer in einer Einfahrt, hinter dem Steuer ein junger Mann, der seine Zigarettenasche aus dem Fenster schnippte. Das Auto hatte kein Blaulicht auf dem Dach, der Mann keine Uniform an, aber Júlia witterte es, außerdem erkannte sie die Spezialantenne.

Polizei.

Vielleicht waren sie ja gar nicht hinter ihr her. Und wenn, vielleicht kam sie mit einer Bewährungsstrafe davon. Vielleicht glaubten sie ihr wenigstens dieses eine Mal. Wenn sie noch die Karte von der dicken Dame gehabt hätte, die ihr in der Laietana geholfen hatte, vielleicht hätte sie die angerufen. Aber sie hatte die Nummer schon lange nicht mehr, und selbst wenn, wie hätte sie sich dann verständigen sollen? Die Panik ließ sowieso nichts anderes zu als ihre lang geübten Straßenreflexe.

Es kostete viel Kraft, nicht zu rennen. Sie bewegte sich rückwärts, drehte sich langsam um und ging ein paar Schritte weiter bis zu dem engen Durchgang. Schaute sich nicht noch einmal um, sondern floh erleichtert in die Dunkelheit.

37.

Zuerst fand Dagmar den Hauseingang nicht, entdeckte ihn dann endlich an der Rückseite des Blocks, aber es gab keine Klingeln und keine Namen.

Die Fassade war fleckig wie das Fell eines räudigen alten Hundes. Meterweise war der Putz abgeplatzt, und an den brüchigen Ziegeln, die darunter zum Vorschein kamen, konnte man sehen, dass schon damals, beim Bau der Häuser, mehr improvisiert als geplant worden war.

Einige Balkone waren irgendwann abgebrochen, es gab nur noch die Spuren in der Mauer und die Reste der ursprünglichen Stahlträger, einige waren von unten provisorisch gestützt, andere mit Wellblech und Glas notdürftig als zusätzliche Räume umbaut. Ab und zu einmal hatte jemand sein Stückchen Fassade weiß gestrichen; hinter rostigen Gittern verdorrten die Reste von Topfpflanzen, auf jeder freien Fläche hing Wäsche. Verformt, verblichen, verschlissen.

Der Hof war eine riesige Müllhalde über den Restmauern eines abgerissenen Hauses. Aus mehreren Fenstern dröhnte Fernsehlärm, aber kein Mensch war zu sehen. Es war kurz vor elf, und nicht einmal Kinder spielten hier.

Der kleine Rocco, der ihr gegen zwanzig Euro die Adresse genannt hatte, wollte sie eigentlich zu Roger bringen, verschwand aber, kurz bevor sie zu dem Häuserblock kamen.

Dagmar zögerte. Sie musste bei einer Wohnung anklopfen und nach Rogers Familie fragen. Für so einen Job war sie entschieden falsch abgezogen. Sie wollte sich gerade einen Ruck geben und ins Haus gehen, als eine Stimme sie aufhielt.

»Das ist aber wirklich keine Umgebung für eine schöne Frau!«

Dagmar fuhr herum. Marcel Gutiérrez stand hinter ihr. Zu nah hinter ihr. So nah, dass sie nicht ausweichen konnte, ohne in einen Hundehaufen zu treten. Seine Augen strahlten, fixierten ihren Blick.

Es war der gleiche manipulative Charme, den auch Warwitz zu Anfang eingesetzt hatte. Mit dem er sie zur Sklavin gemacht und eigener Entscheidungen beraubt hatte. Mit dem er verschiedene Leute dazu gebracht hatte, ihm zu helfen, ihr ganz legal die Kinder zu nehmen.

Doch diesmal blieb die Wirkung aus.

»Was machst du hier?«

»Du bist wütend. Du bist wunderschön, wenn du wütend bist.« Er beugte sich leicht zu ihr herüber und nahm ihr noch mehr Platz weg. Sie hob eine

Hand, legte sie ihm auf die Brust und schob ihn zur Seite.

»Tut mir Leid, ich habe jetzt keine Zeit. Gibt es einen Grund für dich, hier zu sein?«

»Du bist meine Anwältin. Ich habe dich gesucht.«

»Ausgerechnet hier?«

»Deine Kolleginnen in der Llimona 5 haben mir gesagt, dass du hier in der Gegend sein könntest.«

»Wer hat dir das gesagt?«, das kam ruhig und gelassen heraus. Dagmar war selbst erstaunt. Sie hatte diesen großen Mann zur Seite geschoben, er hatte sich schieben lassen. Sein Charme wirkte nicht mehr, und sie fühlte sich frei. Frei und stark. Richtig misstrauisch wurde sie erst, als er so offensichtlich log.

»Janet, glaube ich. Diese dünne, ältere, sie ist Engländerin, oder?«

»Ah ja, Janet.« Dagmar ging wieder zur Straße zurück. »Hör zu, ich habe im Moment etwas anderes zu tun. Ich warte hier auf Josep Bonet und seine Kollegen. Es geht da um eine Drogensache. Die Polizei hat eine Razzia vor, und wir müssen jetzt jedes Aufsehen vermeiden. Sei so lieb und geh vor bis zur Elisbets und dann rüber zu den Ramblas. Gleich an der Ecke rechts ist ein Café. Ich treffe dich da in einer halben Stunde, okay?«

»Ja, aber …« Marcel wirkte nicht erschrocken, nur verwirrt. Dagmar senkte die Stimme.

»Nur als kleiner Tip deiner Anwältin: Es wäre keineswegs hilfreich, wenn du gerade jetzt in eine Polizeirazzia gerätst. Verstanden?«

»Ja. Ja natürlich …« Er war noch immer nicht überzeugt, aber er trollte sich. Dagmar wartete, bis er um die Ecke verschwunden war, dann lief sie zurück zur Rückseite des Häuserblocks. Irgendetwas stimmte hier nicht, aber darum würde sie sich später kümmern.

Diesmal ging sie sofort in das Gebäude hinein. Das Treppenhaus war dunkel und stank faulig nach Fisch. An den Wänden stapelten sich alte Kinderwagen, zerbrochenes Spielzeug, Müllsäcke. Die Stufen waren durchgetreten. Hinter einer Tür im ersten Stock lärmte der Fernseher. Kein Schild, kein Name. Dagmar klopfte an die Tür.

Ein kleines Mädchen machte auf. Sie war drei oder sogar schon vier Jahre alt, nackt bis auf eine schmuddelige Windelhose. Verfilzte Haare, verschmiertes Gesicht. Wache Augen.

»Willst du?«

»Ist deine Mama nicht da?«

»Keine Zeit.« Das Mädchen wollte die Tür wieder zudrücken. Dagmar hatte Hemmungen, den Fuß dazwischen zu stellen. Sie hielt nur die Hand leicht dagegen.

»Ich suche Ferro. Und Roger. Kennst du die?«

»Oben!« Das Mädchen deutete hoch, und die Erleichterung ließ es lächeln, winzige schwarze Zahnruinen. Aus einem anderen Zimmer rief eine Männerstimme.

»Wer ist da, verdammt?!«

»Sossalamt!« Die Tür wurde mit Schwung zugeknallt.

Dagmar fand die Familie von Roger im dritten Stock. Die Tür war blau gestrichen, es gab ein Guckloch und ein rotes Namensschild mit Kinderschrift: *familia* Recordér.

Sie klopfte, merkte, dass sie durch das Guckloch begutachtet wurde, hörte einen geflüsterten Disput und eilige Schritte. Dann wurde die Tür geöffnet. Ein schmaler hoch aufgeschossener Junge von etwa sechzehn Jahren, Brille, Jeans und einer Lederjacke, so neu, dass sie noch duftete.

»Ja?«

»Du bist sicher Roger, stimmt's?«

»Wer will das wissen?« Die hellen Augen hinter der Brille schätzten sie misstrauisch ab.

»Mein Name ist Dagmar Warwitz.«

Hinter dem Jungen tauchten zwei kleine Mädchen von etwa sieben und acht Jahren auf.

»Haben Sie einen Ausweis?«

Dann kam eine Frau dazu, rund und üppig in einen farbenprächtigen Kaftan gehüllt, mit einem erstaunlich jungen Gesicht unter einem Wust dunkler Haare. Nur die dunklen Ringe unter den Augen trübten den Eindruck von strotzender Gesundheit. Sie legte den Mädchen die Hände um die Schultern und hielt sie zurück.

»Keine Angst, ich bin nicht vom Sozialamt.« Dagmar hielt ihm ihre Visitenkarte hin. »Ich bin Anwältin.«

»Wir brauchen keine Anwältin!«

Der Junge blieb breitbeinig in er Tür stehen, die runde Frau schob die Mädchen hinter sich und kam ein paar Schritte näher. »Ist es wegen Raimon?«

»Vielleicht kann ich auch etwas für Raimon tun, aber jetzt geht es erst mal um Roger.« Dagmar schob den Jungen sanft aber bestimmt zur Seite. »Darf ich reinkommen?«

Die Wohnung war eng und düster aber blitzsauber. Es duftete nach Zwiebeln und gedünsteten Tomaten, Möbel vom Sperrmüll waren geschickt repariert und mit Farben aufpoliert worden, an den Wänden hingen bunte Kinderzeichnungen und großformatige Schwarz-Weiß-Skizzen für Graffiti. Die runde Frau brachte Dagmar in den letzten Raum, der auf einen der Balkone hinausging. Auch hier sah man den verzweifelten Versuch, mit Sauberkeit und Farben gegen Armut und Verfall anzugehen. In dem Zimmer schliefen offensichtlich die Eltern, aber aus den Betten waren mit Kissen und Indianerdecken Sofas gemacht worden, ein hochgestelltes Bettgestell aus Eisenrohren mit einem Vorhang davor diente als Kleiderschrank, ein Quader aus bunt lackierten Orangen- und Weinkisten diente als Tisch und Regal in einem. Auf dem Fußboden hockte ein kleiner Junge mit einem Klumpfuß und baute einen kühnen Turm aus Holzklötzchen, die jemand liebevoll zurechtgesägt, glatt geschliffen und bemalt hatte. Als sie hereinkamen, sah er auf und strahlte sie an.

»Kann ich Ihnen etwas anbieten?« Die runde Frau wartete Dagmars Antwort nicht ab, scheuchte die Mädchen in die Küche. »Los, macht uns einen schönen Tee.« Sie strich dem kleinen Jungen über den Kopf und ließ sich in die Ecke eines der Bettsofas sinken.

Roger war an der Zimmertür stehen geblieben. »Mama, ich muss jetzt wieder …«

»Du bleibst hier«, unterbrach sie ihn. »Setz dich!« Er hockte sich auf ein marokkanisches Sitzkissen, dessen Lederhülle mit Stoff- und Plastikteilen geflickt war.

»Ich bin die Mutter«, sie wandte sich wieder

Dagmar zu. »Brígida. Und Sie sind«, kurzes Zögern, »Dagemar?«

Dagmar nickte, und das Lächeln der Frau war so strahlend wie das des kleinen Jungen. »Und Sie sind eine richtige Anwältin?«

»Mama …«, begann Roger, aber wieder unterbrach sie ihn.

»Raimon, das ist mein Ältester, sitzt in Can Briants, aber er hat nichts wirklich Schlimmes getan. Er ist eben ein Hitzkopf. Dafür darf man einem Jungen doch nicht gleich das ganze Leben versauen! Er hatte nie eine Chance. Sie sagen, Sie können etwas für uns tun?«

»Ich kann es versuchen. Aber heute bin ich eigentlich wegen Roger hier …«

»Roger ist ein guter Junge.«

Wieder wollte Roger etwas sagen, die Mutter ließ ihn nicht zu Wort kommen. »Der beste!«

Intensiver Duft nach frischer Minze. Die beiden Mädchen brachten den Tee herein. Eine Kanne aus verbeultem Aluminium und drei verschiedene Keramikbecher.

»Danke, meine Süßen«, die Mutter nahm die Kanne und goss den Tee in die drei Becher. *»Hierba buena«*, sagte sie, »Pfefferminze, das wächst hier alles umsonst zwischen den Trümmern. Genauso Kamille oder Salbei.«

Dagmar nahm einen Schluck und verbrannte sich die Zunge. »Schmeckt wunderbar!« Sie stellte den Becher ab und beugte sich vor. »Brígida. Ich bewundere Sie. Ganz ehrlich. Was Sie hier leisten, ist großartig. Sie glauben vielleicht, Leute wie ich haben keine Probleme. Leider falsch. Ich bin auch Mutter. Und ich weiß, was es heißt, wenn einem ein Kind weggenommen wird. Oder sogar zwei.« Dagmar merkte, dass ihre Stimme unsicher wurde und räusperte sich. »Aber heute bin ich wegen Roger hier. Er ist in Gefahr.«

Sie sahen zu ihm hin. Er lächelte verächtlich. Die Mädchen standen hinter dem Türrahmen und lauschten. Die Mutter scheuchte sie weg, aber sie kamen sofort wieder zurück.

»Roger nicht. Der kommt durch. Der ist nicht wie sein Vater, der ist wie ich.«

»Gut«, Dagmar setzte sich aufrecht hin, so weit das auf dem durchgesessenen Sofabett möglich war, und spielte die coole Anwältin. »Ich habe mich ein bisschen kundig gemacht. Ihr Mann José trinkt und schlägt Sie.«

Die Mädchen hinter der Tür seufzten auf, Brígida kniff die Lippen zusammen. Dagmar fuhr fort.

»Und die Kinder. Zwei Töchter sind im Heim. Er sitzt im Moment, aber höchstens für ein paar Monate. Ich mache Ihnen einen Vorschlag. Ich sorge dafür, dass José eine Therapie macht. Oder dass er, wenn er sich weigert, nicht mehr an Sie und die Kinder rankommt. Ich habe mir auch die Akten von Raimon angesehen. Bekannt als Coco der Dealer. Sie haben leider nicht ganz Recht, so harmlos waren seine Vergehen nicht. Aber die Beweise waren dürftig. Es müsste möglich sein, eine Bewährung herauszuschlagen. Vielleicht mit Auflagen, aber darüber können wir noch reden.«

»Aber das wird doch sicher viel Geld kosten!«

»Sie zahlen mir keinen Cent.«

Brígidas Gesicht entspannte sich, sogar Roger sah sie

plötzlich nicht mehr so distanziert an. Dagmar wandte sich ihm jetzt direkt zu.

»Nur du. Du musst etwas dafür tun. Du musst mir die Wahrheit sagen. Nur dann kann ich auch dir helfen.«

Rogers Gesicht verschloss sich sofort wieder.

»Roger, ich weiß ziemlich viel über dich. Du hast bisher noch nie gedealt, und du hast dich auch sonst nie verkauft. Aber diese Lederjacke hast du nicht im Müll gefunden. Du weißt etwas. Und du hast es verraten. Einem Mann, der dir dafür Geld gegeben hat. Wie viel?«

Roger schwieg.

»Ja, genau!« Brígida sprang auf, packte ihn und zerrte an der Jacke. »Wie viel?!«

Dagmar sah das Gesicht von Roger. Die Lippen zitterten, die Augen wurden feucht. Sie stand auf, nahm Brígida in den Arm und führte sie zu ihrem Platz zurück. »Haben Sie irgendwo Verwandte, zu denen Roger für eine Zeit lang gehen könnte. Irgendeinen Platz in Spanien?«

»Meine Eltern. Sie leben bei Lérida.«

»Gut. Ich übernehme die Reisekosten.« Dagmar wandte sich wieder Roger zu. Ihre Stimme war weich. »Es dauert nicht mehr lang, und du wirst in Sicherheit sein, Roger. Aber bis dahin bist du in Lebensgefahr. Verstehst du das? Kannst du mir den Mann beschreiben? Wie sah er aus?«

Roger schwieg.

»Roger, du musst mit mir reden! Severí ist tot. Ich werde nicht zulassen, dass dir auch etwas passiert.«

»Der ist doch selber schuld!« Rogers Stimme schlug

fast über. »Das musste ja passieren! Der lässt sich doch mit jedem ein! Und dann muss er auch immer an den gefährlichsten Stellen rumklettern, dem ist doch jedes Risiko recht für ein gutes *piece.*«

»Das war kein Unfall, Roger. Severí ist ermordet worden.«

Der Junge schwieg, starrte vor sich hin, plötzlich hatte er dicke Tränen in den Augen wie ein kleines Kind und begann unkontrolliert zu zittern. Brígida warf sich zwischen ihn und Dagmar, drückte ihn an sich. »Gehen Sie! Gehen Sie weg!«

Roger schüttelte den Kopf und schob seine Mutter wieder zurück und schniefte durch. »Sie hat ja Recht. Ich bin schuld. Er war so nett. Ein *señor*. Er kannte meine Arbeiten und wollte mich fördern. Er hat mir das Geld für neue Farben und Material gegeben. Er wusste Bescheid. Er wollte eine Ausstellung für die besten Graffitikünstler von Barcelona organisieren. Er hat gesagt, dass er Severí nicht so gut findet. Dass er nur mal mit ihm reden wollte. Ich hab ihm Severís Plätze verraten. Ich bin schuld!«

»Nein, Roger. Diese Plätze wusste der Mann sicher längst. Er hat Severís *homepage* gesehen und euch beobachtet. Er sucht Júlia.«

»Júlia?« Roger beruhigte sich. »Was hat Júlia damit zu schaffen? Die spielt doch überhaupt keine Rolle in der *scene*, die ist doch nur ein Mädchen. Severí hat sie so ein bisschen mitgeschleppt, der war scharf auf sie.«

»Roger«, Dagmar beugte sich zu ihm vor, und sofort legte ihm Brígida wieder den Arm um die Schultern. Dagmar ermunterte sie durch ein leichtes Kopfnicken, ihn weiter festzuhalten. »Es geht hier nicht um Graffitikunst und Ausstellungen. Der Mann hat dich angelogen. Er ist ein Mörder. Und Júlia hat ihn gesehen. Darum sucht er sie.«

»Severí hat ihr geholfen, er hat sie versteckt.« Rogers Stimme war kaum zu verstehen.

»Weißt du, wo?«

Roger schüttelte heftig den Kopf. Dagmar wollte etwas sagen, aber er kam ihr zuvor. »Severí hat es keinem verraten. Er hat eine Bude hier irgendwo, aber keiner von uns weiß, wo genau. Ich bin ihm ein paar Mal heimlich gefolgt, aber er hat mich immer erwischt und abgehängt. Er hat es nicht mal mir gesagt. Und ich bin sein bester Freund.«

Wieder quollen die Tränen über, Dagmar gab ihm ein Päckchen Papiertaschentücher.

38.

Das Telefon läutete, und Anna nahm ab. »Llimona 5, guten Tag.« Wieder meldete sich niemand, sie konnte aber deutlich jemanden atmen hören. Sie legte auf. »Das war jetzt der vierte Anruf.«

»Der fünfte.« Barbara sah nicht von ihrem Computer auf. Sie saßen im Büro, im hinteren Teil der großen Dachwohnung, und forschten systematisch das Internet durch. Anna die internationale Sprayerszene, Barbara die Hintergründe der einzelnen Kongressteilnehmer. Immer auf der Suche nach einem neuen *link*, der sie zu einer bisher übersehenen Information brachte.

Sie musste unbedingt noch etwas finden. Immerhin hatten sie ja schon herausgefunden, dass Lídia Pastor einen Exehemann hatte. Nicht mal die Polizei hatte das gewusst. Und Pia hatte das auch anerkannt. Trotzdem saß sie jetzt da und machte Hausaufgaben. Anna war lieber in der Stadt unterwegs. Im Büro fühlte sie sich irgendwie eingesperrt und nutzlos. Und Barbara ging es ebenso, das wusste sie.

Sie waren allein. Es war kurz vor zwölf. Um eins wollten sie sich alle fünf, falls nichts dazwischenkam, hier treffen, um Infos und Strategien auszutauschen.

Miiiäh! Fritz *the cat* kündigte an, dass er seine bevorzugten Plätze auf der Terrasse oder in der Küche verlassen hatte und nach hinten ins Büro kam. Das tat er höchst ungern und selten. Sein Miauen schwoll zu einem jammervollen Klagegesang an, je näher er kam. In der Tür blieb er stehen und schaute zu ihnen herauf. Noch ein letzter Aufschrei. Lange spitze Reißzähne und eine rosa Zunge. Der rund gesträubte rote Katerkopf mit den bernsteingelben Augen zeigte Empörung pur.

Das sah so komisch aus, dass Anna lachen musste. Fritz hasste es, wenn über ihn gelacht wurde. Erbost schaute er von Anna zu Barbara und machte sich bereit für einen würdevollen Rückzug. Barbara musste selber lachen, sprang aber auf und nahm Fritz hoch. Knuddelte und streichelte ihn, bis er seinen Hunger und Zorn vergaß und zu schnurren begann. Sehr lange dauerte das nicht.

Anna dachte an *amigo*, ihr Hündchen, das in einer schrecklichen Zeit ihr bester Freund gewesen war. Sie suchte einen Käsekräcker aus dem Büroschrank und versuchte, sich wieder bei Fritz einzuschmeicheln, aber der hatte keinen Appetit auf trockene Bürokräcker.

Es läutete. Nicht an der Wohnungstür, sondern hier hinten am Büroeingang von Llimona 5. Das konnte nur beruflich sein. Ein Klient vielleicht. Anna gab Barbara den Kräcker, lief zur Tür und öffnete sie, ohne den Summer oder die Gegensprechanlage zu betätigen.

»Wo ist sie, die verdammte Hure?!« Ein Mann drängte sich an ihr vorbei, und zuerst erkannte sie ihn nicht. Sie bekam nur die Schnapsfahne mit, die ihn wie eine süßlichfaule Wolke umgab.

Felip, der Exfreund von Barbara. Anna rannte hinter ihm her, aber sie schaffte es nicht. Er war schon bei Barbara, die immer noch Fritz auf dem Arm hielt. Felip ließ ihr keine Zeit, Fritz abzusetzen, er packte ihn und wollte ihn hinunterwerfen. Fritz kreischte auf, drehte sich und schlug zu. Einmal die Pfote mit den voll ausgefahrenen Steakmesserchen quer über das Gesicht.

Felip brüllte, als hätte ihm einer die Eier abgeschnitten. Anna sah, dass er an der Unterlippe blutete. Dumm für einen Trompeter, hoffentlich ging die Wunde sehr tief.

Sie nahm eine große Büroschere vom Schreibtisch, legte sie aber wieder zurück, als sie sah, dass Barbara schon in der Tae-Kwon-Do-Verteidigungsposition dastand. Als Felip sie packen wollte, trat sie ihm die Füße weg und legte ihn flach.

Anna warf sich auf die Beine, Barbara hielt seine Arme fest, sie knieten über ihm.

»Begreif es endlich!«

»Barbara will nichts mehr mit dir zu tun haben!«

»Ich habe auch keinen anderen. Das ist es nicht. Du bist es. Mit dir kann ich nicht mehr zusammen sein. Ich bin nicht dein Besitz. Ich lasse mich nicht kontrollieren. Von keinem. Niemals! Es ist aus. Verstehst du das?! AUS! Endgültig!«

»Und ruf auch nie mehr hier an. Ist das klar?«

Die Lippe blutete heftig. Felip hatte nicht nur gesoffen, sondern auch gekifft. Seine Augen waren glasig. Anna sah Barbara an, hatte schon Angst, sie könnte schwach werden, sah aber nur Verletzung und Zorn in ihren Augen. Zusammen zogen sie Felip hoch und schleppten ihn zur Tür.

Und warfen ihn raus.

Sie schlossen die Tür. Sahen sich nicht an. Barbara suchte Fritz in der Küche vorn, Anna ging ins Büro zurück. Es läutete noch ein paar Mal Sturm, aber sie reagierten nicht.

Anna beschloss, noch einmal ganz neu in die Sprayerseiten einzusteigen, und gab den Suchbegriff Graffiti/Sprayer/Barcelona/Girl bei Google ein. Die Ausbeute war mager, aber eine *site* fiel ihr auf. Sie war sehr aufwändig gestaltet. Anna erkannte als Erstes den Vogel, das war eine Skizze von Júlia. Der Text rot auf Schwarz.

Barcelona.
Ruhm & Reichtum
Große Galerie!!!

Graffitikünstlerin gesucht.

Wo ist das *girl, das die heißesten* pieces setzt?!

25.000.

Und darunter das *tag* von Júlia, ein stilisiertes Auge mit grüner Iris.

Anna starrte die *site* an, wagte es nicht, sie zu schließen, und ging zu Barbaras Tisch hinüber, weil die einen Drucker hatte.

Sie hörte Barbara in der Küche beruhigend auf Fritz einreden. Sie sammelte den zerbröselten Kräcker vom Boden und warf ihn in den Papierkorb.

Barbara hatte alte Archivausgaben von ABC geladen und kramte offensichtlich in der Zeitung herum. Schrift und Layout wirkten veraltet. Achter April neunzehnhundertzweiundsechzig. Auf der Seite gab es drei Artikel, zu einem gehörte ein kleines Foto. Das Passbild eines jungen Mädchens. Puerta De Hierro. Wieder rätselhafter Todesfall einer Schülerin. Selbstmord? Die Eltern sind verzweifelt.

Anna machte eine Notiz für Barbara und ging auf die *site*, auf der das Graffitigirl gesucht wurde. Sie druckte die Seite aus. Es gab eine Mail-Adresse. Sie zögerte kurz, schloss dann die Seite und ging in das Mailprogramm. Dachte kurz nach und schrieb:

Wer sucht mich?

Ruf mich an!

Das Auge.

Darunter schrieb sie ihre Llimona5-Handynummer.

Sie schickte die Mail ab. Prüfte, ob ihr Handy geladen war. Hatte das überdeutliche Gefühl, dass sie so eine Aktion zuerst mit den anderen hätte besprechen müssen.

Sie hörte Barbara in der Küche klappern, wenigstens mit ihr musste sie reden. Sie blieb sitzen. Und dann, als sie das Programm gerade wieder schließen wollte, kamen zwei neue Mails herein. Eine Spam mit Viagrawerbung und eine *mail undelivery notice* mit der Meldung: Address not known at this site.

Ihre erste Reaktion war Erleichterung. Dann wollte sie hastig alles löschen, besann sich gerade noch im letzten Moment. Vielleicht konnte Janet, die Computerexpertin, ja etwas mehr herausfinden.

Als sie zu ihrem Laptop zurückging, war der Bildschirm dunkel. Sie betätigte die Maus, das Programm erschien wieder, aber die *site* von vorhin war verschwunden.

Im vorderen Teil der Wohnung läutete das Signal der Llimonas, dann schlugen Türen, Stimmen redeten durcheinander. Die anderen waren da. Anna nahm den Ausdruck, schloss die Computer und ging nach vorn.

Keine vollen Einkaufstüten auf der Theke. Luis saß vor dem blank polierten Mahagoni und sah Pia erwartungsvoll an. Pia durchsuchte den Kühlschrank, packte Schinken und Käse aus, machte eine Packung Kräcker auf und holte eine Flasche Rotwein aus dem Regal.

»Tut mir Leid«, sagte sie, »aber heute war ich extra nicht in der Boquería, weil ich dachte, Dagmar kommt sowieso da vorbei.«

Dagmar saß mit einem Glas und einer Wasserflasche am großen runden Tisch und machte sich Notizen. »Moment noch, ich bin gleich fertig.«

Fritz mienzte vorwurfsvoll neben seinem leeren Napf. Barbara übersetzte: »Wir haben auch kein Katzenfutter mehr!«

»Dann gibt's eben Luxusstufe für unseren kleinen übergewichtigen Prinzen!«

»Der ist nicht dick! Das ist sein Winterpelz!«

Pia lachte, schnitt einen trockenen Baguetterest klein, machte eine Dose Ölsardinen auf, nahm die Fische bis auf einen heraus und tunkte die Brotwürfel hinein.

Fritz schnurrte beim Essen.

Pia zerdrückte die restlichen Sardinen mit einer Gabel und mischte sie mit klein gehackten Zwiebeln, Cornichons, Salz, Paprika und Ei zu einem Dip.

»Hier!« Anna legte den Computerausdruck vor Pia auf die Theke. »Das hab ich im Netz gefunden.«

Pia wischte sich die Hände ab und nahm das Papier auf. »Das ist er. Verdammt, er sucht Júlia ganz offen!«

»Ich wollte mich als Júlia ausgeben und habe geantwortet. Die Mail kam als unzustellbar zurück. Inzwischen ist auch die ganze Seite aus dem Netz verschwunden.«

»Gut, dass du sie sofort ausgedruckt hast!«

Luis nahm einen Schluck von dem Rotwein. »Offenbar setzt er voraus, dass Júlia einen Computer mit Zugang zum Internet hat.« Er knabberte einen Kräcker mit Pias Sardinenpaste.

»Den bekommt sie in jedem Internetcafé.« Dagmar stand auf und kam auch an die Theke. »Aber Severí hatte einen Computer. Er hatte eine eigene Website.«

»Er hatte also ein Versteck mit Computer, Modem, Strom und Telefonanschluss«, überlegte Pia.

»Er hat ein Versteck«, meldete sich Dagmar. »Und bei den anderen Sprayern ist es sagenumwoben. Angeblich ein unterirdisches Schloss aus Tausendundeiner Nacht. Aber keiner weiß genau, wo es ist. Roger ist ihm wohl öfter mal gefolgt, wurde aber immer abgehängt. Dieser Severí war ziemlich gerissen.«

»Wissen wir denn in etwa die Gegend?«, fragte Pia. Dagmar nickte.

»Ziemlich genau sogar. Raval. Ganz in der Nähe vom Museum.«

»Wo immer es ist, er musste ja auch seine Versorgung sichern.« Luis machte sich aus zwei Kräckern mit Paste ein Sandwich. »Pia, du hast doch diesen Zettel in seinem Rucksack gefunden. Hat der etwas ergeben?«

»Ja. Ein Lebensmittelladen in der Tallers. Joseps Leute haben dort nachgefragt. Aber keiner hat einen Jungen gesehen, auf den die Beschreibung passt.« Pia holte ein Foto hervor. »Ich wollte aber selber noch mal dorthin.« Das Foto zeigte das Gesicht eines Jungen mit dunklen, zurückgestrichenen Haaren und geschlossenen Augen. Er sah hübsch aus, mit einem vollen Mund und einer geraden Nase. Sehr jung. Und tot.

»Dieser Laden ist in der Carrer Dels Tallers?« Luis beachtete das Foto nicht. Er sah nur Pia an.

»Ja.«

»Und der Besitzer ist etwa siebzig, fünfundsiebzig? Und hat eine speckige Baskenmütze auf dem Kopf?«

»Ja ...«

»Er ist ziemlich dick?«

»Fett.«

»Und sein Name ist Mateo …«

»Creixams.«

»Genau.« Luis schob den Kräckerrest in den Mund und nahm noch einen Schluck Rotwein. »Pia, mein Schatz, ich hoffe, du verzeihst mir, aber Mateo würde in dir sofort die Polizistin riechen. Du würdest aus ihm nicht mal die Uhrzeit herausbekommen. Ich gehe hin.« Er nahm das Foto, sah sich um und deutete auf Barbara. »Begleitest du mich?«

Anna verspürte einen Stich von Eifersucht. Aber Barbara schien genauso verwirrt. Luis nahm einen letzten Schluck.

»Ich glaube, Mateo war ein Freund von deinem Pablo el Rey. Damals waren sie alle zusammen im Untergrund, vereint im Kampf gegen den Faschismus.«

39.

Als Júlia das Rolltor endlich ein Stück weit oben hatte, kroch sie hindurch und zog es sofort wieder hinter sich zu. Sorgfältig hakte sie das Bodenschloss von innen zu, aber ihr war klar, dass es einem Stemmeisen nicht lange standhalten konnte.

Sie machte alle Lichter an, solange draußen die Sonne schien, konnte sie das gefahrlos tun. Dann setzte sie sich auf die Matratze, mit dem Gesicht zum Rolltor. Die Colaflasche war warm. Als sie sie öffnete, schäumte ein Großteil über ihre Hand. Der erste Schluck war wunderbar, aber schon er zweite verklebte ihr den Mund.

Ich hätte Wasser nehmen sollen.

Ich hätte zu den Polizisten hingehen sollen. Sie um Hilfe bitten.

Ja, einfach sagen, ich bin die, die gesucht wird. Wegen … wie nannten sie das, was sie getan hatte? Bewaffnete Flucht? Angedrohte Entführung? Würde die dicke Dame für sie aussagen? Aber selbst wenn, kein Bulle konnte einem kleinen Mädchen verzeihen, dass es ihm die Knarre geklaut hatte. Sie würden sie in das übelste aller katholischen Heime für gestrauchelte Mädchen stecken.

Sie könnte natürlich eine Yabapille nehmen. Das würde ihre Angst killen und ihr Ruhe geben.

Und alles würde wieder von vorne losgehen. Nur dass es keinen Severí mehr gab, der ihr helfen konnte. Sie war allein. Sie musste sich selber helfen. Nachdenken.

War Severí wirklich ertrunken? Der schlaue und starke Severí? Wer hatte Roger das Geld gegeben? Und wofür?

Sie nahm sich einen von Severís Skizzenblöcken und Kohle. Begann zu zeichnen. Flackerte das Licht? Sie schreckte auf, aber nichts schien verändert, das Rolltor war noch an seinem Platz. Hinter der Matratze lag ein Stück Eisenrohr, sie holte es hervor und legte es neben sich. Zeichnete weiter.

Spürte sie einen Lufthauch? Selbst, wenn sich jemand mit einem Vorschlaghammer an dem Tor zu schaffen machte, würde sie nichts merken. Der harte Zementboden gab Schwingungen vermutlich nur sehr schwach weiter. Und sie konnte das Tor unmöglich ständig im Auge behalten.

Bei ihrer Durchsuchung vorhin hatte sie eine Spule mit Bindfaden gesehen. Sie stellte die Flasche weg und kramte in dem Kistenregal, bis sie die Spule wiederfand. Sie stand auf, ging zum Tor und knotete ein Ende unten am Schloss fest. Dann setzte sie sich wieder hin, zog den Faden straff, riss ihn ab und knotete das andere Ende um ihr Handgelenk.

Júlia nahm noch einen Schluck aus der Colaflasche und versetzte sich ein paar Tage zurück. In die Apotheke an der Plaça Veronica. Dort war ihr der Mann mit dem Hut zum ersten Mal aufgefallen.

40.

Barbara war sicher gewesen, dass Luis Llobet ein Taxi rufen würde, aber er lief. Zielstrebig zur Ferran hinunter und weiter zu den Ramblas. Luis war nicht sehr groß, hatte eindeutig Übergewicht, und Barbara kannte ihn eigentlich nur an der Bar oder am Tisch sitzend mit einem Glas in der Hand. Aber jetzt hatte sie Mühe, mit ihm Schritt zu halten.

Am Zebrastreifen mussten sie einen Moment lang

warten, Luis lachte. »Barcelona zu Fuß. Das ist mein kleiner Ausgleichsport.«

»Was ist mit den Leuten vom Kongress?«

»Mittagspause. Die nächste Veranstaltung ist erst wieder abends. Der Kanadier und die Deutsche machen mit anderen Kongressteilnehmern eine Stadtbesichtigung. Der Franzose besucht Kollegen in der Uni. Manrique und Morales halten eine kleine Siesta im Hotel. Josep und seine Kollegen haben die wohl alle im Auge.«

Die ersten Autos bremsten ab, und Luis rannte wieder los, noch bevor die Ampel Grün zeigte.

»Woher kennen Sie diesen Mateo Creixams?« Barbara sprach *catalán*, Luis war überzeugter Katalane. Er warf ihr einen anerkennenden Blick zu.

»Mein Patenonkel. Der Cousin meiner Mutter. Ich bin nach ihm genannt. Ich mochte ihn sehr. Er kam ursprünglich aus Asturien und hat Franco und die Faschisten sein Leben lang bekämpft. Im Untergrund und später von Frankreich aus. Er kam nur viel zu früh zurück. Sie haben ihn umgebracht.«

»Und Mateo?«

»War immer schon ein überzeugter Kommunist. Er ist bis zum Schluss hier in Barcelona geblieben. Und er hat, wie durch ein Wunder, überlebt.

»Waren sie Freunde?«

»Ich glaube, sie respektierten sich.« Luis ging noch schneller. »Mein Onkel Luis war eigentlich ein Künstler. Er liebte die Poesie. Und als er nicht mehr als Arzt arbeiten konnte, hat er geschrieben. Deinen Mentor, den alten Pablo el Rey, den mochte er gern. Sie hatten viel gemeinsam. Sie debattierten nächtelang über

Politik, Philosophie und die Kunst. Sie träumten von einer neuen Welt.«

Barbara schwieg. Sie dachte an die Jahre bei Pablo zurück. Dem König aller Taschendiebe. Der sie gerettet und bei sich aufgenommen hatte.

Luis wurde plötzlich langsamer. Barbara merkte, dass sie schon in der Montalegre waren. So schnell hätten sie es mit dem Taxi niemals geschafft. Einen Moment lang glaubte sie, Marcel Gutiérrez in einem Hausgang zu erkennen, den schönen Klienten, nach dem Dagmar und Pia so verrückt waren. Ihn hatte Luis vorhin nicht erwähnt. Sie wollte gerade nachfragen, wurde aber durch eine rostige Stimme abgelenkt.

»Hey, *guapo!*« Von einem der Balkone winkte eine Frau. Ziemlich alt, das Haar hell blondiert, der Busen mit sieben Kilo Silikon aufgepolstert und von einem dünnen Hemdchen kaum verhüllt.

Luis winkte zurück und verbeugte sich. »*Hola*, meine Schöne. Wie geht's?«

»Besser als dir. Wenn du schon mit so einem verhungerten Vögelchen Vorlieb nehmen musst.«

»Noch ein Wort, und ich komm rauf!« Barbara zeigte der Frau den Mittelfinger.

Die Frau lachte aus vollem Hals. »Ha! Das Vögelchen hat *cojones*. Ich verstehe! Was soll ich Verónica sagen?«

»Sonntag abend, wie immer!« Auch Luis lachte. Dann eilten sie weiter, Luis legte Barbara einen Arm um die Schultern.

Sie war ganz bestimmt nicht hässlich, das wusste sie, und sie war jung. Aber sie hatte das deutliche Gefühl, dass Luis sie jetzt nur zum Trost umarmte, dass sie ihm hier eher peinlich war. Bei der ersten Querstraße machte sie sich unauffällig frei.

BODEGA-ALIMENTACIÓ stand in Blockbuchstaben über der mit Preisschildern und Sonderangeboten zugeklebten Glastür, darunter in rot: ***Mateo***.

Luis ging hinein, Barbara blieb dicht hinter ihm. Der Laden war bis oben hin mit Waren aller Art voll gepackt. Es roch nach eingelegten Oliven, Trockenfisch, Schinken, Zitronen und Käse. Kurz vor eins, nur noch ein Kunde. Er kaufte Eselswurst.

Barbara erkannte Mateo sofort. Er war dick, trug eine grüne Schürze über blauen Hosen und einem karierten Hemd. Und auf dem Kopf eine von Altersspeck glänzende Baskenmütze. Er sah nicht zu ihnen hin. Als der letzte Kunde ging, sagte er, ohne aufzusehen.

»Losung?«

»Morgenrot.«

»Wir schließen jetzt, tut mir Leid.«

Luis antwortete nicht. Er ging zu der Glastheke vor und deutete auf die Würste. »Gib mir bitte ein Stück von der da.«

Mateo nahm die Wurst, schnitt ein dickes Stück ab und hielt es Luis hin, ohne Barbara anzusehen. »Was tut sie hier?«

»Eine Freundin.«

Mateo begann die Theke zu polieren. »Du arbeitest für die Polizei.«

»Mit der Polizei. Ich bin Pathologe und Gerichtsmediziner. Es ist besser, mit ihnen zu arbeiten. Nur dann kann man Mauscheleien verhindern.«

»Du bist wie dein Onkel. Du passt dich lieber an, als zu kämpfen.«

»Na und du? Du versteckst einen Stricher. Sehr mutig. Der ist doch alles andere als politisch.«

Mateo polierte hektisch weiter und schwieg, aber Barbara sah, dass Luis getroffen hatte.

»Oder meinst du, so ein bisschen herumsprayen sei auch schon politisch.«

»Alles ist politisch!« Mateo sah nicht hoch. Luis schien ihn auch nicht zu beachten. Er nahm eine Flasche Wein aus dem Regal und stellte sie auf den Tresen.

»Die nehm ich. Hast du noch mehr davon?«

»Willst du ihn nicht probieren?«

»Doch, gern.«

Mateo nahm die Flasche, entstaubte sie sorgfältig und öffnete sie. Holte nur zwei Gläser. Barbara schwieg und gratulierte sich zu ihrer Gelassenheit.

Die Männer tranken. Mateo sah Luis abwartend an. »Na?«

»Ganz hervorragend.«

Schweigen. Dann nach weiteren zwei Gläsern: »Die Bullen waren hier.«

»Es geht nicht mehr um den Jungen. Der ist tot.«

»Ich weiß.« Mateo stellte ein Schälchen mit Oliven auf die Theke.

»Wer ist jetzt in dem Versteck?«

»Niemand.« Mateo schenkte Wein nach.

Barbara roch es, noch bevor auf der Straße die ersten Schreie ertönten.

Feuer! **FEUER!!!**

Brandgeruch. Panik und Flashback. Sie war wieder in Barceloneta, im Haus des Mannes, der sie töten wollte. Es brannte. Alles brannte. Sie wusste nicht mehr, wie es ihr damals gelungen war, zu fliehen. Ihre Erinnerung setzte erst im Krankenhaus wieder ein. Die Narben an ihren Händen schmerzten noch heute.

Im Augenwinkel sah sie Luis im Laufen telefonieren, er lief hinter Mateo her. Sie folgte ihnen, obwohl alle Instinkte sie in die andere Richtung zerrten.

Ein düsterer schmaler Durchgang. Auf dem Kopfsteinpflaster dröhnten ihre Schritte. Der Brandgeruch wurde immer stärker. Dann eine Art Innenhof mit Garagentoren. Unter einem drang Rauch hervor. Mateo und Luis versuchten, das Tor zu öffnen, ein alter Mann kam ihnen mit einem Stemmeisen zu Hilfe. Menschen schrien, irgendwo jaulte eine Sirene. Sehr weit weg.

Endlich bewegte sich das Rolltor ein Stückchen, dichter Rauch quoll heraus. Noch ein paar Zentimeter, dann saß das Tor wieder fest.

Irgendjemand hatte mit brutaler Gewalt die Führungsschiene an verschiedenen Stellen platt geschlagen. Das Rolltor konnte nicht weiter geöffnet werden. Der Rauch wurde immer dichter.

»Die Feuerwehrleute haben Schneidbrenner dabei«, sagte Luis, und Mateo flüsterte kaum verständlich:

»Mein Gott, das Mädchen!«

Barbara wollte wegrennen. Weg! Weg! Weg! Sie sah den alten Mann, den rundlichen Luis und den dicken Mateo. Hilflos. Ihr Körper reagierte gegen alle Befehle des Gehirns. Sie lag vor dem schmalen Zwischenraum auf dem Boden, noch bevor sie den Abstand abschätzen konnte. Sie konnte nicht rollen, so viel Platz war nicht, sie musste sich flach hineinschieben. Mateo brüllte, jemand versuchte, ihren Fuß festzuhalten, Luis vermutlich.

Sie war drin.

Sie zog den Kragen ihres T-Shirts über Mund und Nase hoch und robbte sich weiter. Keine Gedanken, nur noch Reflexe. Der Raum schien leer. Dann sah sie das Mädchen. Es bewegte sich nicht mehr. Vor dem Gesicht hatte sie ein dunkles Tuch, an einem Handgelenk ein Stück dünne Schnur. Mit beiden Händen hielt sie ein Eisenrohr umklammert.

Barbara zerrte sie über den Boden zum Rolltor hin. In einer Ecke knallte es, helle Flammen schossen aus dem dunklen Rauch. Sie schob das Mädchen zu dem Zwischenraum, zuerst die Füße. Sie wurden sofort gepackt und hinausgezogen. Barbara schob, drückte die Schultern und den Kopf des Mädchens nach unten. Hatte keine Kraft mehr. Bekam keine Luft. Ein fester Griff an ihrem Handgelenk. Und ein scharfer Schmerz am Rücken, als sie unter dem Rolltor hindurchgerissen wurde.

Sirenen, Schreie. Jemand hielt sie fest im Arm. »Alles ist gut.« Luis. Barbara würgte, hustete. Machte sich vorsichtig frei. Sie konnte alles bewegen, nur ihr Rücken schmerzte noch. Sie waren wieder auf der Straße. Ein Feuerwehrwagen blockierte den Durchgang, Männer rollten Schläuche ab.

Neben einem Krankenwagen mit offenen Türen bemühten sich drei Sanitäter um das Mädchen auf der Liege. Einer untersuchte sie und schloss sie an einen

Tropf an, der andere prüfte ihre Augen. »Hören Sie mich? Wie heißen Sie? Hallo, Hören Sie mich!«

Barbara stand auf und ging hinüber. »Sie kann Sie nicht hören. Sie kann überhaupt nicht …« Sie wollte noch etwas sagen, knickte aber ein, weil ihre Knie plötzlich nachgaben. Wieder war es Luis, der sie auffing.

»Nehmt sie mit. Schock, Rauchvergiftung und Schürfwunden …«, er sagte noch mehr, aber das hörte Barbara nicht mehr.

41.

Auf dem Stuhl vor dem Krankenzimmer saß ein junger Polizist, den Pia noch nie gesehen hatte. Sein Auftrag lautete, außer den Schwestern und Ärzten, die er persönlich kannte, absolut niemanden in das Zimmer zu lassen.

Pia wollte gerade Josep Bonet anrufen, als der junge Polizist auch schon aufsprang. »*Inspectóra* Cortes! Der *capitán* hat mich angewiesen, Sie sofort durchzulassen.«

»Kennen wir uns?«

»Jeder bei uns kennt Sie!« Der Junge strahlte sie an und machte die Tür auf. Barbara nahm sich vor, später nach seinem Namen zu fragen.

Barbara lag im vorderen Bett. Ihr Rücken war verpflastert, sie musste auf dem Bauch liegen und hatte ein dickes Kissen vor sich gepackt. Sie winkte ihr fröhlich zu. »Hallo, Pia. Das ging aber schnell!«

»Früher haben sie mich nicht zu euch gelassen.« Pia lud Blumen, Saft, Pralinen und Zeitschriften bei Barbara ab.

»Danke!« Barbara zeigte mit dem Kopf zur Fensterseite hinüber und verdrehte leicht die Augen.

Die schwarze Frau sah fremd aus in all dem Weiß. Sie saß neben dem hinteren Bett und hatte einen Rosenkranz in den Fingern. Sie sprach lautlos vor sich hin und musterte Pia mit einem durchdringenden Blick.

Das Mädchen im Bett lag halb aufgerichtet in die Kissen gelehnt und hatte einen Zeichenblock auf den Knien. Sie zeichnete, ohne aufzuschauen. Sie sah jung aus und sehr verletzlich.

»Wie geht es ihr?«, fragte Pia leise, Barbara antwortete ebenso leise.

»Ziemlich gut soweit. Sie ist zäh. Mich lassen sie heute noch raus, und sie sicher auch in paar Tagen.

Pia nahm die Pralinen und ging hinüber. »Guten Tag. Ich bin Pia Cortes. Und du bist Júlia?«

»Ich bin die Großmutter.« Die alte Frau riss ihr die Pralinen aus der Hand. »Sie versteht nichts!«

»*Abuela*, bitte!« Das Mädchen sprach langsam und sehr betont, sie sah Pia auf den Mund. »Ich verstehe sehr gut. Ich bin ja nicht blöd!« Sie hielt ihr die Hand hin. »Ich bin Júlia. Gehören Sie auch zu diesen fünf Llimonas wie Barbara?«

»Ja.« Pia nickte.

»Sind sie die, die früher bei der Polizei war?«

Wieder nickte Pia.

Júlia schwieg.

Die Alte bewegte den Rosenkranz hektischer. »Sie hat Angst. Weil sie sich mit Kriminellen rumtreibt. Weil sie Drogen nimmt. Weil sie Häuser und Wände verschmiert und von der Polizei gesucht wird.« Sie machte eine dramatische Pause. »Weil sie in der Laietana Leute mit der Waffe bedroht hat. Polizisten!«

Pia plusterte sich zur Autoritätsperson auf: »Ihre Enkeltochter, *señora*, wird nicht von der Polizei gesucht. Im Gegenteil, sie arbeitet mit uns zusammen. Sie hilft uns. Sie ist ein äußerst kluges und unglaublich mutiges Mädchen! Sie können stolz auf sie sein!«

Die Alte sackte in sich zusammen, Pia wandte sich wieder Júlia zu. Alles hatte sie wohl nicht verstanden, aber das meiste. Sie lächelte zaghaft.

»Ich muss nicht ins Heim?«

Pia sprach jetzt nur zu ihr, deutlich aber lautlos, damit nur Júlia sie verstand. »Ich meine das ernst. Du bist klug, du bist begabt, und du warst sehr mutig. Wir brauchen deine Hilfe. Die Polizei und wir alle werden uns erkenntlich zeigen. Du bist fast vierzehn. Du kannst selbst entscheiden, was du willst. Das Jugendamt, der Taubstummen-Verband, wir alle werden dir helfen.«

Barbara kam herüber und setzte sich zu ihr an die Bettkante.

Júlia schwieg. Sah kurz zur *abuela* hinüber. Die Alte zögerte und legte plötzlich die Pralinen auf Júlias Decke. Júlia grinste und schob die Pralinen zu ihr zurück. Die Alte lächelte. Es war nur eine winzige Bewegung in den Augenwinkeln, aber sie verjüngte das verbitterte Gesicht gewaltig.

Júlia drehte sich wieder Pia zu. »Wie kann ich Ihnen helfen?«

Pia zog die Fotos der Kongressteilnehmer aus der Tasche und gab sie Júlia. »Kennst du eine dieser Personen? Hast du eine schon einmal gesehen?«

Júlia blätterte die Fotos durch. »Ja, alle. Die haben doch da in der Laietana auf der Bank gesessen.«

»Aber hast du einen von ihnen vorher schon gesehen? In der Apotheke zum Beispiel. Oder später wieder?«

Júlia schwieg.

Barbara übersetzte die Frage in Gebärdensprache, aber Júlia hatte schon verstanden. Sie nahm das Foto von Gisela Erken-Henninger heraus. »Eine Frau war das bestimmt nicht.« Dann nahm sie auch die Fotos von Gil Barnabás, dem Franzosen und Gary DeVille, dem Kanadier, und legte sie weg. Schüttelte den Kopf. Nach kurzen Zögern legte sie auch noch Ricard Manrique zur Seite. »Es war ein richtiger *señor.*« Sie hob die Nase. Barbara hatte noch die Fotos von Marcel Gutiérrez, ihrem Klienten, in der Hand und das von Rubén Morales, dem alten Professor aus Madrid.

Sie zögerte.

Sie schüttelte den Kopf.

»Ich weiß es nicht. Keiner von denen hat so ausgesehen.« Sie holte den Zeichenblock hervor, der hinter ihr Kissen gerutscht war. »Ich hab versucht, ihn zu zeichnen. Die erste Zeichnung ist verbrannt.« Sie hatte plötzlich Tränen in den Augen. »Und alle Arbeiten von Severí. Der konnte wirklich zeichnen.«

Pia dachte weniger an Severís Zeichnungen als vielmehr an seine Farben. Nur Sekunden nachdem Luis und Mateo Júlia und Barbara unter dem Rolltor hervorgezogen und weggeschleppt hatten, war die ganze Garage hochgegangen. Dutzende von Farbdosen waren explodiert und hatten ihre tödlichen Giftdämpfe verströmt.

Damit hatte der Mörder gerechnet.

»Darf ich die Zeichnung sehen?« Pia nahm Júlia den Block aus der Hand.

Pia verstand nicht sehr viel von Kunst und Malerei. Aber diese Zeichnung war gewaltig. Sie füllte das ganze Blatt aus, hatte Schwung und Schärfe. Einige Stellen waren übergenau gezeichnet, andere wie verwischt. Ein großer schlanker Mann in Mantel und Hut im Halbprofil. Der Mantelkragen war hochgestellt, der Hut tief ins Gesicht gezogen.

Die Augen waren nicht zu erkennen, die gerade Nase und der Mund nur angedeutet. Die Schuhe waren blank poliert, kleine Punkte wie Zierlöcher, Budapester. Der Mantel hatte prägnante Nähte und rundgeflochtene Lederknöpfe.

Der rechte Arm leicht angewinkelt, ein genarbter Kalbslederhandschuh, und zwischen den Fingern eine dunkle Zigarette.

»Das ist großartig«, sagte Pia plötzlich erleichtert und kramte ihr Handy aus der Westentasche. »Wirklich, unglaublich gut!« Sie tippte die Nummer von Josep Bonet ein.

42.

Dagmar bekam keine Luft mehr.

Der Flug von Palma hatte Verspätung, und natürlich wusste wieder mal niemand, wie viel.

Schon auf der Herfahrt hatten auffällig viele Polizeiautos sie überholt. Und als sie vor der nationalen Ankunftshalle aus dem Taxi gestiegen war, hatte sie ein Stück weiter vor dem internationalen Teil ein Meer blinkender Blaulichter gesehen.

Ihr erster Gedanke war: ein Terroranschlag! Und die Angst um die Kinder erwürgte sie fast. Die Verspätung! Das Flugzeug. Dann setzte sich ihr Verstand wieder durch. Das Polizeiaufgebot war eindeutig vor dem internationalen Teil des Flughafens. Die Maschine aus Palma aber würde hier im nationalen Teil ankommen.

Gelandet! Die grünen Lämpchen blinkten neben der Palma-Nummer. Und sofort war die Panik wieder da. Die eigentliche Angst.

Sie erkannte ihre eigenen Kinder nicht mehr. Es waren Fremde.

Janet war ja bei ihnen. Und Janet kannte sie doch wohl noch. Außerdem hatte ihr Manel in den letzten Jahren regelmäßig Fotos geschickt. Aus ihrer kleinen Sarah war eine zehnjährige Sara geworden, und ihre dunklen Locken waren in der Sonne Mallorcas ausgebleicht. Ihr kleiner Cowboy hieß jetzt Quim und hatte weißblondes Stoppelhaar.

Die ersten Passagiere tauchten hinter der Glastür

auf. Janet war nicht dabei. Wieso kamen sie nicht? Gepäck. Sie hatten sicher viel Gepäck dabei. Das war ein gutes Zeichen.

Ihr Handy summte zweimal. Eine SMS. Dagmar kramte es aus der Tasche, ohne die Glastüren aus dem Auge zu lassen. Warf nur einen kurzen Blick auf die Meldung.

mörder am flughafen gefasst. pia.

Dagmar hatte keine Zeit, die Nachricht zu verstehen. Sie sah Janet. Und dann auch die beiden Kinder. Trotz aller Informationen und Fotos hatte sie die kleinen Kinder aus ihrer Erinnerung erwartet. Sie waren riesig. Quim reichte Janet fast bis zur Schulter, und Sara war nicht viel kleiner. Aber erkannt hätte sie die beiden sofort und überall.

Janet winkte, Dagmar hob zaghaft eine Hand. Quim starrte sie an, Sara sagte etwas zu Janet. Sie kamen näher. Noch eine Glastür. Janet legte Sara leicht eine Hand auf die Schulter, mit der anderen zog sie einen Koffer, Sara nahm Quims Hand. Auch er zog einen Koffer. Dann kamen sie durch die allerletzte Schwingtür.

Sie standen sich gegenüber und sahen sich an. Keiner bewegte sich. Hinter Janet stauten sich die anderen Passagiere. Sehr zögernd streckte Dagmar die Arme aus und versuchte, zu lächeln. Plötzlich ließ Quim seinen Koffer los und rannte, Saras Hand löste sich von seiner, und dann waren sie da. In ihren Armen. Groß und fremd und doch so vertraut. Sie drückte die beiden an sich, als könnten sie ihr wieder entrissen werden.

Irgendwann spürte sie, dass Janet sie alle drei zur Seite schob und die Koffer aus dem Weg rollte. Ewigkeiten. Sie weinte, die Kinder weinten. Sogar Janet hatte Tränen in den Augen, und das hatte Dagmar noch nie gesehen. Nicht mal bei scharfem Westwind.

Sie gingen in die Halle hinaus. Jetzt zog Janet beide Koffer. Dagmar hielt Quim und Sara umfasst. Die Sonne ließ die Glaswand funkeln, hinter den Palmen war der Himmel blau.

Das letzte Taxi fuhr gerade weg, und die Warteschlange in den niedrigen Abgrenzungen davor war gut fünfzig Meter lang. Sie mussten fast dreißig Meter weit laufen, um sich hinten einzureihen.

»Ha!« Janet hatte die Koffer abgestellt und ihr Handy eingeschaltet. »Hast du auch eine SMS von Pia bekommen?«

Dagmar reagierte nicht.

»Stand in deiner mehr? Außer dass Joseps Leute ihn endlich erwischt haben?«

»Sag mal«, Quim zog leicht an ihrem Arm, wusste nicht mehr, wie er sie anreden sollte. »Stimmt das? Du bist Detektivin?«

»Ja. Anwältin und Detektivin.«

»Cool!«

Die Reaktion war gut. Janet hatte offensichtlich schon mit den Kindern gesprochen. Dagmar nickte ihr dankbar zu.

»Wo wollt ihr jetzt zuerst hin?«, fragte sie. »Zu uns nach Hause, die Wohnung anschauen, auspacken und so. Oder …«

»Oder Llimona 5«, schlug Janet vor.

»Das ist eure Detektei, richtig?«, flüsterte Quim, seine Augen leuchteten. Er knuffte Sara an. Sie schaute von Janet zu Dagmar.

»Ich hab Hunger!«

Janet lachte. »Das spricht für Llimona 5!«

43.

Vor der Einfahrt stand nur eine Wache, eine junge Frau, die Pia noch nie gesehen hatte.

»Halt. Moment bitte. Wo wollen Sie hin? Können Sie sich ausweisen?«

»Das ist doch die *inspectóra* Pia.« Der Polizist, der um die Ecke gelaufen kam, lachte. Es war Manolo aus Andalusien, dem sie früher mal geholfen hatte, richtig schreiben und lesen zu lernen, und der ihr dafür immer etwas von den köstlichen Eintöpfen seiner Mama abgegeben hatte.

»*Hola*, Manolo, wie geht's?«

»Gut und selber?«

»Bestens. Grüß deine Mama!«

»Mach ich gern.«

Es tat gut, wieder hier zu sein. Pia ging das Stück durch die Einfahrt und dann nach rechts, die Treppen hinauf und weiter bis zu ihrem alten Büro.

Der alte Geruch nach Putzmitteln, Schweiß und staubigen Akten. Freitag Nachmittag, es war ruhig.

Toni Botía, heute in einem weißen Kaschmirpullover mit Markenlogo schrieb an einem Bericht und erstarrte mitten in der Bewegung, als er sie sah. Die blonde Silví winkte ihr fröhlich zu, bis ihr wieder einfiel, wer sie war. Das Lächeln fror ein.

Die anderen Plätze waren leer, auch der von Josep. Auf ihrem alten Tisch stand ein neuer Computer mit *flatscreen*, über dem Stuhl hing die Jacke von Víctor.

Sie gehörte nicht mehr her, sie war nur noch ein Besucher.

Sanchez-García, der *comandante*, war nicht allein in seinem abgeteilten Einzelbüro. Bei ihm saß Isabel Vidal, die Pressesprecherin. Er sah auf, als Pia an seiner Glasfront vorbeiging. Runzelte die Stirn und sagte etwas zu Isabel, die sich sofort umdrehte. Pia winkte beiden freundlich zu. Keine Reaktion.

Sie ging weiter. Natürlich waren sie nicht in einem der Vernehmungszimmer, sondern im kleinen Konferenzraum. Es gab Mikros und ein Tonbandgerät, aber auch Kaffee, Wasser und Gebäck. Auf der einen Seite des Tisches Josep und Víctor, auf der anderen Professor Dr. Rubèn Morales und Jaime Bartolo Fusté, sein Staranwalt.

Josep und Víctor schienen sehr nervös, Morales und Fusté völlig entspannt. Fusté ließ einen leeren Notizblock in seiner Aktentasche verschwinden und stand auf. »Wenn das alles war, *capitán*, dann verabschieden wir uns jetzt. Diese absolut ungerechtfertigte Verhaftung meines Mandanten auf dem Flughafen wird gerichtliche Folgen haben. Machen Sie sich schon mal auf eine gesalzene Schadensersatzforderung gefasst.

Ich habe mit dem *comandante* gesprochen. Er hatte keine Ahnung von dieser grotesken Aktion, und es gab auch keine dementsprechende Order. Verantwortlich sind also ganz allein Sie.«

»Der Kongress ist noch nicht zu Ende.« Josep sah nicht Fusté an, sondern nur Morales. »Und heute Abend ist die feierliche Schlussveranstaltung, in der vor allem Dr. Lídia Pastor-Blanchar posthum für ihre Verdienste geehrt werden soll.«

Morales verlor etwas von seiner eleganten Selbstsicherheit, aber Fusté sprang sofort ein. »Mein Mandant hatte einen wichtigen Termin wahrzunehmen.«

»In Buenos Aires? Ganz plötzlich. Und so wichtig, dass er die Gedenkfeier zu Ehren seiner lieben Freundin Lídia Pastor versäumen wollte? Das lässt sich doch sicher leicht nachweisen, oder?«

»Mein Mandant muss hier überhaupt nichts nachweisen. Schon gar nicht Befindlichkeiten seiner Gemütslage. Wenn schon, dann müssten Sie etwas beweisen. Da Sie dazu auch nicht annähernd in der Lage sind, gehen wir jetzt.«

Morales blieb sitzen. Er trank einen Schluck Kaffee, als wäre er auf einer Party, und lächelte Josep an. »Erstaunlich guter Kaffee für ein Polizeipräsidium.«

»Freut mich, dass es Ihnen bei uns gefällt«, gab Josep zurück, »es war ganz sicher nicht Ihr letzter Kaffee hier.«

Morales wollte antworten, aber Fusté legte ihm von hinten hart die Hand auf die Schulter. Morales stand auf, lächelte immer noch charmant. »Träumen Sie weiter, junger Mann!«

Josep schwieg. Er hatte keine Argumente mehr, aber Pia vermutete, dass ihn vor allem die Anrede ›junger Mann‹ irritiert hatte. Sie stieß die Tür auf. »Einen Moment noch, wenn ich bitten dürfte.« Sie ging zum Tisch vor und setzte sich ans Tischende zwischen Josep und Morales. Lächelte in die Runde. »Señor Fusté, Professor Morales, wir kennen uns.« Sie verstärkte das Lächeln. »Bitte, setzen Sie sich doch wieder, dann müssen wir anderen uns den Kopf nicht so ausrenken.«

»Sie sind nicht mehr bei der Polizei!« Fusté spuckte die Worte förmlich aus. »Sie haben keinerlei Funktionen mehr.«

»Dann haben Sie ja auch nichts zu befürchten.« Sie strahlte Morales an. »Ich habe mit meiner Mutter gesprochen. Sie konnte sich auch noch sehr gut an Sie erinnern.«

Morales setzte sich als Erster wieder. Er schien erschöpft, lächelte charmant. »Ganz reizend, meine Liebe.«

Pia beachtete Fusté nicht weiter, wandte sich nur an Morales. »An die Jahre damals in Madrid, als Sie siebzehn waren und meine Mutter fünfzehn. Als plötzlich ein Mädchen aus Ihrer Schulklasse verschwand und Tage später tot in Puerta de Hierro aufgefunden wurde. Als es Gerüchte gab, über Sie, Ihre Partys, Ihren Alkoholkonsum und Ihre vielen Freundinnen.«

»Ja, das war eine verrückte Zeit!« Morales lächelte wehmütig und schenkte sich Kaffee nach.

»Das Mädchen hatte wohl ein Tagebuch hinterlassen. Und die Polizei wollte Sie verhören, aber die Anwälte Ihres Vaters haben das unterbunden.«

»Und ich unterbinde dieses Gefasel jetzt auch!« Fusté knallte seine Aktenmappe vor Pia auf den Tisch. Weder Pia noch Morales beachteten ihn. Morales zog seine silberne VegaFina-Schachtel heraus, nahm sich einen Filterzigarillo heraus und steckte ihn an.

»Jetzt erinnere ich mich. Schrecklich, ja! Ich kannte das junge Mädchen. Agnès? irgendwas. Sie war eine Freundin Ihrer Mutter. Aber nicht annähernd so schön!« Wieder ein charmantes Lächeln. »Ich habe der Polizei geholfen, so gut ich konnte.«

»Agnès Baragán. Sie wurde vergewaltigt und erwürgt.« Pia beugte sich plötzlich zu Morales vor. »Sie wissen, dass man DNA-Spuren auch nach vielen Jahrzehnten nachweisen und identifizieren kann?«

Morales antwortete nicht. Selbst Fusté zögerte, bevor er sich wieder einschaltete. »Was soll denn dieser alte Mist jetzt. Ich dachte, es geht um den Tod von Lídia Pastor?«

»Ja, natürlich. Und um die Morde an Martina Pradada aus La Moraleja im Jahr 1974, an Àngela Flores aus dem Barrio de Salamanca im Jahr 1982, und Xavier Guijarro und Severí Tejedor hier in Barcelona. Und last not least um den Mordversuch an Júlia Lopez. Sie haben dazu gelernt. Sie sind extrem geschickt vorgegangen, denn alle diese letzten Morde sehen aus wie ganz natürliche Todesfälle.«

Morales schwieg und lächelte Pia an. Fusté musterte ihn von der Seite und schwieg auch. Josep und Víctor hielten die Luft an. Pia setzte sich etwas zurück und rollte die Zeichnung von Júlia auf.

»Hier ist die detailgenaue Zeichnung einer direkten

Augenzeugin. Eben Júlia. Das Auge. Sie hat Sie in den diversen Apotheken beobachtet, in denen Sie die Chemikalien gekauft haben, mit denen Sie das tödliche Gas herstellten und in die Tastatur von Lídia Pastors Laptop praktizierten.«

»Das ist lächerlich!« Fusté nahm die Zeichnung hoch und ließ sie wieder auf den Tisch flattern. »Da erkennt man gar nichts. Das könnte jeder Mann hier im Raum sein.«

»Nicht ganz.« Pia griff über den Tisch und zog die silbrige Zigarrenschachtel von Morales zu sich her. Nahm einen der zierlichen dünnen Filterzigarillos heraus. »Hier, die Handschuhe sind übergenau gezeichnet und so ein Zigarillo mit weißem Ende. Filter. Vega-Fina.«

»Die rauchen viele!« Fusté wurde unsicher. Pia wandte sich immer noch nur an Morales.

»Nein. Rubén Morales ist der einzige Raucher im Umfeld von Lídia. Und diese dünnen Filterzigarillos werden sehr selten verkauft.« Sie sah kurz zu Josep hin, strahlte dann wieder Morales an und holte die Computerausdrucke hervor. »Hier habe ich ein paar Ausdrucke. ABC, die Madrider Zeitung. Und die Berichte über die verschwundenen und getöteten jungen Mädchen in den Jahren von 1963 bis heute. Alle in Madrid oder in der direkten Nähe von Madrid.«

Niemand sprach. Fusté sah Morales an, Josep schaute zu Pia. Pia lehnte sich zurück.

»Was war der Grund, Lídia zu töten?«, fragte sie leise. »Was wusste sie? Was hat sie getan? Und warum erst jetzt. Und dann so spontan, so plötzlich?«

Morales wollte antworten, aber Fusté hinderte ihn. »Schweigen Sie! Kein Wort mehr!« Morales beachtete ihn nicht.

»Das ist doch absurd! Ich habe niemanden getötet. Niemals. Ich bin unschuldig!«

»Nun ja, die DNA-Spuren werden uns weiterbringen!« Pia log. Vor vierzig oder auch vor zwanzig Jahren waren DNA-Spuren noch nicht bekannt. Man hatte nicht darauf geachtet. Es gab auch Ausnahmen, manchmal war noch auswertbares Material vorhanden. Aber extrem selten. Pia lächelte. »Also? Was hat Lídia getan?«

»Sie hat mich erpresst!« Morales spuckte sie fast an, und auch Fusté konnte ihn nicht mehr bremsen. »Sie war eine so begabte Studentin. Meine Güte, sie hätte die Welt aus den Angeln heben können. Stattdessen hat sie sich auf diesen Anti-Aging-Schwachsinn gestürzt. Geld, nichts weiter. Nur Geld und so ein bisschen Ruhm!« Er stand auf, Josep und Víctor sprangen auch auf, aber Morales brauchte nur mehr Platz zum Reden. »Ja, sie hat mich erpresst. Sie wollte von mir, dass ich ihr meine Reputation zur Verfügung stelle. Meinen untadeligen Ruf, meinen Namen. Meine Ehre! Das konnte ich nicht zulassen.«

Pia schielte zum Tonbandgerät, es lief.

44.

Es läutete an der vorderen Tür, und Anna rannte hin, weil sie Janet, Dagmar und die Kinder erwartete. Fritz kam nicht mit. Das hätte ihr zu denken geben müssen.

Es war Marcel Gutiérrez, ihr Klient.

Er hatte einen gewaltigen Rosenstrauß dabei. »Ich wollte mich nur bedanken.« Er strahlte sie an, aber an ihr prallte sein Charme ab.

»Na schön, kommen Sie rein!«

Er folgte ihr in die Küche. Der runde Tisch war gedeckt, auf einem der Stühle hockte Barbara verkehrt herum, die Arme auf der Lehne, vor sich einen Packen mit Papieren, ihre Unterlagen und Notizen. An der Theke saß Luis vor zwei Flaschen Rotwein, die er mitgebracht hatte. Die erste hatte er bereits zu einem guten Teil geschafft.

Pia hatte auf dem Heimweg von der Laietana eingekauft und packte ihre Tüten aus. Sie hatte eine Flasche Cava geöffnet und ein volles Glas neben sich.

»Danke!« Marcel hielt ihr den Rosenstrauß hin und sie schreckte hoch.

»Ach du. Ah ja. Für mich? Das ist aber nett.« Sie lächelte ihn flüchtig an und funktionierte einen der Weinkühler zur Vase um. »Für uns alle, denk ich mal.« Sie packte den Käse aus und den Schinken. Marcel kramte eine kleine himmelblaue quadratische Schachtel mit weißem Rand aus der Jackentasche.

»Und das hier. Tretino-A. Eins der ersten Gläschen mit Lídias berühmter Salbe.«

Pia musterte die Schachtel, ohne sie zu berühren, dann sah sie wieder Marcel an. Lächelte ihr allerschönstes Eiswürfellächeln. »Das ist aber aufmerksam. Meine Mutter wird sich sehr freuen.«

Auch bei Pia schien Marcels Charme also nicht mehr zu wirken, stellte Anna zufrieden fest. Luis hatte mehr Mitgefühl. Er schob Marcel ein Glas hin und goss ihm Wein ein.

»Sie hatten Morales auch im Verdacht?«

»Ja.« Kurzer Blick zu Pia, die hinter der Theke beschäftigt war. »Um ehrlich zu sein, ich war eifersüchtig. Er hatte über all die Jahre einen verhängnisvollen Einfluss auf Lídia. Sie kam nicht von ihm los. Rubén war ihre erste große Liebe.« Er nahm einen Schluck von dem Wein. »Stimmt das, Frauen kommen nie von ihrer ersten Liebe los?«

»Ich bin Pathologe. Mich dürfen Sie sowas nicht fragen.«

»Und die Polizei hatte sich auf mich eingeschossen. Weil ich ja nun, nach Lídias Tod, in der Tat der Alleininhaber aller Patente bin.« Er verkniff sich ein selbstgefälliges Grinsen. »Na, jedenfalls bin ich ihm nachgegangen. Er hat sich immer wieder mal vor den Veranstaltungen gedrückt und unauffällig abgesetzt. Ein paar Mal habe ich versucht, ihm zu folgen. Ohne großen Erfolg. Aber das war nur so ein ganz ungefähres Gefühl. Ich wäre ja im Traum nicht drauf gekommen, dass dieser hoch angesehene Professor Rubén Morales ein Psychopath und mehrfacher Mörder ist.«

»Ich habe gehört, dass seine Familie sich von ihm losgesagt hat …« Luis schien dafür Verständnis zu haben.

»Mein Gott, er hätte ja Lídia auch damals schon etwas antun können!«

»Nein«, widersprach Pia, »sie war schon zu alt für sein Beuteschema.« Pia füllte sich *cava* nach. »Ihn interessierten nur die ganz jungen Mädchen. Lídia war seine Pygmalion, er war stolz auf sie, seine begabteste Studentin. Aber dann kam sie ihm zu nahe, sie muss irgendetwas von seinem Doppelleben erfahren haben, schwieg aber, weil sie ihn wirklich liebte und bewunderte.«

»Aber sie verließ ihn.« Marcel lachte. »Und sein Forschungsgebiet, die Gerontologie. Sie wandte sich der von ihm zutiefst verachteten Kosmetikindustrie zu. Und dann erwartete sie noch, dass er sie dabei unterstützen würde. Jetzt verstehe ich auch, wieso sie sich da so sicher war. Sie hat ihn erpresst.«

»Um was ging es Ihnen? Um Liebe oder um Geld?«, fragte Luis.

Marcel sah kurz zu Pia hinüber und senkte die Stimme. »Nicht nur um das Geld. Ich habe Lídia wirklich gern gehabt. Ich wollte nicht, dass ihr Mörder einfach so davonkommt.«

Wieder läutete es, diesmal das Llimona-Signal. Fritz war noch vor Anna an der Tür. Janet wäre fast auf ihn draufgetreten. Sie hatte eine Kiste mit Gemüse in den Händen, was an sich schon sehr ungewöhnlich war. Dann kam ein blonder Junge, er grinste: »Ich bin Quim.« Sie gab ihm die Hand.

»Freut mich. Ich bin Anna.«

Hinter Quim kam ein etwas kleineres Mädchen. Sie lächelte scheu. »Ich bin Sara.«

»Wir haben alle schon auf euch gewartet!« Ana umarmte Sara. Sara entdeckte Fritz. Nahm ihn auf und knuddelte ihn. Fritz schnurrte. Fritz wusste, wie man sich Freunde macht.

Dagmar kam als Letzte. Sie trug schwer an Bergen von übervollen Tüten. »Wir waren jetzt doch zuerst in meiner Wohnung.« Sie gab Anna ein paar Tüten. »Die Koffer abstellen, Wohnung anschauen, Kleinigkeit essen, umziehen und so.« Dagmar lächelte unbestimmt. »Und dann waren wir noch in der Boquería, wir hatten ja nichts mehr zu essen im Haus ...«

Anna ging mit ihr in die Küche und vermied es, weitere Fragen zu stellen. Von Dagmar würde sie in nächster Zeit ganz bestimmt keine klare Antwort bekommen.

Der Junge mit dem blonden Stoppelhaar half seiner Mutter mit den Tüten, wandte sich dann aber wieder Anna zu.

»Bist du auch eine Detektivin?«

»Klar.«

»Und ihr habt gerade einen Mörder geschnappt?«

Anna wurde vor einer Antwort gerettet. Es läutete wieder, diesmal war es Josep. Er stürmte an ihr vorbei. In die Küche, ohne irgendjemanden außer Pia wahrzunehmen.

»Du warst großartig. Pia, ich liebe dich. Er hat gar nicht mehr aufgehört zu reden. Fusté hatte keine Chance! Victor hat sich die Bude von Guijarro in der

Sitges noch mal vorgenommen, wir haben auf einem seiner Filme ein Foto von Morales im Hotelflur gefunden. Unscharf und nur von hinten, aber es wird reichen.« Josep nahm das Weinglas, das Luis ihm hinschob, und fuhr fort. »Er hat noch nicht mal den Trench oder den Hut weggeworfen. Er fühlte sich wirklich etwas zu sicher.« Josep drehte sich plötzlich zu Barbara und ihr her. »Barbara, Anna. Ähem ... Ihr habt die Berichte in den alten Ausgaben von ABC aufgestöbert. Gute Arbeit.«

Anna spürte, dass sie rot wurde. So eine Bemerkung von Josep war ein absoluter Ritterschlag. Sie waren endlich anerkannt und aufgenommen.

Pia, Dagmar und Sara stellten das Essen auf die Theke, Anna und Quim brachten es zum Tisch, Marcel versuchte, sich nützlich zu machen. Luis, Josep, Janet und Barbara schoben die schon gedeckten Teller zurück, breiteten einen Stadtplan aus und diskutierten über den Weg, den vermutlichen Weg von Morales vom Hotel zu den Apotheken im *barrio gótico* und wieder zurück.

»Er hat das Ganze als eine Art Spiel gesehen«, meinte Janet. »Es hat ihm Spaß gemacht.«

»Wir sind dabei, alle ungeklärten Todesfälle, vor allem die von jungen Mädchen, aus den letzten vierzig Jahren noch einmal durchzugehen«, sagte Josep, Luis schenkte sich Wein nach und schob die Flasche weiter.

»Er ist einer von denen, die mit dem goldenen Löffel im Mund auf die Welt kommen, hübsch, schlau und begabt. Er musste sich nie wirklich für etwas anstrengen. Er hat sich all die Jahrzehnte zu Tode gelangweilt. Er hat diese ganzen Inszenierungen geliebt, jede Wette. Dieses tödliche Gas im Laptop. Der perfekte Mord im von innen verschlossenen Zimmer. Das Meisterstück.«

»Auch der Fotograf.« Janet goss sich Whisky nach und steckte sich eine Zigarette an, gleichzeitig. »Oder Severí. Bei beiden war die Inszenierung klug durchdacht.«

»Aber ihr seid trotzdem draufgekommen«, sagte Quim bewundernd. »Ich glaube, ich werde auch Detektiv.«

»Oder Journalist.« Janet grinste. »Ich hab jede Menge Angebote, Spanien und England. Die volle Story. Fakten, Hintergründe und Atmo.«

»Oder Anwalt.« Dagmar beugte sich vor und strubbelte ihm durch die Stoppelhaare. »Mein dankbarer Mandant hat Rosen mitgebracht, ohne dass wir vor Gericht gehen mussten.«

»Ich werde Ärztin«, verkündete Sara, alle außer Luis applaudierten, Sara lächelte, »oder ich mach eine Kneipe auf!« Luis nickte zustimmend.

Das Telefon läutete, Pia nahm ab. »*Diga*? Ja, sie ist hier.« Sie reichte das Telefon Dagmar, lautlos: »Fusté!«

»*Si*?« Dagmar lauschte einen Moment ins Telefon, ging dann ein paar Schritte in den Flur hinaus. Viel sagte sie nicht. Trotzdem dauerte das Gespräch ziemlich lange. Als Dagmar zurückkam, gab sie das Telefon Pia, sah aber Janet an. »Tut mir Leid.« Sie nahm Sara in den Arm, sah zu Quim, und auch der schmiegte sich sofort an sie. »Das war Fusté. Er hat dafür gesorgt, dass die Kinder bei mir bleiben können.« Quim schloss kurz die Augen, Sara seufzte auf, Dagmar drückte sie noch fester an sich. »Dafür schulde ich ihm natürlich auch einen Gefallen.«

»Na, sag schon!«, drängte Janet.

»Und nicht nur ich. Er fordert Sippenhaft. Ich soll ihm bei dem Verfahren gegen Morales als Partner beistehen, er hält eine Frau als Anwältin für psychologisch sehr hilfreich in diesem Fall. Llimona 5 soll alle Werbung und Mundpropaganda unterlassen, keine Interviews oder Talkshows. Und du Janet, ja, Scheiße, tut mir wirklich Leid. Aber du sollst alle Angebote ablehnen. Keine Zeile zu diesem Fall.«

Schweigen.

Die Erste, die sprach, war Janet. »So viel zum Thema Pressefreiheit, Gerechtigkeit und die unendlichen Möglichkeiten der Jurisprudenz. Na schön, ich bin einverstanden. Ist ja immerhin für einen guten Zweck. Auch wenn das meine Karriere um Jahrzehnte zurückwerfen wird.« Sie machte eine lässige Handbewegung und verstreute Zigarettenasche über dem Käse.

»Kannst du denn so einen Mann überhaupt verteidigen?«, fragte Sara leise, Dagmar drückte sie an sich.

»Es ist mein Beruf. Und er hat wie jeder Bürger das Recht auf einen Verteidiger.«

»Es wird ihm nicht viel helfen!«, stellte Josep fest. »Die Staatsanwaltschaft wetzt schon die Messer. Zu viele junge Menschen. Zu viel Raffinesse, zu viel Perfektion, zu viel Genialität. Das kann sich kein Staat gefallen lassen.«

»Nur gut, dass er Júlia nicht auch noch erwischt hat!« Dagmar lächelte Barbara zu. »Wie geht es ihr?«

»Gut. Die alte *abuela* ist jeden Tag im Krankenhaus. Sie scheint wie ausgewechselt.«

Anna hatte Barbara begleitet und es mit eigenen Augen gesehen. Die Alte war plötzlich richtig zahm und fast freundlich.

»Der Grund ist, dass die Stadtverwaltung gravierende Sicherheitsmängel an dem Haus festgestellt hat, es muss renoviert werden.« Luis grinste, er hatte offensichtlich seine Beziehungen spielen lassen. »Da ist der Besitzer, der bösartige fromme alte Bartolomeu durchgedreht, und mit seinem Krückstock auf die Leute von der Stadt losgegangen. Jetzt ist er in einem Heim. Und seine nächste Verwandte und jetzige Hausverwalterin ist nun mal Júlias Großmutter.«

»Leute, fangt doch an!« Pia stellte das Brot und den Salat auf den Tisch. Luis öffnete die zweite Flasche.

»Gute Idee.«

»Ich möchte Ihnen noch mal danken. Ich freue mich, Sie alle kennen gelernt zu haben!« Marcel hob sein Glas.

»Vor allem mich«, Josep grinste, »das glaube ich gern.« Die anderen lachten. Sie redeten durcheinander und begannen zu essen.

Anna nahm sich Orangensaft und schob die Flasche zu Quim und Sara hinüber. Die beiden saßen links und rechts neben Dagmar, und irgendwie war es, als wären sie schon immer dagewesen.

Nachwort

Dieses Buch ist ein Roman, und natürlich gibt es keine der geschilderten Personen wirklich. Ein Linus-Pauling-Kongress wird sicher irgendwo stattfinden, mit diesem hier hat das aber nichts zu tun. Auch die raffinierte Mordmethode ist reine Erfindung. Sowohl die Zutaten als auch deren Zusammenstellung wären absolut untauglich für jede Art von Mord und Totschlag.

Nur Barcelona ist real.

Wieder danke ich meinen Freunden, ohne deren Hilfe ich diese Geschichte nicht hätte schreiben können. Stellvertretend für sie alle:

Lotte Moreth und Günter Henkelmann, die mir ihr großes chemisches Fachwissen zur Verfügung stellten und mich nicht nur über die vielfältigen Möglichkeiten des Anti-Aging informierten, sondern auch über einen literarischen Weg zum Mord im von innen verschlossenen Raum.

Rich Plößner, der unter anderem Gehörlose in Informatik unterrichtet und mir die erste Anregung zu diesem Buch gab.

Ute Bamberger de Flor, die erfahrene Übersetzerin in Gebärdensprache, Deutsch und Spanisch, die mir half, mich in die Rolle eines gehörlosen Mädchens zu versetzen.

Und last not least Miguel Forster, meinem Barcelona- und Spanienkenner.

Vor allem aber Manuel Vázquez Montalbán, dem großen Kollegen und literarischen Vater von Pepe Carvalho – dem ersten Privatdetektiv Barcelonas, der internationalen Ruhm erlangte.

Schon ganz früh habe ich durch Montalbán neue Facetten Barcelonas kennen gelernt. Vor allem kulinarischer Art. Aber auch seine politisch engagierten Artikel im El Pais habe ich immer mit großem Interesse gelesen. Ich schätzte und bewunderte ihn sehr. Leider musste er viel zu früh das letzte Blatt aus der Schreibmaschine ziehen.

Mit Luis Llobet, dem intelligenten, souveränen und genussfreudigen Pathologen habe ich versucht, ihm ein kleines Denkmal zu setzen.

Mary Higgins Clark

»Mary Higgins Clark gehört zum kleinen Kreis der großen Namen in der Spannungsliteratur.«

The New York Times

Eine Auswahl:

Daß du ewig denkst an mich
3-453-07548-X

Das fremde Gesicht
3-453-09199-X

Das Haus auf den Klippen
3-453-10836-1

Sechs Richtige
3-453-11697-6

Ein Gesicht so schön und kalt
3-453-12468-5

Stille Nacht
3-453-13052-9

Mondlicht steht dir gut
3-453-13643-8

Sieh dich nicht um
3-453-14710-3

Und tot bist du
3-453-14762-6

Nimm dich in acht
3-453-16079-7

Wenn wir uns wiedersehen
3-453-17791-6

In einer Winternacht
3-453-17960-9

Vergiss die Toten nicht
3-453-19601-5

Du entkommst mir nicht
3-453-86509-X

Denn vergeben wird dir nie
3-453-87324-6

Das Haus am Potomac / Die Gnadenfrist
3-453-43117-0

HEYNE

John Grisham – der Meister der Spannung

»Warum er so viel besser ist als die anderen, bleibt sein Geheimnis.«

Süddeutsche Zeitung

Die Firma
3-453-07117-4

Die Akte
3-453-07565-X

Der Klient
3-453-08909-X

Die Kammer
3-453-10857-4

Der Regenmacher
3-453-12701-3

Das Urteil
3-453-13641-1

Der Partner
3-453-15165-8

Der Verrat
3-453-16924-7

Das Testament
3-453-19002-5

Die Bruderschaft
3-453-21069-7

Der Richter
3-453-86980-X

Die Farm
3-453-87394-7

Die Schuld
3-453-87786-1

Der Coach
3-453-43019-0

Die Liste
3-453-3098-0

HEYNE

Nora Roberts

»Besser kann man Romantik und Drama nicht verbinden.«

Publishers Weekly

3-453-49060-4

Eine Auswahl:

Der Anfang aller Dinge
3-453-49060-4

Im Sturm des Lebens
3-453-87025-5

Erinnerung des Herzen
3-453-87818-3

Ruf der Wellen
3-453-21093-X

Eine Frage der Liebe
3-453-49035-5

Die Quinn-Familiensaga:

Tief im Herzen
3-453-15228-X

Gezeiten der Liebe
3-453-16129-7

Hafen der Träume
3-453-17162-4

Ufer der Hoffnung
3-453-86486-7

Die Garten-Eden-Trilogie:

Blüte der Tage
3-453-40034-8

Dunkle Rosen
3-453-49015-0

Rote Lilien
3-453-49014-2

HEYNE